LE DUC RAVAGEUR

LES INSAISISSABLES
TOME HUIT

DARCY BURKE

Traduction par
SOPHIE SALAÜN

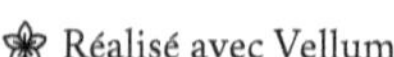 Réalisé avec Vellum

LE DUC RAVAGEUR

Entre ses fiançailles ratées avec un duc et la menace d'un scandale, Diana Kingman n'a que deux choix : vivre dans la honte ou fuir dans la clandestinité. Diana recherche la solitude. Pour commencer, elle n'a jamais souhaité se marier. Cependant, son père ne reculera devant rien pour la fiancer à l'un des plus beaux titres du royaume… aussi détestable qu'en soit le détenteur. Pour Diana, la fuite est la seule option, et elle est disposée à payer n'importe quel prix pour être libre.

Accusé par tous de la mort de sa femme et de son enfant à naître, Simon Hastings ne conteste pas sa culpabilité quant à cet accident dont il n'a aucun souvenir. Il n'a pas bu un seul verre depuis ni connu un moment de paix. Déterminé à devenir un homme meilleur, Simon porte secours à une jeune femme en difficulté, mais il se retrouve accusé d'enlèvement. Ils doivent se marier pour lui éviter la prison. Mais comment un homme hanté par un amour perdu, et une femme qui redoute toute intimité peuvent-ils trouver le bonheur ensemble ?

CHAPITRE 1

Décembre 1817

Il espérait vraiment ne pas avoir à l'enlever.

Simon Hastings, douzième duc de Romsey, parcourut Curzon Street sur son cheval jusqu'à ce qu'il trouve la maison où résidait Mlle Diana Kingman. Il la repéra, la dépassa, car il n'avait pas l'intention de crier pour l'appeler, et élabora un plan. Qui comportait de très nombreuses éventualités, dont l'enlèvement, mais il priait pour ne pas en arriver là. Il ne connaissait pas bien Mlle Kingman, mais d'après ce qu'il savait, elle possédait un esprit sensé et était plus raisonnable que la plupart des femmes de son âge.

Ses lèvres étaient aussi incroyablement douces.

Il n'aurait pas dû le savoir, bien sûr, mais à la suite de quelques jeux idiots auxquels ils avaient participé lors d'une partie de campagne quelques semaines plus tôt, il avait appris à connaître sa bouche. Et son odeur également, comparable à celle d'un chèvrefeuille bourdonnant d'abeilles avides de goûter à sa douceur.

Était-il une abeille ?

Simon secoua la tête. Il ne pouvait pas tourner autour de Mlle Kingman. Ni de n'importe qui d'autre avec un « mademoiselle » devant son nom. Il aurait de la chance de trouver une femme qui supporterait de le regarder sans broncher. Et le cas échéant, il faudrait qu'il l'épouse sur-le-champ.

Il faillit éclater de rire à cette idée. Il était plus que probable qu'il ne se remarierait pas, pas après la tragédie de sa première union.

Chassant ces pensées moroses, comme il le faisait chaque jour, il se concentra sur le plan qui se concrétisait dans son esprit. Il regagna son hôtel particulier de Berkeley Square et rédigea une missive, qu'il fit aussitôt parvenir à Mlle Kingman. Puis il ressortit et marcha jusqu'à Green Park pour attendre.

C'était une journée grise et froide, et Simon était frigorifié lorsque Mlle Kingman pénétra dans le parc près d'une heure plus tard, suivie d'une domestique à quelques pas. Elle s'arrêta, balaya les environs du regard, et passa devant lui. Elle continua sur le chemin, tournant la tête pour chercher Nick, autrement dit le duc de Kilve et l'ami le plus proche de Simon. Et aussi son fiancé. Ou *ancien* fiancé.

Simon se leva du banc sur lequel il était assis et se dirigea vers elle. Elle le reconnut quand il s'approcha, et elle s'arrêta, puis lui fit une révérence.

— Votre Grâce.

— Bonjour, mademoiselle Kingman. Quel plaisir de vous voir ici ! Pouvons-nous demander à votre servante de s'asseoir sur le banc pendant que nous faisons un tour ?

Il ne voulait pas que la domestique entende ce qu'il avait à dire.

Mlle Kingman était une charmante jeune femme, et le mot « jeune » avait toute son importance. Elle ne devait pas avoir plus de vingt ans. Petite par la taille, elle était dotée de cheveux sombres, presque noirs, et d'yeux d'un bleu vif.

— Je suis supposée rencontrer Sa Grâce, le duc de Kilve.

La missive qu'il lui avait envoyée l'invitait à retrouver Nick.

— Je sais. Il m'a demandé de venir à sa place.

Elle écarquilla les yeux.

— Est-ce qu'il va bien ?

Bon sang ! Elle tenait à lui. Voilà qui allait être douloureux.

— Il… euh… il va bien. Et si nous marchions ?

Elle se tourna et rejoignit sa domestique. Après avoir discuté un moment avec elle, l'autre femme se dirigea vers le banc et s'assit sur le bord. Mlle Kingman revint auprès de Simon.

Il lui offrit son bras qu'elle contempla un instant avant de le prendre.

— Vous voyez, ce n'était pas si terrible, si ?

— Je n'étais pas réticente à l'idée de prendre votre bras, répondit-elle froidement. J'essaie simplement de comprendre pourquoi c'est vous qui êtes ici, et non pas Kilve. De plus, j'essaie de déterminer pour quelle raison il voulait me retrouver ici.

— C'est une question assez délicate, lui dit Simon en arpentant avec elle le chemin, essayant de choisir ses mots avec soin. Vous vous souvenez de Lady Pendleton ? Elle était présente à la partie de campagne.

C'était là que Simon avait rencontré Mlle Kingman. Et Lady Pendleton.

— Bien sûr. Est-ce qu'elle a des ennuis ?

— Elle en a eu. Elle a eu un accident, mais elle va bien

maintenant, je crois. Mais ce n'est pas le problème, poursuivit-il avec une grimace. J'ai bien peur qu'il n'y ait pas de bonne façon de le dire. Nick et Violet, Lady Pendleton, se connaissaient par le passé. Ils se connaissaient *bien*.

Il jeta un coup d'œil à Mlle Kingman avant de poursuivre.

— Ils étaient amoureux.

Mlle Kingman ralentit, mais ne s'arrêta pas.

— Je vois.

— Ils sont toujours amoureux. C'est une histoire assez romantique. Enfin, à l'exception de la partie où Nick ne peut pas vous épouser.

Elle garda le silence un moment, mais Simon sentit la tension en elle lorsque sa main se resserra brièvement autour de son bras.

— S'il est amoureux d'elle, pourquoi a-t-il accepté de m'épouser ?

— C'est là que… c'est là que les choses se compliquent. Nous, les hommes, nous nous comportons parfois mal quand il est question d'amour. Je sais que cela n'a sans doute aucun sens, mais parce qu'il s'est senti submergé d'amour pour Violet, il s'est cru obligé de la quitter. Il avait peur. Et il était idiot.

— Et apparemment, c'est moi qui vais en payer le prix, répliqua-t-elle avec une profonde répugnance. Il vous a envoyé pour me dire cela ?

— Non. J'ai proposé de m'occuper de cette affaire. Suite à l'accident de Lady Pendleton, il est impératif qu'il se rende à Bath dans les plus brefs délais. Je le soupçonne d'être déjà en train de quitter Londres.

Simon l'espérait, en tout cas.

Le silence de Mlle Kingman se prolongea cette fois, mais Simon ne ressentit aucune tension. Il la regarda, légèrement inquiet de sa réaction. Mais à quoi s'attendait-il ? Un emportement théâtral ? Une syncope ? Il n'avait pas apporté de sels.

— Comment a-t-il pu faire une chose pareille ? murmura-t-elle.

Elle tourna la tête et baissa les yeux.

Oh, doux Jésus ! Avait-elle le cœur brisé ? Nick lui avait donné l'impression qu'il s'agissait d'un mariage de convenance. Mais peut-être avait-elle simplement prétendu que c'était le cas pour qu'il accepte.

— Je suis sincèrement désolé, lui dit-il, se sentant impuissant. Nick est un imbécile. Il n'aurait jamais dû s'engager à vous épouser.

— Non, il n'aurait pas dû.

Elle ne le regardait toujours pas.

Simon tenta de l'apaiser, dans la mesure du possible.

— Mademoiselle Kingman, ce n'est pas forcément la fin du monde.

À cet instant, elle le regarda.

— Évidemment que non, mais c'est un véritable désastre. Ma famille sera la risée de tous. Mon père va être furieux.

Simon ne pouvait pas la contredire sur ces deux points.

— Vous avez probablement raison. Mais, si vous annuliez, ce serait bien mieux, vous ne croyez pas ?

Elle se tut un moment, plongeant son regard bleu dans le sien.

— Mieux que d'être abandonnée ? Je suppose que oui, mais est-ce que cela ne revient pas à comparer un bras cassé à une jambe cassée ? Ils sont tous deux extrêmement peu souhaitables.

Bon sang, c'était pire que de l'hystérie ! Comment pouvait-il combattre la logique pure ?

Avec logique, sans aucun doute.

Il se rapprocha d'elle, parlant d'une voix douce.

— Nick est incontestablement amoureux de Violet, et elle est avec lui. Il ne peut y avoir de mariage entre vous et lui.

Elle détourna de nouveau le regard, pinçant les lèvres.

Elle contempla l'étang pendant un long moment avant de reprendre la parole.

— Je ne voudrais pas m'interposer entre deux personnes qui s'aiment. Cependant, mon père ne sera pas d'accord avec cette opinion. Les bans ont été lus. Il va s'opposer à leur mariage, dit-elle avant de se tourner vers Simon. Car je suppose qu'ils ont l'intention de se marier.

— J'en suis sûr également.

Simon et Nick n'en avaient pas discuté, mais puisque Violet et lui se languissaient l'un de l'autre depuis près d'une décennie, il ne pouvait imaginer une autre issue. Il espérait seulement être là pour en être témoin.

— C'est la raison pour laquelle je vous ai conviée ici. Pas Nick, *moi*. Je l'ai convaincu de partir pour s'occuper de Violet et j'ai promis de vous aider à limiter un potentiel désastre mondain. La meilleure chose à faire selon moi, c'est de vous dédire. C'est le seul moyen de tenir les amateurs de scandales quelque peu à distance et de satisfaire votre père.

Elle finit par s'arrêter et se tourner vers lui, retirant son bras. Elle avait de grands yeux sous le rebord de son chapeau très tendance, et elle le fixa longuement avant qu'un rire n'éclate sur ses lèvres roses et douces.

— Si vous pensez que ça va satisfaire mon père, vous êtes fou.

Même si Simon ne savait pas à quoi s'attendre, il était bien loin d'imaginer cette réaction.

— Dites-lui que vous avez changé d'avis, que vous ne souhaitez plus épouser Nick. Il comprendra sûrement.

— C'est *vous* qui ne comprenez pas. Ce que je souhaite n'a aucune importance, et n'en a jamais eu. À moins que vous ne soyez prêt à m'emmener contre ma volonté, mon père veillera à ce que ce mariage se déroule comme prévu.

Enfer et damnation !

— Vous enlever est effectivement une option, répondit-il d'un ton pince-sans-rire. Ou alors, je pourrais vous escorter quelque part le temps que votre père se calme et se fasse une raison.

— C'est peu probable, marmonna-t-elle, l'air sombre, détournant le regard une fois encore.

— Avez-vous d'autres idées ? Je soutiendrai sans réserve tout ce que vous souhaiterez faire.

Elle lui lança un regard espiègle.

— Qu'est-ce que cela signifie exactement ?

— Cela signifie que je suis à votre disposition. Je vous emmènerai où vous le souhaitez, et je couvrirai toutes les dépenses.

Ces paroles semblèrent avoir un impact sur elle. Elle écarquilla brièvement les yeux, et ses lèvres s'entrouvrirent. C'était vraiment une magnifique jeune femme, en dépit des minuscules lignes dues au stress qui marquait la plupart du temps l'espace entre ses yeux. Mais pour le moment, elles avaient disparu, et il entrevit ce à quoi elle pouvait ressembler si elle était libérée du poids des attentes des autres à son propos.

Car c'était bien de cela qu'il était question, comprit Simon. Il était évident que son père attendait d'elle qu'elle fasse un bon mariage, ce qu'elle avait été sur le point d'accomplir. Simon avait l'intention de mettre tout en œuvre pour qu'elle ne fasse pas les frais de la rage de son père.

— Peut-être devrions-nous raconter à votre père que Nick a rompu les fiançailles. La version officielle dira que vous avez annulé. Cela le satisferait-il ?

— Je vous l'ai dit : rien ne pourra le satisfaire, à moins que je ne devienne duchesse.

— Vous pourriez m'épouser, je suppose. Je suis un duc.

Comme si elle ne le savait pas.

— Mon père ne veut pas que je vous épouse. Croyez-moi, ma mère a suggéré votre nom pendant la partie de campagne ; vous étiez bien plus avenant que Kilve. Il porte bien son nom de duc Solitaire.

— Essayez de ne pas le juger trop sévèrement, intervint Simon. Il a subi de nombreuses pertes d'êtres chers avant de devenir ce bloc de glace géant. Cependant, Violet est en train de le dégeler.

Et Simon en était plus que ravi. Il avait beau détester la manière dont cette situation affectait Mlle Kingman, il aurait fait tout ce qui était en son pouvoir pour veiller à ce que Nick trouve le bonheur. Ils étaient amis depuis bien trop longtemps, et ils avaient traversé ensemble des épreuves bien trop douloureuses. Et, bon sang… l'un d'entre eux devait heureux.

— Merveilleux. Pendant que lui obtient ce que son cœur désire, je dois décider de comment survivre à un scandale : en privé ou en public.

— Vous souhaiteriez que cela soit public ?

Elle le transperça d'un regard noir.

— Honnêtement, je m'en fiche. Je serais très heureuse de quitter Londres. Je serais ravie d'enseigner dans une école pour jeunes filles. Ou de travailler dans un orphelinat pour aider les enfants abandonnés. Bon sang… Je… je pourrais même déménager à la campagne pour garder des moutons !

L'entendre utiliser ce genre de langage de manière désinvolte le surprit et l'amusa. Mlle Kingman semblait être bien plus que ce qu'il n'y paraissait.

— Alors pourquoi ne ferions-nous pas en sorte que l'une de ces choses se concrétise ? J'ai dit que je vous emmènerais où vous vouliez, dit-il alors qu'une idée farfelue lui venait. Je sais. Nous changerons votre nom et vous installerons ailleurs au titre que vous voudrez. Vous pourriez être une veuve dans un cottage près de Bath.

Il grimaça. Il venait de se souvenir que Violet vivait à Bath, et que c'était là que Nick se rendait actuellement.

— Non, pas Bath. Pourquoi pas York ? Ou vous pourriez aller au Pays de Galles, ou même en Écosse.

— Vous allez payer pour mon cottage ? C'est sûr, cela ne causerait pas de scandale, remarqua-t-elle ironiquement en levant les yeux au ciel.

Simon sourit, ravi qu'elle retrouve un peu d'humour.

— Personne ne le saurait. Mon nom ne serait pas impliqué.

Elle pencha la tête sur le côté et l'étudia.

— Pourquoi voulez-vous m'aider ?

Il ouvrit la bouche, puis la referma rapidement. Pourquoi voulait-il l'aider ? Parce qu'il aidait Nick. Seulement, c'était plus que ça. Il lui offrait sa protection, et en évitant le plus possible le scandale, ainsi que son soutien. Et il voulait s'assurer qu'elle ne serait pas démolie. Il faillit rire à voix haute. Le duc Ravageur cherchait à éviter à une jeune femme de subir des ravages. Ce devait être le moment le plus ironique de son existence.

— J'essaie toujours d'aider les gens, déclara-t-il. Ils m'autorisent rarement à le faire, mais je tente toujours.

— Parce que…

Elle ne le dit pas, mais tous deux savaient quels étaient les mots qu'elle n'avait pas prononcés.

Parce qu'il avait tué sa femme. D'une manière générale, il était considéré comme un anathème. Et cela ne laissait pas beaucoup de place à l'altruisme. Allait-elle le fuir comme la plupart des gens ? Elle s'était montrée agréable durant la partie de campagne, comme tous les jeunes gens, en particulier l'après-midi où ils s'étaient réunis dans la salle de bal pour jouer. Quand il l'avait embrassée. Y songeait-elle aussi souvent que lui ?

Sans doute pas. Il y pensait beaucoup trop souvent, mais

il se disait que c'était sans doute normal, vu le temps qui s'était écoulé depuis la dernière fois qu'il avait embrassé quelqu'un. En fait, s'il y réfléchissait trop, il se sentait mal à l'aise. Il n'avait jamais prévu d'embrasser quelqu'un et encore moins d'y prendre plaisir.

— Allez-vous me laisser vous aider ?

Elle leva les yeux vers lui.

— Je ne crois pas avoir d'autres choix.

Ce n'était pas vraiment une réaction enthousiaste, mais il n'était pas question de lui. Il était juste soulagé qu'elle le laisse faire.

— Bien. Où allons-nous ?

Elle se détourna de lui et se mit à marcher. Rapidement. Il se hâta de la rattraper.

— Il faut que je réfléchisse, dit-elle sans ralentir.

Simon la suivit tandis qu'ils arpentaient le chemin en silence. Il jeta un coup d'œil à sa domestique qui les surveillait.

— Nous devrions probablement faire demi-tour, proposa-t-il. Votre femme de chambre dira-t-elle à quiconque qui vous avez rencontré ?

Mlle Kingman s'arrêta brusquement de marcher et se tourna vers lui.

— F-Flûte, à la fin !

Elle se tourna à nouveau et repartit sur le chemin, accélérant son rythme déjà rapide.

— Dites-lui que je suis le frère d'une amie.

— Quelle amie ?

Il haussa les épaules.

— N'importe laquelle.

Elle produisit un petit son dégoûté.

— Vous n'avez pas bien réfléchi à tout cela.

— Pardonnez-moi de ne pas avoir prévu tous les détails.

Soyez assuré que votre évasion sera planifiée de main de maître. J'ai juste besoin de savoir où vous souhaitez aller.

— Je suis encore en train de réfléchir.

— Nous devons nous en aller ce soir, mademoiselle Kingman. Nick est déjà parti. Ce n'est qu'une question de temps… de peu de temps avant que les fiançailles ne doivent être rompues.

Elle s'arrêta une fois de plus et lui fit face.

— Pardonnez-moi de ne pas pouvoir décider de tout mon avenir en l'espace de quelques minutes, répliqua-t-elle, puis le feu s'atténua dans ses yeux. Je ne suis pas sûre de ce que je dois faire. La tentation de partir est grande, mais elle implique la fin de la vie que je mène actuellement.

— Ou vous dites à votre père que vous ne voulez pas épouser Nick. Cela causera un petit scandale, mais vous le surmonterez.

— Je me fiche du scandale.

Il vit la lueur de peur dans ses yeux. Comme elle n'était pas due à un éventuel scandale, ce devait être à cause de son père.

— Vous devriez partir. N'importe où. Je vous attendrai à minuit à l'intersection de Curzon Street et Bolton Street, lui annonça-t-il en lui touchant la main. J'attendrai toute la nuit.

Elle retira sa main brusquement en tournant le regard vers la domestique qui les observait toujours.

— Je dois y aller.

Il recula d'un pas.

— J'espère vous voir plus tard.

Elle se retourna et se hâta de rejoindre sa femme de chambre à qui elle dit quelques mots avant de quitter le parc en sa compagnie.

Simon souffla ; il se rendit compte qu'il avait retenu sa respiration pendant qu'il la regardait partir. Et si elle ne venait pas le retrouver ? Rentrerait-il simplement chez lui au matin pour vaquer à ses occupations ?

Il ne pouvait pas. Pas sans savoir ce qu'elle devrait traverser si elle décidait de rester et de dire à son père qu'elle ne voulait pas épouser Kilve.

Bon sang, Nick avait provoqué un véritable désastre ! Simon avait envie de le frapper et de l'étreindre tout à la fois. Il comprenait la profondeur du désespoir qui l'avait poussé à accepter d'épouser Mlle Kingman. Simon savait ce que c'était que de subir une perte insupportable. Mais en ce qui le concernait, c'était pire encore, car, pour autant qu'il le savait, il était responsable de cette perte.

Le visage de Miriam, encadré de ses épais cheveux, blonds comme le miel, surgit dans son esprit. Il vit ses lèvres se recourber en un sourire, et il entendit le timbre musical de son rire. Le gouffre au creux de lui était toujours profond, mais au moins, il avait cessé de s'étendre. Il parvenait à penser à elle sans s'effondrer, sans être dévasté de chagrin. Il avait récupéré sa vie telle qu'elle était.

Cependant, la culpabilité était toujours présente. Et elle le serait toujours. Elle portait son enfant lorsqu'elle avait chuté dans les escaliers et s'était tuée, et Simon en était certainement responsable.

Comment pouvait-on se remettre d'une telle chose ?

~

*L*e majordome aida Diana à retirer son manteau quand elle rentra chez elle. Elle était ravie d'être débarrassée de ce lourd vêtement de laine. Même s'il faisait froid ce jour-là, elle était bien réchauffée par sa promenade. Et par son agitation intérieure. Sa rencontre avec le duc de Romsey avait été particulièrement contrariante.

Diana avait raconté à sa femme de chambre qu'elle avait discuté avec Théodore, le frère de son amie Abigail, car il s'inquiétait pour cette dernière, qui avait développé un penchant pour un gentleman peu fréquentable. Elle avait ajouté avoir promis de dissuader Abigail de poursuivre une cour.

Confiante dans le fait que la femme de chambre avait cru son histoire, Diana se sentait un peu mieux. Mais seulement un peu. Sa vie entière était sens dessus dessous. À cause de l'amour.

Quelle émotion inutile et irritante ! Il était censé apporter de la joie aux gens, mais Diana ne voyait rien de tout cela. D'après son expérience, il était beaucoup plus fréquent d'en souffrir. Même dans le cas de son fiancé, ou plutôt de son ancien fiancé, il semblait que Violet et lui aient souffert de plusieurs années de séparation.

Si elle ne souhaitait pas chercher l'amour pour elle, Diana n'en voulait pas aux autres s'ils voulaient s'exposer à une telle vulnérabilité. Elle espérait qu'ils seraient heureux ensemble. Ils avaient plutôt intérêt après tous ces problèmes.

Traversant le hall d'entrée, Diana retira ses gants et tendit la main vers le ruban de son béguin. Sa mère arriva du salon.

— Comment s'est passée ta promenade, chérie ? Viens t'asseoir avec moi, que nous discutions du mariage.

Même quand il était encore prévu, Diana ne ressentait pas beaucoup d'enthousiasme envers le sujet du mariage. Elle lui avait demandé de l'épouser pour ne plus être contrainte de vivre sous le toit de son père. Le duc de Kilve avait également semblé à la recherche d'une solution à un problème, alors elle avait proposé qu'ils s'unissent. Aujourd'hui, il apparaissait que c'était Violet qu'il avait fuie. Mais pourquoi ? C'était une question à laquelle elle n'aurait sans doute jamais de réponse. Cela ne la regardait plus.

Diana s'efforça de sourire.

— Pourrions-nous en parler plus tard ? L'air froid m'a donné un peu mal à la tête, et j'aimerais m'allonger.

— Pathétique.

Le terme sombre et amer fusa dans le hall d'entrée comme une arme, ce qui était le but, bien sûr. Tout ce que son père disait était destiné à blesser, manipuler ou détruire.

— Quand ta mère te demande de faire quelque chose, en particulier si cela concerne ce mariage, tu le fais.

Il arrivait de derrière Diana, sans doute de son bureau, qui se trouvait dans ce coin de la maison de ville. Il pouvait ainsi entendre presque tout ce qui se passait dans le hall.

— Ce n'est rien, dit sa mère d'une voix faible. Nous pourrons parler plus tard.

Diana savait que son père ne l'accepterait pas. Mais avant qu'elle puisse acquiescer et épargner du chagrin à sa mère et à elle-même, il dit :

— Elle va le faire maintenant. Les exigences d'une duchesse seront constantes. Elle doit apprendre que ses propres besoins ne sont pas prioritaires.

Diana réfréna un rire sans joie. Ses besoins n'avaient jamais été pris en considération.

— Si elle n'est pas capable de prendre la peine d'organiser son propre mariage, ou de montrer le moindre enthousiasme à ce sujet, peut-être n'est-elle pas faite pour devenir duchesse.

Il la toisa du haut de son mètre quatre-vingt-dix, de la rage au fond de ses yeux brun foncé.

Elle détourna la tête.

— Alors peut-être que je ne devrais pas être duchesse, murmura-t-elle, d'autant plus qu'elle n'allait pas l'être.

Il lui empoigna le bras, ses doigts s'enfonçant impitoyablement dans sa chair à travers la manche de sa robe.

— Qu'est-ce que tu as dit, gamine ? Peut-être qu'une visite

dans un joli placard sombre contribuerait à atténuer ton mal de tête.

— N..., commença-t-elle avant de se mordre la langue jusqu'au sang. Non. Merci. Je me rends compte que je suis impatiente de discuter des préparatifs du mariage, ajouta-t-elle en se tournant vers sa mère. En réalité, j'ai eu quelques idées au sujet des fleurs.

Son père relâcha son bras et redressa son manteau.

— Parfait. Je vous laisse gérer les choses toutes les deux.

La flamme avait disparu de son regard, et c'étaient dans des moments comme celui-ci que Diana se demandait si elle n'était pas folle, si l'homme qui l'avait menacée existait vraiment. Surtout au vu de ce qu'il fit ensuite : il lui sourit avec chaleur.

— Tu feras une excellente duchesse. Nous avons travaillé tellement dur. Tu nous rendras tous fiers.

Une fois qu'il eut regagné son bureau, Diana entendit sa mère expirer.

— C'était imprudent, Diana, chuchota-t-elle.

Diana en était bien consciente, mais parfois, les mots sortaient tout seuls de sa bouche. La lassitude éprouvait son organisme.

— De quoi vouliez-vous discuter, Mère ?

— Juste du menu du petit déjeuner. Cela ne prendra qu'un instant.

Elle fit volte-face et entra dans le salon, ne s'arrêtant que lorsqu'elle atteignit le bureau dans l'angle de la pièce. Elle y prit une liasse de papiers, puis revint sur ses pas.

Diana retira son béguin et retrouva sa mère au milieu de la pièce.

— Je ne sais pas si nous devons servir du canard ou du faisan. Qu'en penses-tu ?

Que rien de tout cela n'a d'importance.

Elle faillit dire la vérité à sa mère à ce moment-là. Mais la crainte de subir le courroux de son père, si rapidement après l'un de ses débordements, la fit taire.

— Du canard. Quoi d'autre ?

Sa mère l'observa un moment, et son regard s'adoucit.

— Tu ne devrais vraiment pas le provoquer. Tu sais très bien qu'il ne faut pas faire cela.

Oui, elle le savait. Mais parfois, surtout après une longue période de calme, comme celle qu'ils appréciaient depuis qu'elle s'était fiancée, elle s'oubliait. Ou, plus exactement, elle l'oubliait, *lui*.

— Et pourquoi plaisanter sur un tel sujet ? ricana sa mère avant de rire franchement. N'as-tu pas envie de partir d'ici le plus vite possible ?

Elles évoquaient rarement sa colère ou sa manière de les torturer toutes les deux, qui, en dépit de la façon dont il venait de l'empoigner, restait presque exclusivement non physique. Il avait bousculé sa mère quelques fois, et de temps à autre, Diana se demandait si cela avait été plus loin entre eux. Elle avait toujours eu trop peur de poser la question.

Elle plongea dans le doux regard bleu de sa mère.

— Et toi ?

Sa mère tressaillit.

— Bien sûr que non. Je suis plutôt satisfaite, malgré tout, affirma-t-elle avec un sourire que Diana ne crut pas sincère. Tu ne dois pas t'inquiéter pour moi. J'aime ton père, et il m'aime. N'en doute jamais.

Étrangement, Diana n'en doutait pas. Mais cela n'excusait rien.

Le mal de tête qu'elle avait prétexté un peu plus tôt jaillit derrière son oreille gauche.

— Que veux-tu que je regarde d'autre ?

— C'est tout pour le moment. Va te reposer. Je vois que tu ne te sens pas très bien.

— Merci, Mère.

Diana se pencha vers elle et l'embrassa sur la joue, puis elle quitta le salon.

À l'étage, sa femme de chambre s'occupa aussitôt d'elle, l'aidant à se déshabiller pour qu'elle puisse s'allonger avant le dîner.

— Mes parents restent-ils ici ce soir ? lui demanda-t-elle.

Elle avait obtenu un sursis pour les événements mondains cette semaine grâce à son fiancé qui en avait fait la demande. Alors que son père aurait voulu l'y traîner maintenant qu'elle était fiancée, ou censée l'être, il avait décidé de lui accorder la liberté de rester à la maison.

— Je crois qu'ils assistent à un bal. Souhaitez-vous vous joindre à eux ?

Diana secoua la tête.

— Non. Ce sera bien d'être seule. En fait, je vous prie de me faire apporter mon dîner ici. Ensuite, je me retirerai tôt.

Ce qui lui laisserait beaucoup de temps pour faire ses bagages.

Mais… avait-elle décidé de partir ? Où irait-elle ?

La femme de chambre termina sa tâche et s'en alla.

Diana s'assit sur le bord de son lit et fixa son armoire. À l'intérieur se trouvait une garde-robe à faire pâlir d'envie n'importe quelle jeune fille. Mais elle abandonnerait tout si cela lui apportait la vraie liberté. Pas juste une nuit où elle n'aurait pas à parader en ville avec ses parents, mais une vie entière à décider de ce qu'elle porterait, à qui elle parlerait et qui elle épouserait. *Si* elle se mariait.

Un sentiment d'excitation se mit à bouillonner en elle.

Mais, encore une fois, où irait-elle ? Et que ferait-elle ?

Le seul moyen pour elle d'éviter son père aurait été d'épouser quelqu'un. Le duc de Romsey le lui avait proposé.

Elle frissonna.

Il était le duc Ravageur, comme tout le monde l'appelait. Avant de se marier, c'était un terrible coureur de jupons ;

ensuite, sa femme était morte dans des circonstances très mystérieuses. Il était généralement admis qu'il l'avait poussée dans les escaliers sous l'emprise de l'alcool. Apparemment, il ne l'avait jamais contesté, ce qui ne faisait qu'ajouter du crédit à la rumeur.

Elle ne pouvait pas passer sa vie avec un homme en proie à des crises de rage. Et peu importait s'il n'avait jamais fait preuve d'un tel comportement. Ce n'était pas seulement parce qu'elle n'en avait pas été témoin, car ils ne se connaissaient pas depuis longtemps. Elle s'était renseignée, et on lui avait raconté qu'il était toujours affable et gentil. Il était également spirituel et charmant.

Et il embrassait divinement bien. Non pas qu'elle ait un quelconque point de comparaison.

Elle se leva brusquement et fit les cent pas autour de son lit, serrant et desserrant les poings.

Si elle restait, son père serait furieux, et rien ne permettait de savoir comment il la punirait, surtout si sa réputation en pâtissait. Il pourrait même essayer d'imposer un mariage avec le duc de Kilve, mais Diana se doutait que cela ne se terminerait pas bien.

Elle pouvait sans le moindre doute compter sur lui pour arranger un mariage avec quelqu'un d'autre au plus tôt, et cette fois, elle doutait qu'il tienne compte de ses préférences. Il avait suggéré quelques autres hommes qu'elle avait jugés trop vieux ou trop désagréables : tous la mettaient mal à l'aise, et elle avait bien trop peur de découvrir ce que signifierait un mariage avec eux. Mieux valait un danger connu qu'un danger inconnu.

Il devenait évident qu'il fallait qu'elle s'en aille. Mais en réalité, cela ne ferait que repousser son inévitable destin.

À moins qu'elle ne soit capable de totalement disparaître. Elle s'assit sur le lit puis s'allongea contre les oreillers, se laissant aller à son fantasme. Elle vivrait en bordure d'un charmant village où elle dirigerait un petit foyer pour orphelines. Elle les instruirait et les aiderait à trouver leur chemin, en toute indépendance, dans le monde.

Elle s'assoupit, mais pas avant d'avoir décidé de ce qu'elle devait faire.

CHAPITRE 2

Une nouvelle bouffée d'air froid fouetta Simon, le poussant à s'enfouir plus profondément dans sa cape de laine. Peut-être que déclarer qu'il resterait dehors toute la nuit en plein mois de décembre n'avait pas été sa meilleure idée. Cela ne faisait que quinze minutes, et il était déjà prêt à se trouver une cheminée.

Il avait espéré qu'elle viendrait, mais à chaque minute qui passait, il craignait de s'être trompé.

C'était une décision énorme, qui changerait toute sa vie. Probablement. Le voulait-elle ?

Son père semblait être un imbécile. Pour son bien, Simon espérait qu'elle viendrait.

Il se mit à marcher sur la longueur de deux maisons de ville, puis revint en arrière, espérant que le mouvement le réchaufferait un peu. Quand il tourna pour faire un autre tour, il scruta attentivement la rue, comme s'il pouvait la faire apparaître. La maison de Mlle Kingman était à l'autre bout de Curzon Street, près de Chesterfield House.

Il fit quatre tours de plus. Il n'avait pas réellement plus chaud, mais cela lui évitait de penser au froid. Il était content d'avoir un bloc chauffant dans la berline. Il consulta sa montre. Il était la demie. Bon sang ! Il avait vraiment cru qu'elle viendrait.

Il fit demi-tour au coin de la rue et repartit, puis se figea. Était-ce une silhouette qui venait vers lui ? Il accéléra le rythme en faisant de longues enjambées. C'était elle.

— Vous êtes venue.

Elle portait une petite valise qu'il se hâta de lui prendre.

— C'est tout ce que vous avez ? lui demanda-t-il.

— C'est tout ce que je pouvais porter.

Il hocha la tête.

— C'est suffisant. Nous pourrons nous procurer tout ce dont vous aurez besoin en cours de route.

Il passa un bras autour du bas du dos de la jeune femme. Puis il la guida rapidement dans la direction d'où il était venu.

— Ma berline est au coin de la rue.

— Je suis désolée de vous avoir fait attendre. Il gèle presque.

Il apprécia qu'elle s'inquiète.

— Ce n'était pas long. Je vais bien.

Ils passèrent le coin de la rue, et son cocher sauta de son siège pour ouvrir la portière.

— Merci, Tinley.

Simon remit la valise au cocher pour qu'il la range derrière son siège, puis il fit une pause avant d'aider Mlle Kingman à monter dans le véhicule.

— Où allons-nous ?

— Dans le Lancashire.

— Parfait, répondit-il en l'aidant à monter, avant de se tourner vers le cocher. Vous avez entendu notre direction.

— Tout à fait, Votre Grâce.

Il s'inclina, puis attendit que Simon monte à son tour avant de refermer la portière derrière lui.

Il prit place à côté de Mlle Kingman sur le siège face à la route.

— Vous n'allez pas vous asseoir là-bas ?

— Je préférerais que nous partagions le siège ainsi que le chauffe-pieds.

Il attrapa la couverture en laine posée sur le banc face à eux et l'étendit sur leurs jambes pour piéger la chaleur du chauffe-pieds.

Elle fronça légèrement les sourcils, et son corps se raidit un peu, mais elle ne dit rien. Elle s'y habituerait, se dit Simon. Il valait mieux, car ils allaient passer un certain temps ensemble. Il leur faudrait une semaine pour arriver dans le Lancashire. Il espérait pouvoir parcourir une cinquantaine de kilomètres par jour, mais cela dépendrait entièrement de la météo et de l'état des routes, deux éléments qui risquaient d'être problématiques en décembre. Soudain, il se demanda s'il était vraiment prudent d'entreprendre ce voyage en direction du nord à cette époque de l'année.

— Qu'y a-t-il dans le Lancashire ? demanda-t-il alors qu'ils se mettaient en route.

— Ma cousine.

Sa voix était encore assez tendue, comme son corps. Peut-être avait-elle froid ? Ou était-elle tout simplement nerveuse. Évidemment qu'elle l'était ! Ce n'était pas du tout ce qu'elle avait prévu de faire en se réveillant ce matin-là.

— Et pourquoi avez-vous choisi d'y aller ?

Elle lui lança un bref regard, et dans la faible lueur de l'unique lanterne suspendue à l'intérieur de la berline, il eut la confirmation, au vu de l'inquiétude qui se lisait dans ses yeux, qu'elle était agitée.

— Honnêtement, je ne voyais pas d'autre endroit où aller. J'ai laissé un mot disant que je ne souhaitais pas épouser le duc et que j'étais rentrée chez moi à King's Grange. C'est notre maison familiale dans le Norfolk.

Il admirait son courage.

— Cela n'a pas dû être facile. Que se passera-t-il lorsque la note sera trouvée demain matin ?

— Mon père sera furieux et partira probablement immédiatement pour le Norfolk. Il lui faudra trois jours et demi pour y arriver, ou peut-être moins, car il voudra me devancer. Il n'y parviendra pas, évidemment, et il devra faire tout le chemin avant de découvrir que je n'y suis pas.

— Vous y avez bien réfléchi.

Le regard qu'elle lui lança alors aurait fait reculer le plus vaillant des chevaliers.

— Je n'avais pas le choix.

Non, en effet, et pour cette raison, il nourrirait d'éternels regrets.

Elle expira, et finalement, elle parut relâcher un peu de tension.

— Je ne peux pas vous le reprocher. Je suis en colère et frustrée, mais ce n'est pas votre faute. Vous faites de votre mieux pour m'aider.

— Vous en voulez à Nick.

— Je devrais. Mais vous avez raison, je ne voudrais pas me retrouver mariée à quelqu'un qui est amoureux d'une autre. Je suis heureuse pour Violet et lui. Du moins, je le serai quand ma colère se sera estompée.

Simon sourit dans la quasi-obscurité.

— Je vous apprécie, en dépit de votre jeunesse.

Son regard prit un air circonspect.

— Ma jeunesse ?

Bon sang, il n'avait pas cherché à se montrer insultant ! Il ne s'était jamais beaucoup intéressé aux jeunes débutantes, ce qu'était précisément Mlle Kingman. Elle ne devait pas avoir plus de vingt et un ans, et elle n'était peut-être même pas si âgée.

— Mes excuses. D'après mon expérience, les jeunes sont

en général écervelés, et je m'inclus dans cette description lorsque j'avais votre âge.

À trente et un ans, il se sentait carrément vieux à côté d'elle.

Il grimaça intérieurement, regrettant de ne pas avoir posé la question avant.

— D'ailleurs, quel âge avez-vous ?

— Presque vingt et un ans. Mais quant à savoir si je suis écervelée… Vous me connaissez à peine.

Il y avait un soupçon de reproche dans sa voix qu'il méritait amplement.

— Cela sera rectifié dans les prochains jours, et je peux déjà dire que vous êtes tout à fait… Quel est le contraire d'écervelée ? demanda-t-il.

Elle cligna des yeux.

— Sensée ? Ou peut-être sage.

Ce n'était pas un mot qu'il aurait utilisé pour la décrire. Cela semblait impliquer un strict minimum et il n'y avait rien de strict ou de minimal chez Mlle Kingman.

— Vous êtes charmante, et je suis une brute. Cette description suffira-t-elle ?

Elle hocha brièvement la tête.

— Pour l'instant, oui.

Il laissa échapper un petit rire. Oui, il l'aimait bien. Et peut-être qu'avec le temps, elle apprendrait à l'apprécier à son tour au cours de leur voyage. À ce sujet, il voulait qu'elle sache à quoi s'attendre.

— Nous allons bénéficier d'une grande proximité lors de notre voyage, tant dans la berline que dans nos hébergements. Je choisirai à dessein des logis plus petits, et nous nous ferons passer pour M. et Mme Phineas Byrd.

Elle le fixa.

— Phineas Byrd ? C'est le nom que vous avez choisi ?

— C'est un peu fringant avec une dose d'humour. N'êtes-vous pas d'accord ?

— Est-ce que j'ai un prénom ?

— Je me suis dit que c'était à vous de choisir, même si je m'efforcerai de ne vous appeler que Mme Byrd. J'admets avoir songé que Kitty Byrd[1] serait amusant.

— Kitty Byrd ?

Il y eut un temps de silence avant que son rire lyrique n'emplisse l'habitacle de la berline. Elle rit fort et longtemps avant de finalement plaquer sa main sur sa bouche.

— Je suis désolée ! réussit-elle à articuler. C'est absurde. J'adore !

Bon sang ! Il faisait plus que simplement l'apprécier. Il appréciait sa compagnie. Le voyage serait long et peut-être difficile, mais Simon soupçonnait qu'il allait y trouver plus de plaisir qu'à tout autre voyage qu'il avait entrepris au cours des deux dernières années. Et il en avait entrepris un certain nombre. C'était ce que l'on faisait quand on ne voulait pas rester chez soi pour affronter les horribles souvenirs qui s'y trouvaient.

Elle prit une profonde inspiration et enfouit ses mains gantées sous la couverture.

— Je n'avais pas pensé à nous faire passer pour un couple marié, mais je suppose que c'est le plus logique. N'ai-je pas besoin d'une alliance ?

Il n'avait pas réfléchi à ce détail.

— Peu importe. Si quelqu'un me demande, je dirai que je l'ai perdue, déclara-t-elle. Mais devrons-nous, euh… partager une chambre ?

Il sentit son malaise et voulut la rassurer.

— Sans aucun doute, mais votre vertu ne craint rien avec moi, affirma-t-il, et la tension autour de sa bouche et de ses yeux parut se relâcher un peu. Camoufler nos identités nous protégera également et, comme je l'ai dit, nous logerons dans de petits hébergements éloignés de la route principale, de sorte qu'il est peu probable que les gens de passage nous reconnaissent. La discrétion sera la clé de notre succès.

— Je vous remercie de l'attention que vous avez portée à cette histoire, monsieur Byrd.

— Tout le plaisir est pour moi, madame Byrd.

— Allons-nous voyager toute la nuit ? s'enquit-elle, l'air sceptique.

— Non. Nous allons rejoindre la banlieue de Londres et trouver une petite auberge où nous pourrons dormir quelques heures. Cela va nous prendre un peu de temps, donc si vous voulez vous reposer maintenant, je vous en prie, faites.

— Je ne suis pas certaine de pouvoir dormir même si j'essayais.

Il n'était pas sûr de pouvoir le faire non plus.

Et pourtant, un petit quart d'heure plus tard, son corps s'était totalement détendu et sa tête reposait sur l'épaule de Romsey. Elle était vraiment toute petite, son corps se pressant très légèrement contre le sien. Elle n'était pas plus qu'une grande couverture de laine plaquée contre lui.

Il se déplaça légèrement, se rapprochant d'elle et levant son bras pour qu'elle puisse s'installer contre sa poitrine, qui faisait probablement un meilleur oreiller que son épaule. Elle soupira dans son sommeil, se blottissant contre lui, lui coupant le souffle.

Il n'avait pas été aussi proche d'une femme depuis plus de deux ans. C'était au tour de son corps à lui de se crisper.

Comment diable s'était-il mis dans cette situation ? Il n'avait pas besoin de réponse à cette question. Ce qu'il devait s'efforcer de garder en tête, c'était qu'il s'agissait d'un arrangement temporaire. Il l'aiderait à aller dans le Lancashire.

Et ensuite, quoi ? Elle ne semblait pas avoir d'autres plans que d'aller chez sa cousine. Il lui demanderait plus de détails demain. Si elle n'avait pas de projet, ils auraient tout le temps d'en trouver un.

Il adressa une autre prière au ciel pour qu'ils bénéficient d'un beau temps et de routes rapides. Puis il se souvint que ses prières restaient généralement sans réponse, surtout quand elles le concernaient. Il clarifia sa demande : *Faites-le pour elle. Gardez-la en sécurité. Préservez son avenir. Guidez-la vers le bonheur.*

Et qu'en était-il de son bonheur à lui ? Il ne faisait pas semblant de croire qu'il le trouverait et il ne le méritait pas non plus. Il avait depuis longtemps décidé que son seul salut serait d'aider les autres. Voilà pourquoi il reversait la majeure partie de ses revenus au foyer de travail de son district ainsi qu'à plusieurs orphelinats de Londres. Il n'avait pas besoin de le garder pour ses héritiers. Son titre mourrait avec lui, et c'était tout aussi bien, puisqu'il l'avait entaché pour toujours.

Le duc Ravageur, en effet.

~

*L*a berline heurta une ornière particulièrement profonde, et Diana fit tomber le livre qu'elle tenait pour la troisième fois. Romsey, car c'était ainsi qu'elle avait pris l'habitude de penser à lui, se plia à la taille et le ramassa sur le sol.

— Je devrais peut-être trouver un moyen de le fixer sur vos genoux, proposa-t-il.

— Je ne vois pas comment. Mais j'apprécie que vous ayez été assez prévoyant pour emporter des livres.

— N'oubliez pas les cartes, même si c'est plus délicat dans un véhicule en mouvement.

— J'ai bien peur de ne pas savoir jouer aux cartes.

Ses parents ne l'y avaient jamais autorisée, estimant que c'était une activité inutile et grossière pour une débutante.

Il haussa brièvement les sourcils, surpris.

— Je vois. Je pourrai sans doute vous apprendre à l'auberge plus tard si nous ne sommes pas trop fatigués.

La seule pensée d'être à nouveau enfermée avec lui dans une pièce faisait monter sa température corporelle en flèche. Elle mettait cela sur le compte de la gêne d'avoir à se trouver si proche d'un presque inconnu, mais elle craignait qu'il s'agisse peut-être d'autre chose. Une chose qu'elle préférait ignorer, ce qu'elle fit.

Étonnamment, elle s'était endormie sur le chemin de leur arrêt la nuit dernière. Plus surprenant encore, elle s'était réveillée dans ses bras à leur arrivée. Pendant un bref instant, elle avait senti sa chaleur et les battements réguliers de son cœur. Et elle avait ressenti une chose pour la première fois : la sécurité. Elle en était totalement déconcertée, et avait failli tomber par terre dans ses efforts pour s'éloigner de lui.

Puis ils étaient montés dans leur minuscule chambre à l'auberge. Le lit était à peine assez large pour deux personnes, surtout qu'ils avaient placé une couverture roulée au milieu. Ils avaient tous deux dormi entièrement habillés, et Diana s'était réveillée dans la même position que celle dans laquelle elle s'était endormie. De toute évidence, elle n'avait pas osé bouger.

Ils n'avaient pas enfilé leurs vêtements de nuit, car leur arrêt ne durait que quelques heures. Mais ce soir, ce serait différent. Ce soir, ils seraient là toute la nuit, et honnêtement, Diana ne pouvait imaginer dormir à nouveau vêtue de son corset et de son jupon.

Si seulement ses parents la voyaient maintenant ! Sa mère s'évanouirait, horrifiée, et son père serait fou de rage. En fait, c'était probablement déjà le cas.

Elle avait souvent pensé à eux durant le voyage, se demandant si son père était déjà en route pour King's Grange. Sa mère était-elle partie avec lui ? Avait-il reporté sa colère sur elle ? Diana espérait que non, et de fait, elle avait écrit à ce propos dans sa note, expliquant que c'était sa décision de ne pas épouser Kilve et de se retirer à King's Grange. Elle avait aussi ajouté qu'elle avait hâte de passer les vacances à la maison plutôt qu'à Londres. Cette partie, au moins, était vraie. Ou elle l'aurait été si elle était vraiment rentrée chez elle.

Chez elle. Où était-ce maintenant ? Nulle part, constata-t-elle.

— Vous ne lisez pas.

La voix de Romsey s'insinua dans ses pensées. Elle tenait le livre dans ses mains, mais ne l'avait pas ouvert depuis qu'il le lui avait rendu.

Ravie de pouvoir mettre de côté les soucis qu'elle avait en tête, elle s'apprêta à se remettre à lire.

— À quoi pensiez-vous ? lui demanda-t-il, refermant son propre livre, marquant la page avec son doigt.

— À l'avenir.

Ce n'était pas tout à fait un mensonge. Elle était sur le point d'y réfléchir.

— Ah. Voilà qui peut s'avérer être une entreprise délicate. Que projetez-vous de faire une fois que nous serons chez votre cousine ?

— Je ne sais pas.

Elle tourna la tête et se rendit compte qu'il la regardait attentivement. Il était très beau ; c'était un fait que tous avaient reconnu lors de la partie de campagne. Le duc de Kilve était le plus convoité des deux, mais uniquement parce qu'il n'était pas affligé de l'horrible réputation de l'homme qui se trouvait devant elle. Ils étaient des amis très proches, mais leurs comportements étaient radicalement différents. Kilve s'était montré froid et distant, une façade qu'il avait érigée pour se protéger. Romsey, en revanche, avait le rire facile et usait de son charme auprès de quiconque voulait bien y prêter attention. Et Diana et ses amies avaient prêté attention, dans la mesure où leurs parents le leur avaient permis.

Le père de Diana avait très clairement fait savoir qu'il ne tolérerait pas de rapprochement entre elle et le *duc Ravageur*, l'abominable surnom qui lui avait été attribué en raison de ses péchés passés. Ou prétendus péchés. Diana n'était pas là pour le juger.

Oui, il était très séduisant avec des cheveux et des yeux sombres qui comportaient une touche d'or. Dans ses cheveux, des mèches plus claires apparaissaient çà et là au milieu des mèches sombres, et dans ses yeux, des mouchetures scintillantes près du centre lui donnaient un air espiègle. Mais il y avait aussi de fines rides autour de ses yeux et quelques-unes autour de sa bouche, qui témoignaient peut-être d'une souffrance intime. Et vu ce qu'elle savait de la mort de sa femme, elle ne doutait pas qu'il avait souffert. Elle brûlait d'envie de lui demander la vérité, mais n'en avait pas le courage.

Ils avaient des jours et des jours à passer ensemble. Elle pourrait bien trouver l'audace de le faire.

Pour l'instant, elle allait se montrer prudente et essayer de ne pas tomber sous le charme de son regard enchanteur. Il la regardait toujours avec beaucoup d'attention et de sincérité. Il était presque impossible de le considérer comme un meurtrier. Mais elle gardait en tête, comme elle le faisait toujours, que les apparences pouvaient être trompeuses. Elle n'avait pas à chercher bien loin, il lui suffisait de penser à son père.

— Eh bien, vous avez plusieurs jours pour vous décider, dit-il, ramenant son attention sur la conversation. Comment puis-je aider ?

— Vous m'aidez déjà, merci.

— Je ne me sentirai pas à l'aise de vous déposer dans le

Lancashire sans le moindre plan. En fait, je ne suis pas encore tout à fait certain de notre destination.

Cela, au moins, elle le savait.

— Blackburn.

Il haussa les sourcils étonnamment haut.

— Comme le duc Disparu ?

Ce n'était pas le même genre de surnom que celui dont Romsey et Kilve étaient affublés, mais il remplissait son office, selon elle. Il exprimait très précisément la triste notoriété du duc de Blackburn.

— Exactement. Ma cousine est la duchesse de Blackburn.

Romsey souffla.

— Je me souviens quand il a disparu. Quelle tragédie ! Cela fait combien de temps maintenant ?

— Plus de six ans. Assez longtemps pour que son absence ne dérange pas Verity.

Comme si cela avait déjà été le cas. Elle avait immédiatement regretté de l'avoir épousé, à tel point qu'elle s'était sentie coupable d'avoir été soulagée lorsqu'il avait disparu sans laisser de trace.

— J'ai hâte de la voir, cela fait presque deux ans que nous ne nous sommes pas vues.

— On dirait que vous êtes proches. Une fois que vous serez arrivée, elle pourra peut-être vous aider à décider quoi faire. À moins que vous n'ayez déjà une idée en tête.

Ses pensées se tournèrent aussitôt vers les fantasmes auxquels elle s'était abandonnée la veille : une vie indépendante avec une maison à elle, instruire des jeunes filles…

— On dirait bien que c'est le cas, dit-il doucement, s'immisçant une fois de plus dans ses pensées.

Elle avait détourné le regard vers la vitre située derrière lui, sur la portière de la berline. À présent, elle le posait sur lui. Les éclats d'or dans ses yeux semblaient danser impatiemment.

Soudain, elle songea aux lèvres de Romsey contre les siennes lors de la partie de campagne. Elle avait été si choquée qu'elle n'avait pas réagi. La bouche du duc s'était attardée sur la sienne juste assez longtemps pour qu'elle ait eu l'impression de fondre. Ensuite, il était parti, la laissant froide et étrangement démunie.

Elle cilla.

— Ce n'est rien, répondit-elle en se penchant une nouvelle fois sur son livre.

— Cela ne peut pas être rien. J'ai aperçu le tout début d'un léger sourire. Ce n'est pas « rien » qui peut déclencher un sourire.

— Quelle phrase ridicule ! dit-elle en laissant apparaître un vrai sourire.

— Effectivement, mais vous comprenez ce que je veux dire. Dites-moi ce que votre cœur désire.

Il se servait de la même expression qu'elle avait utilisée hier en parlant de Kilve.

— Quand on parle de ce que le cœur désire, on parle d'amour en général, n'est-ce pas ?

Mais seules les personnes les plus chanceuses tombaient amoureuses, et Diana ne se sentait pas particulièrement en veine.

Comme elle ne répondait toujours pas, il se pencha plus près.

— Vous pouvez me le dire. Je suis doué pour garder les secrets.

Elle le regarda à nouveau dans les yeux, et pour une raison qu'elle ignorait, elle décida de le lui dire.

— Ce que vous avez suggéré hier… Ce serait bien d'avoir mon propre cottage. Un endroit où je pourrais devenir enseignante. Peut-être.

Elle haussa les épaules, tandis que la chaleur montait dans son cou.

— C'est charmant, dit-il d'une façon douce, presque révérencieuse. Dans mon district, un foyer de travailleurs a récemment ouvert une petite école dans le cadre de son programme. Je leur ai donné une grande partie de ma bibliothèque, enfin ce qu'ils voulaient, en tout cas. J'ai peur qu'il y ait de nombreux ouvrages dont la lecture serait une corvée absolue.

— Vous avez donné votre bibliothèque ?

— J'ai trouvé un endroit où elle servirait beaucoup plus, dit-il en penchant la tête sur le côté. Que dirait votre famille si vous m'épousiez ?

Et juste comme ça, la magie du moment disparut face à l'invasion de la réalité.

— Rien de bon. Je n'aurais pas le droit de faire une telle chose. C'est là que l'autre partie de votre suggestion entre en jeu. Je devrais disparaître, changer mon nom et laisser Diana Kingman derrière moi.

— Vous pouvez sans doute faire cela, mais cela signifierait laisser vraiment cette vie derrière vous. Cela inclut tous ceux que vous connaissez, y compris cette cousine à qui vous allez rendre visite. Êtes-vous vraiment proches ?

Elle n'avait pas songé à cela.

— Oui. Elle garderait mon secret.

— Pourriez-vous lui demander de le faire ?

Elle pourrait, mais il avait raison. Même si Verity et elle avaient grandi ensemble, Diana ne pouvait pas attendre d'elle qu'elle mente à leurs pères. Ils étaient frères et se ressemblaient beaucoup, surtout au niveau du tempérament.

— Je ne devrais sans doute pas le faire, dit-elle, s'efforçant de ne pas paraître abattue.

— Vous n'avez pas à décider de quoi que ce soit pour l'instant, répondit Romsey, l'encourageant avec chaleur. Je suis là, et je vous aiderai de toutes les manières possibles. Vous n'êtes pas seule.

Elle n'était peut-être pas seule, mais c'était pourtant ce qu'elle ressentait. Il lui était impossible de faire autrement, vu la façon dont elle avait été forcée de vivre. Elle se demanda si l'indépendance dont elle rêvait n'impliquait pas toute une vie de solitude. Pourrait-elle accepter l'une pour obtenir l'autre ?

C'était presque risible d'imaginer qu'elle avait le choix. Mais peut-être, juste peut-être, était-ce le cas. À cause de ce désastre dans lequel Kilve l'avait plongée. Et dont Romsey semblait vouloir la sauver.

— Merci, murmura-t-elle en soulevant son livre et en essayant de se concentrer sur la page.

Elle n'était que trop consciente du corps de ce dernier près du sien. Ils ne se touchaient pas tout à fait, mais étaient suffisamment proches pour qu'elle sente sa chaleur. Ce qui était le but de leur proximité puisqu'il faisait plutôt froid.

Sa raison lui disait que c'était insensé de planifier sa vie avec ce presque étranger, ou de dépendre de lui. Pourtant, il s'était montré plus gentil avec elle que n'importe qui avant cela. Elle espérait que c'était son véritable visage. Le temps le lui dirait, et avec un peu de chance, ce serait au cours de la semaine à venir.

Quelques minutes plus tard, la berline ralentit. Romsey se pencha vers la vitre pour regarder dehors.

— Nous sommes arrivés, annonça-t-il.

Une fois le véhicule arrêté, Romsey ouvrit la portière. Il attendit que le cocher abaisse le marchepied, puis sauta à terre et aida Diana à descendre.

Ses jambes protestèrent après les dernières heures passées dans la berline, mais c'était bon de sentir son sang circuler à nouveau. L'auberge était un peu plus grande que celle de la nuit précédente, arborant un charmant toit à pignons.

Le duc l'escorta à travers la cour. Le sol était dur, et elle se réjouissait qu'ils aient eu l'heur d'éviter la pluie. Peut-être la chance avait-elle tourné.

— Où sommes-nous ? s'enquit-elle.

— Juste à la sortie de Luton, il me semble.

— Connaissez-vous cette route ?

— Un peu, dit-il en ouvrant la porte de l'auberge, et la faisant entrer.

Avant qu'elle ait pu lui demander ce qui l'avait amené jusqu'ici, une femme plantureuse aux yeux bleu vif et aux fossettes remarquables les accueillit.

— Oh, mais voilà donc, M. Byrd !

Le nom fit sursauter Diana, pourtant, elle n'aurait pas dû être surprise, car c'était leur pseudonyme. Mais comment cette femme l'aurait-elle su ? Elle ne pouvait pas s'attendre à leur arrivée. À moins que Romsey n'ait prévu ce trajet depuis le début. Et s'ils n'étaient pas en route pour le Lancashire ? Elle se rendit compte qu'il avait pu l'enlever, l'emmener où il voulait. Après tout, c'était un meurtrier présumé.

Elle l'observa avec méfiance tandis qu'il parlait à la femme, qui semblait plutôt heureuse de le voir.

Je suis ridicule ! se réprimanda Diana. Pourquoi l'enlève-rait-il ? Quel but pourrait-il bien avoir ? Voulait-il l'emmener à Gretna Green[2] et la contraindre à l'épouser ?

— Mon amour, l'appela-t-il, la faisant sursauter alors qu'il lui prenait la main.

Cette marque d'affection chassa toutes ses autres pensées.

— Kitty, viens rencontrer Mme Watt, la femme de l'auber-giste. Permettez-moi de vous présenter ma *femme*, Mme Byrd.

Il attira Diana contre lui.

Elle se connecta à sa chaleur, et son corps frissonna à ce contact, en dépit du tour angoissant qu'avaient pris ses pensées. Se forçant à sourire, elle adressa un signe de tête à Mme Watt.

— Enchantée de vous rencontrer.

Mme Watt applaudit et ses yeux se mirent à pétiller de joie.

— Mon Dieu, les félicitations sont de rigueur ! Nous vous avons vu cet été, et vous n'étiez pas marié. Cela ressemble à une grande histoire d'amour. J'ai hâte de l'entendre au dîner ! ajouta-t-elle avec un clin d'œil à l'attention de Romsey. Souhaitez-vous la même chambre ?

— Ce serait plus que convenable, merci.

— Venez, alors.

Elle leur fit traverser la petite salle commune et monter un escalier étroit.

L'esprit de Diana s'agitait autour de ce qu'ils allaient bien pouvoir raconter au dîner. Et pourquoi était-il venu ici l'été dernier en tant que M. Byrd ?

Ils atteignirent le palier qui ne desservait que deux chambres, correspondant aux pignons que Diana avait vus. Mme Watts les conduisit dans celle du côté droit du palier.

— Nous y sommes. Le dîner sera servi dans un petit moment. Voulez-vous que j'envoie un garçon pour vous allumer un feu ?

— Non, je vais m'en occuper. Et mon cocher apportera nos affaires. Merci beaucoup, madame Watt.

— Tout le plaisir est pour moi, monsieur Byrd. Nous nous reverrons au dîner.

Après le départ de la femme, Diana se tourna face au duc.

— Comment se fait-il qu'elle vous connaisse ? Il est impossible que vous ayez arrangé cela à l'avance.

Il se dirigea vers la cheminée et ouvrit la boîte contenant le silex et l'amadou pour allumer le feu.

— Non, bien sûr que non. Vous ne m'avez pas dit où nous allions avant le départ. Il se trouve que je suis déjà passé par là. Je ne m'en souvenais pas au début.

Cela rassura quelque peu Diana, mais ce n'était pas tout à fait logique.

— En tant que M. Byrd ?

Il s'agenouilla devant l'âtre pour allumer le feu, qui était déjà préparé. Il ne tourna pas la tête en répondant.

— Euh… oui.

Elle voulait s'assurer d'avoir bien compris.

— Vous êtes déjà venu ici en tant que M. Byrd ?

Une fois le feu allumé, il se leva.

— Oui.

Elle pencha la tête sur le côté, attendant qu'il en dise plus. Comme il n'en faisait rien, elle posa les mains sur les hanches. Il se montrait décidément très circonspect.

— Pourquoi êtes-vous venu ici sous un faux nom ?

— J'aime voyager, expliqua-t-il en haussant les épaules, mais toujours sans croiser son regard, ce qui n'aidait pas sa cause. Et je préfère rester anonyme.

— Sauf que vous ne l'étiez pas. Vous vous êtes servi d'un nom particulier. Un nom que nous utilisons maintenant pour ce… voyage.

Elle ne savait pas vraiment comment le qualifier. Une évasion ?

Il la regarda enfin.

— Ne vous inquiétez pas. Personne ne sait qui je suis vraiment. Et ils ne vous connaîtront qu'en tant que Mme Byrd. Kitty Byrd.

Il ricana, et elle leva les yeux au ciel en voyant qu'il trouvait de l'humour à cette situation.

— Oui, ils me connaîtront comme votre femme, avec apparemment un fantastique récit sur la façon dont nous sommes tombés amoureux.

— Fantastique ? Je m'étais dit que nous pourrions simplement prétendre avoir été présentés par un ami commun et avoir décidé de nous marier. Mais je suppose que nous pourrions imaginer une histoire plus amusante, dit-il, se caressant le menton, une lueur espiègle au fond du regard. Je sais ! Vous avez abandonné votre fiancé devant l'autel, et vous vous êtes enfuie avec son meilleur ami.

Il éclata de rire.

Elle le fixa, sans savoir si elle devait rire ou pleurer. Elle parvint à articuler :

— C'est un peu trop proche de la réalité à mon goût.

Il dégrisa aussitôt.

— Oui, je suis désolé. Je n'aurais pas dû dire ça. Vous en rirez peut-être plus tard.

Rire d'être rejetée par un duc parce qu'il en aimait une autre ? Elle pouvait certes en rire, mais sans doute pas parce que cela l'amusait. Elle se sentait plutôt impuissante. Elle haïssait cette sensation qu'elle avait endurée dans tous les aspects de sa vie depuis aussi longtemps qu'elle s'en souvenait. Elle releva le menton.

— Vous m'aimez depuis des années, et vous m'avez finalement convaincue de vous épouser.

Il fit un pas vers elle et posa son regard acéré sur le sien.

— Je pourrais bien y croire.

Que faisait-il ? Est-ce qu'il flirtait avec elle ?

— Mais ce n'est pas la vérité.

— Ce sera amusant de prétendre que ça l'est.

Il lui offrit un sourire diabolique qui fit vibrer ses entrailles comme la fois où elle était montée dans un phaéton[3] surélevé.

Amusant ? De faire semblant d'être mariée ? À lui ?

Si tout s'était passé comme prévu, elle serait sur le point de convoler. Certes, c'était avec quelqu'un d'autre, mais elle pouvait sans doute faire semblant le temps d'une soirée.

Bien sûr qu'elle pouvait. Elle était passée maîtresse dans l'art de vivre un mensonge, de feindre un intérêt quand il n'y en avait pas, d'afficher une joie qui n'existait pas. Ce soir n'aurait rien de différent.

CHAPITRE 3

Se retirant de leur chambre pour que Mlle Kingman puisse faire sa toilette en privé, Simon descendit dans la salle à manger où Mme Watt avait dressé une table plutôt impressionnante pour une si petite auberge.

Une fois qu'elle lui avait rappelé qu'il était déjà venu ici, il s'était souvenu vaguement de sa visite l'été dernier lors d'un de ses voyages. Il se rappelait l'enthousiasme de Mme Watt, et un faisan particulièrement succulent.

L'aubergiste entra dans la salle à manger à ce moment-là, comme si les pensées de Simon l'avaient invoqué.

— Bonsoir, monsieur Byrd ! s'exclama-t-il d'un ton jovial. Puis-je vous proposer une chope de bière ?

— Non, je vous remercie. Du thé, si cela ne vous dérange pas trop. Et un verre de vin pour ma femme, si vous en avez.

— Bien sûr, bien sûr.

— Je vois qu'il y a cinq sièges à la table, remarqua Simon. Est-ce que vous et Mme Watt vous joindrez à nous ?

— Oh, oui. Mme Watt est très impatiente de savoir comment vous et Mme Byrd vous êtes rencontrés. Je vais m'excuser pour elle dès maintenant… Elle est excessivement romantique, cette femme futile. Notre autre hôte sera également présent. C'est un homme plus âgé, M. Alby.

— Parfait.

— Je vais juste aller chercher les boissons, indiqua M. Watt en inclinant la tête avant de se retirer.

Simon alla jusqu'à la fenêtre et regarda la cour sombre. Leurs journées de voyage seraient brèves, car la lumière du jour était écourtée, mais jusqu'à présent, ils bénéficiaient d'un temps clair. Il ne pouvait qu'espérer que cela continuerait.

Cela ne faisait qu'une journée, mais il avait apprécié de passer du temps avec Mlle Kingman. Ils avaient lu et somnolé dans la berline, et leur conversation s'était limitée à leur lecture, au temps, et aux difficultés du voyage. Il avait envie de poser des questions plus intimes, comme pourquoi, en particulier, elle avait ressenti le besoin de fuir son père. Mais il se disait qu'il y aurait bien assez de temps pour cela. Il se demandait si elle ressentait la même chose. Brûlait-elle d'envie de l'interroger sur son horrible réputation ? Il ne pouvait pas lui en vouloir, et il savait qu'il allait sans doute devoir partager *quelque chose*.

— Bonsoir.

L'arrivée de l'autre client, M. Alby, interrompit le cours des pensées de Simon. L'homme, qui s'appuyait sur une canne pour se rendre dans la salle à manger, devait avoir dans les soixante-dix ans. Il portait des lunettes perchées sur le bout de son nez volumineux et des sourcils blancs et broussailleux dépassaient de la monture argentée.

— Bonsoir. Je m'appelle Byrd.

Simon lui tendit la main, se rendant compte tardivement qu'Alby se servait de la sienne pour tenir sa canne.

L'homme âgé leva la main gauche pour une poignée de main maladroite, mais ferme.

— Enchanté de faire votre connaissance. Je crois savoir que votre femme se joindra également à nous.

— Effectivement, répondit-il en s'approchant d'une des chaises qu'il tira. Puis-je vous aider à vous installer ?

— C'est très gentil de votre part, mon garçon, répondit Alby en se laissant tomber sur la chaise avec un petit « ouf » subtil.

Il appuya sa canne contre la table.

Le bruissement d'une jupe attira l'attention de Simon qui se retourna vers le seuil de la porte. Mlle Kingman portait toujours ses vêtements de voyage, mais elle avait retiré le chapeau assorti et délaissé ses gants. Ses cheveux noirs étaient noués en un chignon simple à l'arrière de sa tête, mais elle avait arrangé quelques mèches pour qu'elles bouclent autour de son visage. Enfin, elles ne bouclaient pas tout à fait, mais ondulaient légèrement. Elle était incroyablement séduisante, même si elle avait dormi dans cette robe. Il se demanda dans quelle tenue elle allait dormir ce soir-là.

Bon sang, il ne devait pas penser à ce genre de choses quand ils étaient ensemble !

Pourquoi ? Parce que cela pourrait l'exciter ? Cela ne lui arrivait plus. Enfin, cela ne lui était plus arrivé jusqu'à ce qu'il embrasse la femme qui se trouvait devant lui lors de cette partie de campagne. Elle avait réveillé l'homme enfoui au creux de la coquille qu'il était devenu, et maintenant il devait passer des jours entiers avec elle sans chaperon. Et il devait prétendre être épris d'elle.

Non, cela ne lui poserait aucune difficulté. Elle lui insufflait une vie qu'il avait depuis longtemps oubliée, et il l'acceptait. Ne fut-ce que pour un court moment.

Il lui sourit et s'avança pour lui prendre la main, la guidant dans la pièce. À l'instant où leurs chairs nues se rencontrèrent, il fut saisi d'un frisson.

— Voici ma femme. Madame Byrd, permettez-moi de vous présenter M. Alby. Monsieur Alby, voici Mme Byrd.

Il fut déçu quand Mlle Kingman lui lâcha la main pour faire une brève révérence.

— Enchantée de vous rencontrer, monsieur Alby.

C'est alors que M. Watt fit son entrée, portant un plateau avec leurs boissons.

— Eh bien, bonsoir, madame Byrd ! Le dîner est presque prêt.

Il déchargea le plateau sur la table, posant le verre de vin de Mlle Kingman à la place en face de M. Alby. Il plaça la théière et la tasse devant le siège à côté du sien. Puis il se tourna vers M. Alby.

— Puis-je vous apporter de la bière, ou un verre de madère ? C'est ce que je viens de servir à Mme Byrd.

— Une bière, merci.

Avec un hochement de tête, M. Watt repartit.

Simon tira la chaise de Mlle Kingman pour qu'elle s'installe sur le coussin, puis la repoussa vers la table avant de s'asseoir à son tour.

Alby le regarda en cillant derrière ses lunettes.

— Est-ce que le thé est pour vous, Byrd ?

— En effet.

Simon prit la théière et versa l'infusion dans sa tasse.

Alby tourna la tête vers Mlle Kingman.

— Votre mari est-il malade ? Ou lui interdisez-vous de boire ?

Mlle Kingman lui jeta un regard affolé. Peut-être aurait-il dû la préparer à cela. Il n'y avait même pas pensé. Bon sang, quel autre élément ne lui avait pas traversé l'esprit ? Cela s'annonçait peut-être plus difficile qu'il ne l'aurait cru.

— Je ne bois pas d'alcool, dit Simon doucement. Je préfère garder l'esprit clair en permanence.

Alby parut horrifié.

— Pas de bière, ni de vin, ni d'alcool d'aucune sorte ?

Simon secoua la tête.

— C'est sacrément étrange, marmonna Alby en secouant la tête à son tour.

Mlle Kingman leva son verre pour en prendre une gorgée et jeta un coup d'œil curieux à Simon. Il se concentra sur son thé et fut épargné d'un nouvel interrogatoire par l'arrivée de Mme Watt.

Elle entra avec un plateau de nourriture qu'elle déposa sur la table.

— Je suppose que vous ne servez pas de faisan ? lui demanda Simon avec espoir.

Le visage de Mme Watt se décomposa.

— J'ai bien peur que non. C'est du bœuf.

— Je suis sûr qu'il est fantastique, s'empressa de dire Simon, car il ne voulait pas qu'elle se sente mal à l'aise.

Elle s'illumina.

— Il y a des navets et du pain frais, ainsi que quelques légumes verts. Oh, et de la sauce, également. M. Watt fait une excellente sauce aux champignons.

Il revint alors, portant un nouveau plateau avec la bière d'Alby et d'autres plats pour la table, ainsi qu'une bouteille de vin et deux verres vides, sans doute pour sa femme et lui. Le couple Watt entreprit de servir tout le monde avec les mets qu'ils avaient apportés à la table.

Mlle Kingman le regarda avec surprise et incertitude. Oui, il aurait aussi dû la préparer à ce genre de repas. Elle n'avait sans doute jamais dîné de cette manière. Jusqu'à présent, il ne se comportait pas vraiment en mari.

— Racontez-nous comment vous en êtes arrivés à vous marier, demanda Mme Watt en faisant le tour de la table pour verser de la sauce sur le bœuf de chacun, posant les yeux sur Mlle Kingman. Vous avez fait une excellente prise. Je suis sûr qu'il y a eu plusieurs cœurs brisés dans votre sillage, monsieur Byrd.

— Pas beaucoup, répondit-il. Ou peut-être pas du tout. Je ne peux vraiment pas le dire. Je n'ai prêté attention à personne en dehors de ma charmante femme, pendant des années et des années. Jusqu'à ce qu'elle accepte finalement de m'épouser.

Mme Watt prit place au bout de la table, près de Mlle Kingman, et regarda la jeune femme en cillant.

— Pourquoi l'avez-vous fait attendre ?

Elle semblait totalement incrédule, et Simon aurait pu trouver cela amusant s'il n'avait pas attendu la réponse de Mlle Kingman avec appréhension. Il espérait que tout cela ne la dérangeait pas, mais c'était nécessaire pour préserver leur subterfuge.

Mlle Kingman adressa un sourire serein à Mme Watt.

— Comme vous pouvez le voir, il est un peu plus âgé que moi. Je souhaitais tout simplement attendre de me sentir prête à devenir une épouse, expliqua-t-elle, puis elle tourna la tête vers Simon et battit des cils avec pudeur. M. Byrd a eu la gentillesse de se montrer patient, dit-elle d'une voix douce.

— Je n'avais pas le choix. Il n'y a simplement aucune autre femme au monde pour moi.

Mlle Kingman écarquilla brièvement les yeux, et Simon comprit qu'il était allé un peu trop loin. Mais cela ferait plaisir à Mme Watt.

— Comme c'est romantique ! s'exclama cette dernière.

— En effet, dit tranquillement M. Alby, ce qui surprit Simon, et visiblement tous les autres puisqu'ils braquèrent leur regard sur lui. J'ai récemment perdu ma femme. Nous avons été mariés pendant quarante-huit ans. Il n'y avait personne d'autre pour moi non plus, ajouta-t-il en levant sa chope en guise de toast. À nos épouses.

Simon et M. Watt se joignirent à lui.

— À nos femmes.

Avec un regard vers Mlle Kingman, Simon but son thé. Elle baissa les yeux sur son assiette et se concentra sur son repas.

— Quand vous êtes-vous mariés ? s'enquit Mme Watt.

— La semaine dernière, répondit Simon en se servant de navets. C'est notre voyage de noces.

Mme Watt leur adressa un sourire à lui et Mlle Kingman.

— Comme c'est charmant. Quelle est votre destination ?

— Le Pays de Galles.

Simon se demandait combien de temps l'interrogatoire allait durer. Peut-être pouvait-il détourner la conversation. Il sourit à Alby de l'autre côté de la table.

— Où allez-vous, monsieur Alby ?

— À Hounslow, pour vivre avec ma fille. Son mari y dirige une école. Maintenant que je suis seul, elle veut que je vienne, expliqua-t-il avec un geste de la main. J'ai accepté, car cela la rendra heureuse.

Simon sourit avant de prendre une bouchée du délicieux bœuf. Mme Watt avait raison, son mari faisait une excellente sauce aux champignons.

— Quel plaisir ce sera pour vous tous d'être ensemble, remarqua Mlle Kingman. Avez-vous des petits-enfants ?

— Oui, répondit-il avec une note de fierté dans la voix. Deux superbes filles et un solide gaillard.

Mlle Kingman sourit, et ce fut comme si on avait davantage éclairé la pièce.

— Ils vont adorer vous avoir avec eux, sans aucun doute.

Les yeux de M. Alby scintillèrent derrière ses lunettes.

— Pour vous dire la vérité, ma fille n'a pas eu à me le demander deux fois.

Le cœur de Simon se serra. Avoir une famille qui vous aimait, qui voulait de vous, était une chose merveilleuse. Il songea à sa mère et à ses deux sœurs aînées, qui lui avaient tourné le dos à la mort de Miriam. Et même avant cela, en réalité, s'il y avait prêté attention. Ce qu'il n'avait pas fait. Avant d'épouser Miriam, il ne pensait qu'à s'amuser, surtout après la mort de son père.

Et tout à coup, son estomac se retourna, et il perdit tout intérêt pour son repas. Il but son thé et jeta un regard nostalgique vers la bouteille de vin. Il n'avait pas vraiment envie de boire. Simplement d'oublier.

Mlle Kingman regarda Mme Watt.

— Avez-vous des enfants ?

La femme de l'aubergiste se tamponna la bouche avec sa serviette en hochant la tête.

— Oui. Notre fils travaille comme secrétaire à Londres, répondit-elle d'un ton fier. Et nous avons une fille qui est mariée à un meunier à Dunstable. J'espère que vous prêtez attention à l'intérêt que votre femme porte aux enfants, monsieur Byrd, ajouta-t-elle avec un regard perçant à l'intention de Simon.

Ses yeux brillaient de joie et elle échangea un regard réjoui avec son mari à l'autre bout de la table.

Simon lança un regard méfiant à Mlle Kingman. Un léger rougissement apparut dans son cou, mais elle détourna soigneusement le visage en prenant son verre de vin. Priait-elle pour que ce repas se termine ?

La conversation dévia vers la sauce aux champignons de M. Watt lorsque M. Alby en complimenta la saveur. Cela déboucha sur une explication détaillée des méthodes qu'il employait pour préparer et conserver la sauce.

Simon picora sa nourriture, mais ne mangea pas beaucoup plus.

— Monsieur Byrd, vous avez à peine touché à vos légumes, s'inquiéta Mme Watt. J'espère que tout va bien. Vous ne pouvez pas être malade pendant votre voyage de noces.

— Je vais bien, merci, madame Watt. Je suis juste un peu

fatigué par le voyage. Je suppose que Mme Byrd ressent la même chose, n'est-ce pas, mon amour ?

Il pivota vers Mlle Kingman, qui terminait son madère.

— Oui, c'est vrai, répondit-elle avec un sourire fatigué à l'intention de Mme Watt. Cela vous dérangerait-il beaucoup si nous nous retirions ?

— Pas du tout. Fatigués ou non, les jeunes mariés ont besoin de temps à eux.

Elle échangea un autre regard complice avec M. Watt.

Après avoir dit bonne nuit, Simon escorta Mlle Kingman de la salle à manger jusqu'à leur chambre à l'étage. Dès qu'ils furent à l'intérieur, Simon s'adossa à la porte tandis qu'elle se dirigeait vers la fenêtre donnant sur le jardin.

— Ce n'était pas si terrible, si ? lui demanda-t-il.

Elle regarda dehors un moment, puis elle tira les rideaux. Se tournant vers lui, elle secoua la tête.

— Un peu gênant, mais pas horrible.

Il s'éloigna de la porte.

— Mes excuses. J'aurais dû vous préparer à certaines choses.

— Comme cette histoire que vous avez inventée de jeunes mariés en route pour le Pays de Galles.

Elle haussa un sourcil noir charbon vers lui.

— L'idée m'est venue sur le moment, en fait. Je pensais avoir plutôt bien géré. Tout comme vous, en expliquant pourquoi je m'étais langui de vous pendant des années.

Un doux bruit de gorge lui échappa.

— Vous vous êtes montré un peu excessif. « Aucune autre femme au monde » pour vous ?

Elle le regarda comme s'il était idiot.

Avec un rire, il se dirigea vers la cheminée, où quelqu'un avait alimenté le feu pendant qu'ils dînaient.

— Si je dois raconter une histoire, j'aime autant qu'elle soit extrêmement heureuse, pas vous ?

— Je suppose, admit-elle en le rejoignant devant l'âtre, tendant les mains vers la chaleur. J'avais entendu dire que vous ne buviez pas d'alcool. Je n'étais pas certaine que ce soit vrai.

— Ça l'est. De toute évidence.)

— Que faites-vous après le dîner avec les autres gentlemen quand ils boivent du porto ? Au cours de la partie de campagne, vous êtes-vous simplement abstenu ? Personne ne questionne votre comportement ?

Il se retourna pour lui faire face.

— Honnêtement, non. Cette partie de campagne était la première invitation polie que j'aie reçue en deux ans. Je crois que la plupart des gentlemen présents étaient ravis de ne discuter que de sujets ineptes. Quand ils parlaient avec moi.

Elle écarquilla brièvement les yeux.

— Certains d'entre eux ne l'ont pas fait ?

La plupart d'entre eux, en fait.

— Votre père faisait partie de ceux-là.

Elle émit encore ce bruit de gorge, mais cette fois, il exprimait clairement du dégoût.

— Cela ne me surprend pas. Il pensait déjà que votre présence était scandaleuse. Quand il a su que nous nous étions embrassés…

Elle détourna brusquement son attention vers le feu. Comme ses joues étaient déjà roses à cause de la chaleur, Simon n'aurait su dire si elle rougissait.

— Ce n'était qu'un jeu idiot.

Simon espérait la mettre à l'aise, mais quand elle lui jeta un bref regard surpris, il eut envie de retirer ce qu'il venait de dire. Peut-être cela avait-il représenté plus pour elle.

— Oui, effectivement.

Ou peut-être était-il désespéré au point de voir de l'affection là où il n'y en avait pas.

Il se détourna du feu et contempla le lit. Il n'était ni grand ni petit, et ils pourraient mettre une couverture entre eux. Cependant, il n'y avait pas de paravent pour leur accorder un peu d'intimité.

Il ne savait pas vraiment comment aborder le sujet sensible du déshabillage, mais comme ils allaient passer plusieurs nuits ensemble, il était impératif de le faire. Il la regarda par-dessus son épaule.

— Vous n'avez pas l'intention de dormir à nouveau dans vos vêtements, n'est-ce pas ?

Elle se retourna devant le feu, mais sans s'approcher de lui.

— Je ne préférerais pas. Mais j'ai bien peur d'avoir besoin d'aide. Malheureusement, ma garde-robe requiert l'assistance d'une femme de chambre.

— Je serais heureux de vous aider. Rappelez-vous simplement que je n'ai aucune expérience en tant que femme de chambre.

— N'avez-vous jamais déshabillé votre femme ? lui demanda-t-elle avant de détourner le regard, pivotant à nouveau vers le feu. Oubliez que j'ai demandé ça.

Il revint vers elle et lui parla doucement.

— Non, ne faites pas ça, dit-il, et elle tourna la tête, ses yeux bleu sombre et vif éclairés par la lueur du feu. Nous allons apprendre à nous connaître bien mieux que nous ne le devrions, et je ne veux pas que vous regrettiez des choses que vous pourriez dire. Je me disais bien que vous seriez curieuse au sujet de ma femme. Oui, je l'ai déshabillée. À de nombreuses reprises. Si je ferme les yeux, je peux encore sentir sa peau.

Mais il ne ferma pas les yeux. Il ne pouvait pas. Elle, Mlle Kingman, le tenait captif de son regard.

Elle expira.

— Vous devez promettre de ne pas regarder, du moins en dehors du nécessaire pour délacer ma robe.

— Je vous le promets, répondit-il, la voix aussi stable que le regard. Nous devons nous faire confiance dans ce voyage. Implicitement. C'est pourquoi je n'hésiterai pas à répondre à vos questions.

Elle hocha la tête avant de lui présenter son dos.

— Allez-vous sortir pendant que je me déshabille ? Il me faudra une dizaine de minutes. Je serai au lit à votre retour, et je fermerai les yeux pendant que vous vous déshabillerez.

C'était un bon plan, d'autant plus qu'il se disait qu'une promenade dehors dans le froid lui ferait du bien. Qu'une belle femme lui présente son dos pour qu'il l'aide à se déshabiller lui rappelait trop une époque révolue et pourtant totalement nouvelle. Mlle Kingman n'était pas Miriam, et il ne voulait pas qu'elle le soit.

Simon défit rapidement les lacets de sa robe et l'aida à la passer au-dessus de sa tête. Il la posa sur l'une des chaises disposées autour d'une petite table, et retourna l'aider à retirer son jupon et à délacer son corset. Quand il eut terminé, il laissa retomber ses mains sur les côtés.

— Je peux finir, lui dit-elle sans le regarder. Merci.

Il partit sans un mot, refermant soigneusement la porte derrière lui. Il inspira profondément, prenant peut-être la respiration la plus longue depuis dix minutes.

Heureusement, il ne rencontra personne pendant sa promenade. Il n'était pas d'humeur pour des bavardages inutiles. Ses pensées étaient suffisamment pénibles, à lui reprocher d'être attiré par quelqu'un qui n'était pas sa femme.

Mais comment pouvait-il espérer continuer à vivre comme il l'avait fait ces deux dernières années ? Comme un moine malheureux qui se détestait. Oh, il faisait bonne figure pour tout le monde, mais personne ne savait vraiment à quel point sa douleur était aiguë. Pas même Nick, son ami le plus proche.

Nick. Simon voulait lui envoyer une note pour l'informer de ce qui s'était passé avec Mlle Kingman. Son ami s'était inquiété du bien-être de la jeune femme, comme il se devait. Jamais il n'avait eu l'intention de lui causer d'ennuis ou de la peine, et Simon voulait qu'il soit à l'aise. Mlle Kingman irait bien, s'il avait son mot à dire. Et heureusement, c'était le cas.

Le lendemain, ils prendraient la route pour Northampton, et, avec un peu de chance, les choses se dérouleraient aussi bien que jusqu'à présent. Être reconnu en tant que M. Byrd était un petit accroc dans son plan, mais ce n'était pas une menace. S'ils pouvaient simplement continuer sur cette voie jusqu'à ce qu'il la dépose dans le Lancashire, tout irait bien.

Mais d'abord, il devait passer la nuit dans son lit. Une fois encore. Seulement avec moins de vêtements.

Songeant que les dix minutes étaient largement passées, il remonta à l'étage. La lanterne à côté du lit était éteinte, et seule la lumière du feu éclairait la pièce.

Simon regarda le lit. Mlle Kingman était allongée près du bord d'un côté, aussi près qu'elle le pouvait sans tomber, remarqua-t-il. Elle avait le dos au centre du lit, où il semblait qu'elle avait roulé une des couvertures et l'avait placée entre eux. Il espérait qu'ils seraient assez couverts pour avoir chaud. La nuit passée, ils portaient plus de vêtements.

Bon sang ! Pour dormir, il portait une chemise de nuit, voire même rien du tout. Ce soir, il allait sans doute devoir garder ses sous-vêtements.

Il retira sa veste et la pendit à un crochet sur le mur. Il s'assit pour retirer ses bottes, s'activant aussi silencieusement et rapidement que possible. Quand il eut tout retiré sauf sa chemise et ses sous-vêtements, il alla de son côté du lit et se glissa entre les couvertures glacées. Il eut un frisson involontaire et la sentit tressaillir.

— Désolé, murmura-t-il. Le lit est froid.

— Très ! répondit-elle, et sa voix basse et féminine glissa sur lui comme une étoffe de soie raffinée.

Il envisagea de lui proposer de les réchauffer tous les deux : la chaleur corporelle était ce qu'il y avait de mieux. Mais c'était probablement une mauvaise idée. Pour de nombreuses raisons.

Il se tourna sur le côté, loin d'elle, et blottit son dos contre la couverture enroulée. Cela aiderait avec le froid. Et plus il se réchaufferait, plus il s'endormirait facilement. Et plus vite il s'endormirait, plus tôt il pourrait chasser de son esprit cette proximité avec Mlle Kingman.

Dommage pour lui, rien de tout cela ne se produisit vite.

CHAPITRE 4

*A*lors que la fin du troisième jour de leur voyage approchait, Diana fit une prière silencieuse pour obtenir une nouvelle fois l'hébergement dont ils avaient bénéficié la nuit précédente à Northampton : deux lits ! Après la nuit d'avant, lorsqu'ils avaient partagé un lit à Luton et qu'elle s'était réveillée collée à son flanc avec seulement une maigre couverture roulée entre eux, elle s'était sentie incroyablement reconnaissante d'avoir son propre espace. Elle doutait d'avoir autant de chance ce soir, mais l'espoir était permis.

La berline entra dans la cour de *La Chèvre Joyeuse*, et Diana cambra son dos contre la banquette.

— Vous êtes une excellente voyageuse, remarqua Romsey. Vous ne vous plaignez jamais.

— Je n'ai jamais été autorisée à le faire.

Elle eut aussitôt envie de retirer ses paroles, car elles étaient bien trop révélatrices.

— Votre éducation était plutôt stricte.

Ce n'était pas une question, mais une observation.

Il n'en connaissait pas la moitié.

— Oui. Vous non plus ne vous plaignez pas du voyage.

— Je voyage beaucoup.

— Vous avez mentionné que vous aimiez cela, répondit-elle en le regardant étirer ses jambes et ses bras. Où êtes-vous allé ?

Il détendit ses membres quand la berline s'arrêta.

— Un peu partout en Angleterre, au Pays de Galles et en Écosse. J'ai l'intention de passer l'été en Irlande.

— Je n'y suis jamais allée. C'est peut-être là-bas que je devrais me rendre et disparaître.

Il haussa un sourcil dans la lumière grise de l'après-midi qui pénétrait par la vitre juste au moment où Tinley ouvrait la portière.

— C'est ce que vous avez décidé de faire ?

Elle secoua la tête en retirant la couverture de laine de ses jambes.

— Non. J'y réfléchis toujours.

— Et vous avez encore le temps, répondit-il aimablement avant de se tourner et de descendre du véhicule.

Il lui offrit sa main. Elle glissa ses doigts gantés dans les siens et s'efforça de ne pas penser à tout ce temps qu'ils passaient ensemble ou à ce qui se passerait si quelqu'un apprenait leur voyage scandaleux.

À l'heure qu'il était, son père devait être en chemin pour King's Grange. Une fois qu'il aurait compris qu'elle n'était pas là, qu'allait-il faire ? Plus important encore, qu'allait faire Diana ?

Elle s'était montrée sincère avec Romsey : elle réfléchissait encore. Pour l'instant, elle devait bien admettre qu'elle appréciait ce répit. Jamais elle n'avait été en mesure de vaquer à ses occupations sans demander la permission pour *tout* ou sans voir ses moindres faits et gestes scrutés à la loupe. Et souvent critiqués. En un mot, c'était le paradis. Elle n'était pas certaine de pouvoir reprendre sa vie, pas après cela. Pourtant, l'idée de la laisser derrière elle pour toujours, ainsi que tous ceux qu'elle avait toujours connus, était plutôt intimidante.

Alors qu'elle posait le pied sur la terre dure, Romsey fronça les sourcils. Mais il ne la regardait pas. Il scrutait l'auberge et les autres véhicules dans la cour.

— Il y a du monde.

— Devrions-nous aller ailleurs ? demanda-t-elle.

Le duc regarda son cocher, qui secoua la tête.

— Je n'ai rien vu d'autre sur le dernier kilomètre, et la nuit tombe vite. Je crois que c'est notre meilleure chance.

— Je suis d'accord, approuva Romsey, lançant à Diana un regard plein d'espoir. Ça ira. Allons à l'intérieur.

Comme pour les y pousser, un vent vif les balaya, glaçant l'échine de Diana.

Il lui saisit le coude et la fit entrer rapidement dans l'auberge, où ils furent accueillis sommairement par un aubergiste plutôt grognon.

— Nous sommes complets, dit-il, visiblement fatigué.

Ses sourcils bruns et touffus se rejoignaient presque sur son front.

Il leur adressa à peine un regard, mais ajouta :

— J'ai une chambre plus grande que vous pourriez partager avec un autre couple, si cela ne les dérange pas. Je vais aller leur parler.

Alors qu'il traînait sa grande carcasse dans la salle commune, Diana se tourna vers Romsey.

— Partager une chambre ?

— Ce n'est pas rare. Je l'ai déjà fait, affirma-t-il avec un haussement d'épaules.

Elle pinça les lèvres.

— Eh bien, pas moi.

D'un autre côté, elle n'avait jamais *rien fait*.

— Attendons et voyons ce qui se passe. Cela ne sert à rien de s'énerver avant de savoir à quoi nous avons affaire.

L'aubergiste attira leur attention et leur fit signe de venir à la table près de laquelle il se tenait. Elle était occupée par un jeune couple, une beauté blonde aux joues roses et son mari aux cheveux noirs et aux yeux bleus, qui arborait un large sourire. À moins que cela ne fût pas son époux. Peut-être qu'ils faisaient un voyage scandaleux comme Diana et le duc.

Diana et le duc. Ça ressemblait au nom d'un horrible roman. Un qu'elle aimerait sans doute lire, si elle y était autorisée.

L'aubergiste fit un signe de tête à Diana et Romsey.

— Ce sont eux, dit-il en tournant son attention vers le duc. M. et Mme Ogden ont dit que vous pouviez disposer de la paillasse devant le feu et payer un tiers du tarif.

Un tiers ! Pour une paillasse, tandis qu'eux profitaient du lit ? Que proposeraient-ils s'ils savaient que Romsey était duc ? Bien sûr, elle ne pouvait pas le leur dire.

— Ce sera parfait, affirma Romsey, inclinant la tête vers les Ogden. Merci beaucoup.

— Ils ont déjà réglé, poursuivit l'aubergiste. Alors, allez-y, payez-les, et il me faudra un supplément pour les personnes en plus.

— Bien sûr.

Romsey ne broncha pas en réglant ce que l'aubergiste demandait, avant de dédommager les Ogden.

— Le dîner est dans une heure environ, dit l'aubergiste d'un ton bourru avant de partir.

— Quel homme charmant ! marmonna Diana.

— Qu'y a-t-il ? demanda M. Ogden en se penchant en avant.

Diana lui sourit.

— Rien du tout. Merci de partager votre chambre avec nous.

Mme Ogden montra d'un signe de tête les chaises vides à leur table.

— Je vous en prie, asseyez-vous.

Romsey tira la chaise de Diana.

— Je m'appelle Byrd, et voici ma femme.

Ogden tendit la main au duc.

— Ravi de vous rencontrer.

Diana n'avait pas vraiment envie de se rasseoir si tôt, mais elle était trop pressée de se retrouver près du feu pour chipoter. Elle orienta son corps vers les flammes et ferma brièvement les yeux, en extase.

— Il fait si froid aujourd'hui, constata Mme Ogden. Beaucoup plus froid qu'hier.

— Où vous rendez-vous ? demanda Ogden à Romsey.

— Vers le nord. Et vous ?

Ogden prit une gorgée de bière ; il y avait des chopes devant lui et sa femme.

— Birmingham. Nous revenons d'une visite à la famille de Mme Ogden. Sa sœur vient d'avoir un bébé, ajouta-t-il avec un sourire à l'attention de sa femme. Nous espérons être bientôt dans ce cas.

Elle lui rendit son sourire ; l'amour entre eux était palpable. Du moins, Diana pensait qu'il s'agissait d'amour. Comment pourrait-elle même reconnaître cette émotion ? Elle déglutit et observa le feu.

Romsey, qui s'était assis à côté de Diana, passa le bras autour d'elle.

— Nous aussi.

Qu'était-il en train de faire ?

Il joue un rôle.

Entre son contact et sa familiarité, le pouls de la jeune femme s'emballa, mais elle ne dit rien. Elle lui adressa un demi-sourire, convaincue que ses yeux traduisaient vraisemblablement son inquiétude. Son inquiétude ? Était-ce alarmant ? Non, c'était juste… différent.

Il lui tapota l'épaule, puis retira son bras. Elle fut surprise de se rendre compte qu'elle était déçue.

— Êtes-vous déjà montés ? s'enquit Romsey. Cette pièce est-elle vraiment assez grande pour nous quatre, ou serons-nous à l'étroit ?

— C'est assez grand, affirma Ogden. J'espère que la paillasse vous conviendra, mais vous serez près du feu, c'est déjà ça.

— Cela ne nous dérange pas du tout. Nous sommes simplement heureux d'avoir un endroit où nous reposer, nous sommes épuisés.

— Il y a aussi un paravent, ajouta Mme Ogden. Nous aurons donc tous un peu d'intimité.

Elle jeta un regard plutôt suggestif à son mari avant de rire doucement.

Diana ne savait pas si elle devait se sentir soulagée ou stressée. Elle ne pouvait qu'imaginer ce que les Ogden pourraient faire de leur intimité.

La conversation porta un moment sur le temps, puis Mme Ogden leur raconta l'accouchement de sa sœur, et leur parla du bébé. Diana n'avait pas besoin de tant d'informations. L'accouchement était une perspective effrayante, mais également éloignée, comme dans un avenir très, très lointain. Même si elle avait prévu d'épouser le duc de Kilve, ils avaient convenu qu'il n'y aurait pas d'enfants pendant un certain temps. Elle était certaine que la plupart des hommes n'auraient pas consenti à une telle chose. Et soudain, sa situation difficile l'agaça à nouveau. Pourquoi avait-elle l'impression de ne rien contrôler ?

Parce qu'elle ne contrôlait effectivement rien.

Jusqu'à ce voyage. Pour la première fois de sa vie, elle

faisait ses propres choix. Oui, il fallait qu'elle se concentre sur cela. Elle prit une profonde inspiration.

— Il vous faut une bière, ou peut-être un whisky, dit Ogden en tournant la tête pour chercher l'aubergiste.

À la place, une servante s'avança vers eux. Quand elle fut près de la table, Ogden fit un geste vers Romsey.

— Apportez un verre à cet homme. Vous avez du whisky ?

Avant qu'elle ne puisse répondre, Romsey lui adressa un sourire charmeur.

— En fait, j'aimerais avoir du thé, si cela ne vous dérange pas trop.

— Moi aussi, ajouta Diana, ce qui incita le duc à jeter un regard curieux dans sa direction.

Quand la fille s'en alla, Ogden fixa Romsey.

— Vous ne buvez pas d'alcools forts ?

Diana posa le bras sur celui de Simon.

— Je préfère le thé, et il se joint à moi. N'est-ce pas charmant ?

Romsey lui jeta un regard incrédule, mais il le masqua rapidement.

— Tout à fait charmant, murmura-t-il.

— Eh bien, si vous changez d'avis, la bière est délicieuse, dit Mme Ogden.

Quelques minutes plus tard, la serveuse apporta du thé et leur annonça que leur dîner serait bientôt servi. Puis Tinley vint leur dire que leurs affaires avaient été déposées dans leur chambre, et qu'il les verrait le lendemain matin.

Pendant le dîner, M. Ogden interrogea Romsey sur sa profession. Diana se rendit compte qu'ils étaient arrivés jusqu'ici sans en discuter. Elle était assez curieuse d'entendre ce qu'il allait répondre.

— J'ai la chance d'avoir hérité d'un petit domaine, répondit Romsey. Rien de vraiment luxueux.

— Je me posais la question, intervint Mme Ogden, plissant les yeux sur le costume de voyage de Diana, le visage souriant. En fait, je me demandais si vous n'apparteniez pas à la noblesse, à en juger par vos vêtements, Je suis ravie que ce ne soit pas le cas. Je n'ai jamais rencontré de pair, et je ne suis pas certaine de ce que je dirais !

Diana réfréna un sourire. Si seulement Mme Ogden savait…

— Tout de même, ils appartiennent à l'aristocratie, ma chère, dit M. Ogden, jetant un regard vers le duc qui indiquait qu'il n'était peut-être plus aussi à l'aise qu'il l'était quelques minutes auparavant.

— À peine, vraiment, le rassura Romsey.

— Vous devriez peut-être prendre le lit, proposa Mme Ogden.

Son mari ouvrit de grands yeux, et elle rougit légèrement.

Romsey se hâta de protester.

— Juste ciel, non ! Nous insistons pour que vous preniez le lit. Vous étiez là les premiers. La paillasse nous conviendra parfaitement.

M. Ogden sembla soulagé.

— Vous êtes très gentils.

— Nous avons déjà établi que vous étiez les gentils : c'est vous qui nous offrez votre espace supplémentaire.

Diana bâilla soudain. Elle leva la main pour essayer de le cacher, mais tout le monde autour de la table le remarqua. Elle s'en rendit compte, car tout le monde se mit à bâiller à sa suite.

Mme Ogden éclata de rire.

— Je crois que nous devrions aller nous coucher.

Elle échangea un regard chaleureux avec son mari, qui se pencha vers elle et l'embrassa sur la joue.

— Pardonnez-nous, murmura-t-il.

Diana détourna le regard vers son dessert qu'elle n'avait pas terminé, un fantastique pudding au pain et au beurre, avec de succulentes groseilles. À bien y réfléchir, c'était ce qu'elle avait préféré du repas. Mais peut-être était-ce parce qu'elle n'avait pas souvent droit à des sucreries.

Romsey l'aida à sortir de table, et M. Ogden fit de même pour sa femme. Ils prirent la direction des escaliers, et Romsey fit signe à l'autre couple de les précéder.

— Vous d'abord, car nous n'avons pas la moindre idée d'où nous allons.

Ogden hocha la tête.

— Exact. C'est par ici.

Il accompagna sa femme dans l'escalier tournant jusqu'à un grand palier avant de les guider vers la gauche jusqu'à une chambre au bout du couloir. Il ouvrit la porte et entra, s'écartant rapidement pour permettre à Romsey et Diana d'entrer.

C'était la chambre la plus grande qu'ils avaient occupée jusqu'à présent. Elle comportait un lit sur le côté gauche, une cheminée en face de la porte, et une table et des chaises devant une fenêtre sur le côté droit. La paillasse ressemblait à un nid de couvertures au sol face au côté droit de l'âtre. Il y avait également, comme l'avait annoncé Mme Ogden, un paravent dans un coin près de la table.

— Nous allons juste déplacer cela, dit son mari.

Romsey se précipita pour l'aider, et chaque homme en saisit un côté avant de le porter de l'autre côté de la cheminée, où ils le placèrent près de l'âtre, sur le côté gauche, entre la paillasse et le lit. Cela leur accordait un peu d'intimité, mais n'empêchait pas les Ogden de profiter de la chaleur.

La femme se tenait près du centre de la chambre, et examinait l'emplacement du paravent.

— Peut-être que Mme Byrd et moi pourrions nous préparer pour aller au lit, pendant que vous sortez tous les deux.

Bien que Diana ne soit pas très enthousiaste à l'idée de se dévêtir avec une étrangère, c'était peut-être mieux que de l'être par Romsey. Sauf qu'à vrai dire, cela ne la dérangeait pas qu'il la déshabille. Il était doux, prudent, et étonnamment habile.

— C'est une excellente idée ! s'exclama Ogden en se tournant vers la porte. Venez, Byrd, allons boire un dernier verre avant d'aller dormir, proposa-t-il en jeta un coup d'œil à Romsey, les sourcils froncés. Ou quelque chose.

Quand ils furent sortis, Mme Ogden se précipita vers Diana.

— Maintenant, nous pouvons faire des commérages à leur sujet !

Diana batailla pour ne pas afficher son mépris. Elle n'aimait pas les ragots, mais il était impossible de les éviter dans le tourbillon mondain de Londres. Elle pourrait raconter à Mme Ogden des choses qui lui feraient probablement sortir les yeux des orbites.

— Je suis certaine de n'avoir rien d'intéressant à dire au sujet de M. Byrd.

Mais quant au duc Ravageur ? Elle chassa rapidement cette idée.

— J'en doute, affirma Mme Ogden, les yeux pétillants alors qu'elle s'avançait vers un banc étroit au bout du lit, sur lequel elle s'assit pour retirer ses chaussures. M. Ogden et moi sommes mariés depuis huit mois. En fait, je crois que je porte un bébé, mais je ne le lui ai pas encore dit. Et vous ?

Gênée, mais ne sachant pas quoi faire d'autre, Diana prit place sur l'une des chaises à la table et retira ses demi-bottes.

— Nous nous sommes mariés la semaine dernière. Je ne porte *pas* d'enfant.

— *Pour l'instant*, insista Mme Ogden avec un clin d'œil. Ce M. Byrd est vraiment très beau. Si Peter ressemblait à cela, je ne le laisserais jamais sortir du lit !

Elle se leva en riant et déboutonna le devant de sa robe.

Diana détourna le regard et retira les épingles de ses

cheveux qu'elle déposa en une pile bien ordonnée sur la table.

— Est-ce que je vous ai mise mal à l'aise ? s'enquit l'autre femme. Je suis sincèrement désolée. Parfois, je suis trop directe. Du moins, c'est ce que dit ma mère.

Diana leva les yeux et vit que Mme Ogden était en train de retirer son jupon qu'elle drapa sur le bout du lit avec sa robe.

Puis elle s'approcha d'elle, le regard inquiet.

— Peut-être que vous ne le trouvez pas attirant ? Avez-vous été… contrainte de l'épouser ? J'ai entendu dire que c'est le genre de choses qui arrive parfois dans l'aristocratie, ajouta-t-elle en hochant la tête d'un air entendu. Cela arrive parfois aux gens de ma condition aussi.

— Non, je n'ai pas été contrainte. Comme vous l'avez dit, il est plutôt séduisant.

Diana ne pouvait pas le contester. Bien qu'elle ne l'ait pas vu se déshabiller, car il prenait toujours soin de le faire dans l'obscurité et se levait et s'habillait avant même qu'elle ne se réveille, elle avait appris à connaître la sensation de sa cuisse pressée contre la sienne dans la berline, le contact de sa main contre elle, la douceur de ses lèvres sur sa bouche. Peut-être ne connaissait-elle pas *bien* ses lèvres puisqu'ils ne s'étaient embrassés qu'une seule fois lors de ce jeu idiot pendant la partie de campagne, bien sûr. Cependant, plus elle passait de temps avec lui, plus elle se demandait quel effet cela lui ferait de l'embrasser à nouveau. Et pendant plus longtemps.

Comme elle avait besoin d'une diversion, elle se mit à tresser ses cheveux.

— Alors, vous vous êtes mariés par amour, dit Mme Ogden avec un doux sourire. Ce n'était pas précisément une histoire d'amour entre Peter et moi. Plutôt de la luxure. Et quand ma mère nous a surpris dans l'écurie, eh bien… nous avons dû nous marier. Cependant, tout s'est arrangé. Je l'aime, et il m'aime.

Elle rit à nouveau.

— C'est merveilleux ! s'exclama Diana.

Et cela l'était vraiment. Elle aspirait à quelque chose de simple et de vrai, mais elle savait qu'elle avait peu de chances de le trouver. Même si elle trouvait le courage de démarrer une nouvelle vie, elle doutait que l'amour lui tombe dessus. Ou qu'elle le rencontrerait dans une écurie.

Achevant sa tresse, elle décida de profiter de la présence de l'autre femme.

— Je crains d'avoir besoin d'aide pour retirer ma robe. D'habitude, M. Byrd m'aide, mais ce serait bien si j'étais déjà couchée quand il reviendra.

Les yeux de Mme Ogden s'illuminèrent.

— Je sais à quoi vous pensez ! Bien sûr que je vais vous aider. Tournez-vous.

Diana pivota, et l'autre femme tira les liens de sa robe jusqu'à ce qu'elle soit détendue, puis l'aida à la passer par-dessus sa tête. Elle la drapa sur le haut du paravent pendant que la jeune femme retirait son jupon, puis elle revint l'assister pour ôter son corset.

— C'est de très belle qualité, constata Mme Ogden d'une voix un peu craintive. Cela a dû coûter une fortune.

Diana ne savait pas quoi dire. Effectivement, ses vêtements avaient coûté cher.

— Je crois que je préférerais quelque chose de plus simple, comme votre robe. Quelque chose que je pourrais enlever toute seule.

— Nous pourrions échanger ! proposa Mme Ogden. Mais à bien y réfléchir, il n'y a aucune chance pour que la vôtre m'aille. Vous êtes une toute petite créature.

Mme Ogden devait mesurer presque dix centimètres de plus que Diana, et sa poitrine était bien plus impressionnante. En fait, elle était un peu jalouse devant les courbes de cette femme.

Diana ôta son sous-vêtement et, debout, simplement vêtue de sa chemise et de ses bas, elle faillit s'étouffer en voyant Mme Ogden se servir de ses mains pour soulever ses seins comme si elle les pesait.

Baissant les yeux sur les globes, la femme dit :

— Voilà pourquoi je suis presque certaine qu'il y a un bébé. Ils ne sont pas si gros d'habitude, expliqua-t-elle avec un sourire. Mais M. Ogden semble les apprécier ainsi !

À nouveau sans voix, Diana se tourna pour chercher dans son sac sa chemise de nuit.

Quand elle la trouva, elle lança :

— Eh bien, bonne nuit, alors. Merci pour votre aide.

— Ravie de l'avoir fait, répondit Mme Ogden en se dirigeant vers le lit.

Diana se posta derrière le paravent pour retirer son haut et ses bas. Enfilant rapidement sa chemise de nuit, elle fut ravie de se trouver près du feu. Elle espérait que M. et Mme Ogden auraient assez chaud dans le lit, mais il lui semblait qu'il y avait suffisamment de couvertures. En fait, elle aurait dû en demander une pour pouvoir la rouler et la mettre entre elle et Romsey, mais elle n'avait pas envie d'expliquer pourquoi elle la voulait, surtout qu'eux étaient près du feu et pas les Ogden.

S'installant sur la paillasse et remontant la couverture jusqu'à son menton, elle ferma les yeux et pria pour s'endormir rapidement, de préférence avant le retour de Romsey.

Cette prière, comme tant d'autres, resta sans réponse.

Quand elle entendit les hommes entrer et se souhaiter bonne nuit, Diana se tourna vers le feu. Quelques minutes plus tard, la couverture bougea, et elle sentit la chaleur du corps de Romsey près du sien. La paillasse n'était décidément pas très grande.

Elle se sentait plus éveillée que jamais, son corps en

hypervigilance, à la fois à cause de Romsey derrière elle et de l'autre couple dans la pièce. Après un moment, elle entendit des bruits provenant d'au-delà du paravent. Un soupir. Un gloussement. Un doux gémissement.

Oh, mon Dieu !

Diana ferma fort les yeux et remonta un peu plus la couverture, jusqu'à presque couvrir son oreille.

Mais ce n'était pas suffisant. Quelques minutes plus tard, les gémissements s'intensifièrent en volume et en durée. Puis vint un cri plaintif.

Diana sursauta et se tourna sur le dos, les yeux écarquillés.

— Chut, lui dit doucement Romsey.

Diana le regarda. Ses yeux sombres reflétaient la lumière du feu mourant.

— Qu'est-ce qui ne va pas avec elle ? demanda-t-elle, inquiète.

— Rien.

Le cri s'intensifia avant de s'interrompre. Diana commença à souffler, mais alors Mme Ogden laissa échapper plusieurs gémissements successifs. La jeune femme se crispa.

— Il y a sûrement quelque chose qui ne va pas. Elle semble souffrir.

— Ce n'est pas le cas, murmura Romsey. Je peux vous assurer qu'elle ne souffre pas *du tout*.

— Alors qu'est-ce qui ne va pas chez elle ?

Romsey prit une profonde inspiration sans jamais la quitter du regard.

— Vous n'avez aucune idée de ce qui se passe entre un homme et une femme ?

Il parlait très bas, de sorte qu'elle devait tendre l'oreille pour entendre.

— Si, bien sûr que je le sais.

Sa mère lui avait raconté avec force détails comment un

homme mettrait son… *membre* entre les jambes de Diana, et combien cela lui ferait mal. Il grognerait, halèterait et déposerait sa semence, et elle lui en serait reconnaissante. Cela semblait horrible, et sa mère avait simplement haussé les épaules en disant que toutes les femmes devaient l'endurer. Mais elle avait aussi décrit le baiser comme une activité horrible, un peu comme si l'on s'arrachait la peau. Diana savait que c'était un mensonge flagrant et se demandait à présent si le reste des descriptions de sa mère ne l'étaient pas aussi. Toutefois, on aurait dit que Mme Ogden était mise au supplice…

Une lueur apparut dans les yeux de Romsey qu'il plissa légèrement.

— Vous croyez que c'est désagréable, dit-il avant de secouer la tête. Ça ne l'est pas. Du moins, pas quand c'est bien fait. En fait, vous pouvez prendre du plaisir toute seule, vous n'avez pas besoin d'un homme. Le saviez-vous ?

Une fois de plus, elle resta sans voix et se contenta de le fixer.

— Je vois, murmura-t-il.

Elle pouvait se donner du plaisir ? Au point de crier comme Mme Ogden ? Elle n'était pas certaine de vouloir cela, et pourtant, à en juger par le concert de « oui » en provenance du lit, peut-être devrait-elle réserver son jugement.

Elle se souvint de ses réflexions précédentes, sur le fait qu'elle n'avait jamais été en mesure de choisir quoi que ce soit. Voilà une chose qu'elle pouvait choisir. Quitte à se rebeller, autant que ce soit mémorable.

Diana se tourna vers lui, soudain impatiente.

— Vous accepteriez de me montrer ?

Les narines de Simon se dilatèrent et ses yeux s'assombrirent jusqu'à devenir presque noirs, à l'exception des taches d'or qui scintillaient dans la lumière du feu.

— Diana, avez-vous la moindre idée de ce que vous me demandez ?

Le choc de sa propre audace lui offrit un court répit. Elle avait franchi les limites, et elle aurait dû être submergée de honte. Sauf qu'elle ne l'était pas. Et qu'elle ne voulait pas l'être.

— Pas vraiment. Voilà pourquoi j'ai besoin que vous me montriez. À moins que vous ne puissiez pas. Peut-être pourrais-je demander à une autre femme ?

— Non, non, répondit-il d'une voix tendue. Je peux vous montrer. Ou vous guider, dit-il, puis il prit une profonde inspiration et la relâcha, posa sa tête sur sa main, calant son coude sur la paillasse. C'est mieux si vous roulez sur le dos.

Elle lui obéit, et soudain, le bruit du lit heurtant violemment le mur emplit la chambre. Elle en resta bouche bée, et Romsey se pencha sur elle, posant un doigt sur ses lèvres.

— Tout va bien, murmura-t-il. À mon avis, ce ne sera plus très long maintenant.

Diana n'avait aucune idée de ce qu'il voulait dire.

— Avant quoi ?

— Avant qu'ils aient fini.

— Comment pouvez-vous le savoir ?

— Il y a une progression… Les sensations s'intensifient… Le plaisir s'accumule jusqu'à l'apogée.

Diana pensait avoir compris.

— Ah, c'est quand il laisse sa semence en elle.

— Oui, mais surtout, c'est là que le plaisir est le plus spectaculaire.

Soudain, ses membres lui parurent plus légers, et ses seins plus lourds. Ces changements dans son corps étaient étranges, mais pas désagréables.

— Cela arrive-t-il aux femmes ? Nous n'avons pas de semence.

— Certes, mais oui, cela arrive aux femmes. Toutefois, si

un homme ne sait pas ce qu'il fait, et qu'une femme ne connaît pas assez bien son corps pour comprendre ce qu'elle veut, il est possible, voire probable, qu'elle n'obtienne pas le même plaisir. Cela s'appelle un orgasme.

Tout cela était si intrigant ! Diana en oublia presque les bruits venant du lit.

— C'est ce que vous allez me montrer ? Comment avoir un orgasme ?

— *Oui.*

Sa voix était à nouveau tendue, comme si *lui* était au supplice.

— Est-ce que cela va être un problème pour vous ? Vous ne me semblez pas très enthousiaste.

Ce qui était dommage, car elle se faisait à l'idée de savoir ce qu'était un orgasme.

La bouche de Simon se courba en un petit sourire au charme séducteur.

— Je suis très enthousiaste, en fait. On commence ?

Avant qu'elle puisse répondre, les bruits émanant du lit s'amplifièrent. Mme Ogden poussa un cri aigu tandis que son mari grognait, puis gémissait bruyamment. Puis le lit cessa de frapper le mur.

— Ils ont terminé ? chuchota Diana.

— Je crois que oui.

— Alors je suppose que je devrais commencer. Que dois-je faire ?

Sa pomme d'Adam remua pendant qu'il déglutissait.

— Cela va impliquer votre sexe. Ou nous pouvons l'appeler votre vagin. Ou votre abricot. Il a une variété de noms. Avez-vous une préférence ?

La chaleur inonda le visage de Diana.

— Je ne sais pas, répondit-elle, résistant à l'envie de se retourner et de se cacher de lui.

Non, elle allait le faire.

— Mettez votre main dessus… sur votre sexe, clarifia-t-il.

Diana glissa la main sous la couverture, et la posa délicatement entre ses jambes.

— Dois-je soulever ma chemise de nuit ?

— Oui.

Elle lui obéit et posa la main sur ses boucles. Un mélange de gêne et de curiosité mit ses nerfs à vif.

— Maintenant, votre abricot a différentes parties. Voudriez-vous les connaître ?

— Si je le dois.

Il sourit encore.

— Cela aiderait. Il y a des lèvres à l'extérieur. Elles abritent ce que vous protégez à l'intérieur.

Les lèvres… C'était sans doute logique.

— Touchez-les. Vous devrez écarter un peu vos jambes. Sincèrement, plus vous les écartez, plus vous y prendrez du plaisir.

La chaleur qui avait commencé à disparaître de son visage revint en force. Elle hésita.

— Je ne…

— Voulez-vous que je vous aide ?

Il avait posé la question d'une voix si basse qu'elle l'entendit à peine.

Elle ne pouvait pas se résoudre à prononcer les mots, alors elle hocha la tête.

La main libre de Simon se glissa sous la couverture et se posa sur la sienne.

— Écartez vos jambes, juste un peu, et ouvrez ces replis.

Des replis. Des lèvres. Le vocabulaire commençait à se mélanger dans sa tête.

Mais alors, la main de l'homme la guida, ses doigts se déplaçant sur ceux de la jeune femme, écartant sa chair. Elle haleta.

— Je suis… mouillée. Est-ce normal ?

— Ce n'est pas seulement normal, c'est merveilleux…
Cette humidité est ce qui aide la verge d'un homme…
pardon, c'est un autre mot pour vous… à glisser à l'intérieur.
Cela augmentera également votre plaisir. Quand il n'y a pas
d'humidité, ce n'est pas très agréable.

Elle essaya d'imaginer une *verge* glisser en elle, et la
chaleur qui avait envahi son visage se répandit dans le reste
de son corps. Son bassin se contracta, et elle ressentit une
soudaine envie d'enfoncer ses doigts en elle.

Il devait le savoir, car ce fut ce qu'il lui fit faire. Position-
nant son index sur le sien, il poussa celui de la jeune femme à
l'intérieur, la faisant haleter une fois de plus.

— Cela devrait être au moins agréable.

— C'est… Je… je ne sais pas ce que cela fait.

Elle était émerveillée, tentant en vain de tout
comprendre. Et elle perdait le contrôle.

— La partie la plus importante de votre anatomie se
trouve ici, dit-il avant de ramener le doigt de Diana sur le
haut de son sexe, là où les… lèvres se terminaient. C'est votre
clitoris. Si vous le frottez, vous pourrez même avoir un
orgasme, sans mettre votre doigt à l'intérieur. Certaines
femmes le font.

Elle leva les yeux sur lui.

— Vous avez beaucoup d'expérience.

Il arbora une expression ironique.

— J'ai effectivement une certaine expérience.

Diana ressentit une bouffée de jalousie irrationnelle.

— Avez-vous déjà fait cela avant ?

— Apprendre à une femme à se faire plaisir ? Non, Diana,
c'est une première.

Il l'avait appelée Diana. Elle aurait dû être choquée, mais
cela semblait ridicule au vu de leur situation actuelle. Au lieu
de cela, son prénom avait sonné comme une caresse dans la

bouche de Simon, et n'avait fait qu'augmenter son désir. Oui, du désir. Elle en avait envie.

— Que dois-je faire pour que ça arrive ?

Il déglutit de nouveau, et elle se rendit compte que sa respiration était un peu superficielle. Est-ce qu'il allait bien ?

Avant qu'elle puisse lui poser la question, il se servit de ses doigts sur ceux de la jeune femme pour masser sa chair.

— Frottez-vous. Ici. Sentez-vous ce petit bourgeon ? Essayez de le trouver avec votre doigt.

Elle chercha jusqu'à trouver quelque chose qui lui semblait… bourgeonnant, sans doute.

— Là.

— Fermez les yeux.

Sa voix était douce et ténébreuse, la berçant dans un état d'excitation séduisante tandis que sa main lui montrait comment bouger. Lentement, doucement, puis plus vite, avec plus de pression.

Le plaisir dont il avait parlé, celui qui se construisait petit à petit, débuta là. Elle inspira brusquement et ouvrit les yeux. Il la scrutait toujours, le regard incroyablement sombre et le visage tendu.

Les gestes de Simon s'amplifiaient, si bien que le bout des doigts de la jeune femme glissa le long de ses replis, jusqu'à l'endroit où la moiteur s'était accumulée davantage. Elle était bien humide maintenant, et les sensations qui la parcouraient étaient de plus en plus intenses.

Ses hanches tressaillirent. Elle avait envie de se cambrer, de se plaquer contre sa propre main et celle de Simon. Ses seins picotaient, et la remarque de Mme Ogden sur le fait que son mari aimait sa poitrine s'ancra dans l'esprit de Diana. Elle ouvrit la bouche pour demander ce que cela signifiait, et peut-être pour demander à Romsey de la toucher à cet endroit, mais une décharge de plaisir la traversa et elle haleta à la place.

Il accéléra, appuyant le bout de ses doigts sur son clitoris et déplaçant leurs mains si rapidement sur sa chair que des vagues successives d'extase la submergèrent. Elle commençait à voir, à comprendre…

Elle en voulait plus. Elle voulait qu'il la touche, qu'il entre en elle, qu'il y enfonce au moins ses doigts. Elle avait envie d'être comblée, d'être… satisfaite.

— *Simon.*

Son prénom s'échappa des lèvres de Diana, mais elle ne voyait pas quel autre mot prononcer pour supplier pour ce qu'elle désirait.

Mais cela ne fut pas nécessaire. Il fit descendre leurs mains une fois de plus, les enduisant à nouveau de sa moiteur, et répéta son attaque effrénée sur son clitoris.

Puis la main de Simon disparut. Elle tâtonna, s'arrêta un moment, et perdit le fil de ce qui s'était abattu sur elle.

— Ne t'arrête pas, insista-t-il, passant naturellement au tutoiement. Plus fort. Plus vite. Laisse tes jambes retomber. Offre-toi ce dont tu as envie.

Elle fit ce qu'il lui avait appris, ravageant sa propre chair avec des caresses dures et désespérées. Sans réfléchir, elle enfonça son doigt à l'intérieur et cria quand cela se produisit. *L'orgasme.* Son ventre se souleva, et ses muscles se contractèrent si fort que son propre corps l'émerveilla. Ou du moins, elle l'aurait fait si elle n'avait pas été si profondément plongée dans une délicieuse obscurité, un cocon de volupté si opulent et si gratifiant qu'elle n'aurait jamais voulu en sortir.

Et pourtant, elle le fit.

Elle ne sut pas combien de temps cela prit, mais elle émergea de l'autre côté, ouvrant les yeux alors que sa respiration commençait à ralentir. Simon avait les lèvres entrouvertes, le souffle rauque, comme s'il l'avait accompagnée pendant ce voyage.

— Est-ce que tu… as eu un orgasme toi aussi ? lui demanda-t-elle doucement.

— Non. Je ne crois pas que ce serait sage.

Pourquoi pas ? Elle n'avait jamais rien ressenti d'aussi merveilleux, d'aussi exaltant, et de si profondément satisfaisant. Ses membres lui semblaient lourds et repus, et elle avait l'impression de pouvoir s'enfoncer complètement dans la paillasse.

Elle cligna des yeux, notant que ses traits étaient toujours tendus.

— Pourquoi pas ? Les hommes ne peuvent-ils pas se faire plaisir ?

Il sourit à nouveau, et ses lèvres s'étirèrent en un sourire à couper le souffle. Le cœur de Diana manqua un battement et se retourna avant de reprendre son rythme rapide.

— Si, nous le pouvons. En fait, je pense que je devrais. Mais pas ici. Dors. Je te vois demain matin.

Il rejeta la couverture et s'assit. La lueur du feu éclaboussait son torse nu, lui révélant pour la première fois la surface lisse de sa chair virile. Elle ne détourna pas le regard. Elle ne pouvait pas, car elle avait envie de toucher ses muscles sculptés et l'arc de son omoplate quand il se détourna d'elle.

Elle tendit la main et lui attrapa le bras, ses doigts se refermant autour de son biceps.

— Où vas-tu ?

Elle avait parlé un peu plus fort et d'un ton plus sec qu'elle ne l'aurait voulu.

Il tourna la tête.

— Je vais… régler les choses.

— Mais…

— Nous avons eu assez de leçons pour une nuit. S'il te plaît, Diana, laisse-moi partir.

Elle détacha ses doigts de sa chair et s'allongea contre la paillasse, sans jamais quitter son corps du regard tandis qu'il enfilait son pantalon par-dessus ses sous-vêtements et passait sa chemise par-dessus sa tête. Puis il alla près de la table, où il mit ses bottes. Un instant plus tard, il avait quitté la pièce, et Diana se demanda ce qu'elle avait bien pu faire pour le faire fuir.

CHAPITRE 5

Il avait à peine dormi.

Alors que les premières lueurs grises du matin se glissaient sous les rideaux de la fenêtre, Simon cligna des yeux. Mais il *avait* dormi. Sinon, il ne se serait pas retrouvé à présent enchevêtré avec Diana.

Elle avait le dos appuyé contre sa poitrine, une jambe glissée entre les siennes. Bien qu'il se soit masturbé en un temps ridiculement court la nuit dernière, son sexe était dur et avide contre la hanche de la jeune femme. C'était une fichue torture.

Il s'écarta d'elle, mettant quelques maigres, mais nécessaires, centimètres entre eux. Il roula sur le dos et posa son bras sur ses yeux pour bloquer la lumière, mais aussi le souvenir de la nuit précédente.

Et il échoua lamentablement.

L'ardeur de l'excitation séduisante de Diana, et l'innocence de sa réponse brûlante l'avaient complètement déstabilisé. Il avait failli se décharger alors qu'il était allongé à côté d'elle. Il pressentait qu'elle n'aurait pas vu d'inconvénient à ce qu'il se finisse sur-le-champ, mais il n'avait pas pu s'y résoudre. Il était déjà allé trop loin. Comment diable allaient-ils pouvoir passer la journée ensemble dans le cadre restreint de la berline ? Sans même parler des autres jours ? Heureusement, ils étaient à mi-chemin de leur destination. Il leur restait peut-être trois ou quatre nuits de plus. Il pria pour que le temps continue à se maintenir.

Retirant son bras de ses yeux, il la regarda à nouveau. Sa beauté lui coupa le souffle. Elle était à présent sur le dos, ses cils sombres se déployant en éventail sur ses joues pâles, et ses lèvres rose foncé implorant son baiser.

Il bondit pratiquement hors de la paillasse dans sa hâte de s'éloigner d'elle. Il s'habilla rapidement et en silence, puis réfléchit à ce qu'il allait faire ensuite : la réveiller, ou se glisser dehors pour se masturber à nouveau ?

Il n'eut pas le temps de décider, car Ogden choisit ce moment pour bondir hors du lit, complètement nu.

— Bonjour, Byrd. J'espère que vous avez bien dormi ! s'exclama-t-il en riant, avant de frissonner. Bon sang, il fait froid !

Il trouva rapidement sa chemise qu'il passa par-dessus sa tête.

Simon se détourna de lui et jeta un coup d'œil à la paillasse pour voir si le raffut avait réveillé Diana. Elle était en train de se frotter les yeux et de se redresser pour s'asseoir. La couverture retomba jusqu'à sa taille, exposant la fine batiste de sa chemise de nuit. Simon distinguait la douce courbe de ses seins, et reporta à la hâte son regard sur son visage. Ce n'était pas plus prudent. Ses paupières étaient encore alourdies, et ses lèvres étaient entrouvertes. On aurait dit qu'elle venait juste de faire l'amour. Ou peut-être que ce n'était qu'un vœu pieux de sa part.

Il était dans de sales draps. Jamais il n'aurait dû faire ce qu'elle lui avait demandé la veille.

Et maintenant, il devait l'aider à s'habiller. Ses agissements l'avaient condamné à l'enfer. Un enfer qu'il avait sans doute mérité pour en avoir profité.

Mais l'avait-il vraiment fait ? Elle lui avait demandé de lui montrer. Il ne lui avait rien pris.

— Et si nous descendions pour laisser les femmes s'habiller ? lui proposa Ogden.

Simon regarda l'homme qui venait de s'asseoir sur le banc au bout du lit pour enfiler ses bottes. Avant de répondre, il s'avança vers la paillasse. Le regard de Diana croisa le sien. Un rougissement sublime colora ses joues et, simultanément, elle inclina la tête vers le bas et tira la couverture jusqu'à son menton.

— Un instant, dit Simon en avançant derrière le paravent. Veux-tu que je reste et que je t'aide ? demanda-t-il doucement, grimaçant aussitôt, car ses mots pouvaient être interprétés de différentes manières, étant donné la manière dont il l'avait « aidée » la veille au soir.

Elle secoua la tête et répondit rapidement. Presque trop rapidement.

— Non. Mme Ogden est une bonne femme de chambre. Je te retrouve en bas.

Il hocha la tête ; il détestait cette distance entre eux. Il s'était dit qu'ils pourraient devenir de bons compagnons de voyage, voire des amis. Il se tourna, prit son chapeau à une patère sur le mur et quitta la pièce avec Ogden sur les talons.

Celui-ci lui donna un coup de coude tandis qu'ils marchaient dans le couloir en direction des escaliers.

— Désolé si nous vous avons dérangé hier soir. Je crains que Mme Ogden ne soit un peu bruyante.

Simon ne dit rien, mais lui adressa un petit sourire.

— On dirait que Mlle Byrd s'est amusée, ajouta l'autre homme avec un rictus.

Oui, effectivement. Il en avait eu l'impression aussi. Le spectacle de la lueur d'extase sur le visage de Diana lui avait procuré la première bouffée de joie pure qu'il avait ressentie depuis plus de deux ans. Il était à la fois ravi et furieux. Il ne méritait pas de ressentir une telle chose à nouveau. D'une certaine manière, cela souillait la mémoire de Miriam, et il devait la protéger par-dessus tout.

Ils descendirent les escaliers et croisèrent l'aubergiste, qui leur avait préparé des colis de nourriture à emporter. Simon retrouva son cocher et lui annonça qu'ils partiraient dans la demi-heure. Il voulait s'éloigner le plus possible de cette auberge.

Quelques minutes plus tard, les femmes arrivèrent en bas, et l'aubergiste envoya un garçon chercher leurs bagages.

Mme Ogden rejoignit aussitôt son mari, lui souriant chaleureusement. Diana, de son côté, avait du mal à simplement tourner les yeux vers Simon.

Impatient de repartir, Simon se tourna vers Ogden et lui serra la main.

— Merci encore pour votre gentillesse hier soir. Bon voyage à vous. Et à vous, ajouta-t-il en se tournant vers sa femme.

— À vous également, monsieur Byrd, répondit-elle, avant de serrer rapidement Diana dans ses bras. Au revoir, madame Byrd.

La surprise se lut dans le regard de Diana.

— Euh… au revoir.

Simon passa la main sous son coude et l'escorta dehors dans la cour froide. Elle frissonna, et il mit cela sur le compte de la température.

— Viens, montons dans la berline. Tinley est parti chercher du charbon pour la boîte. Nous allons te réchauffer en un rien de temps.

Elle lui jeta un regard méfiant, et il comprit qu'ils allaient devoir avoir une discussion franche dès qu'ils seraient dans le véhicule.

Dix minutes plus tard, ils étaient installés à l'intérieur, le chauffage sous leurs pieds, et la couverture de laine drapée sur leurs jambes.

— Je dois implorer ton pardon ce matin, déclara-t-il sans préambule.

— Il n'y a rien à pardonner, répondit-elle tout bas, la voix tendue.

Il avait du mal à le croire. Elle pouvait à peine le regarder, et elle était plaquée contre le côté de la berline, pour être sûre de ne pas le toucher du tout.

— Alors pourquoi agis-tu aussi nerveusement ?

Le véhicule avança péniblement, les entraînant hors de la cour et sur la route.

— Je ne suis pas nerveuse.

Elle ne lui rendait pas les choses faciles. En fait, elle le frustrait même au plus haut point.

— Tu ne me regardes pas. Tu n'es même pas complètement sous cette couverture, et ça ne peut pas être confortable pour toi. Tu es en colère contre moi.

Elle le regarda alors, et ses yeux bleus étaient vifs et intenses dans la faible lumière de la grise matinée de décembre.

— Non. Je suis en colère contre *moi*. Je n'aurais jamais dû te demander de faire cela la nuit dernière.

Évidemment, elle regrettait. Comme toute jeune femme bien élevée l'aurait fait. Voilà pourquoi il n'aurait jamais dû le faire.

— C'est ma faute.

Au lieu de l'apaiser, les paroles de Simon semblèrent avoir l'effet inverse. Elle gonfla les épaules et ses yeux étincelèrent.

— Absolument pas. Je t'ai mis dans une position inacceptable.

Elle s'en voulait ? Il réfléchit un instant, songeant à tout ce qu'il savait d'elle et de son éducation. Bien sûr qu'elle s'en voulait. C'était ce qu'on lui avait appris.

— Pas inacceptable, dit-il d'un ton léger. Je dirais enviable.

Elle pinça les lèvres et le regarda.

— N'importe quel homme aurait tué pour faire ce que j'ai fait.

— Je parierais qu'aucun d'entre eux n'aurait été aussi doué pour cela.

Oh, doux Jésus, elle n'aurait rien pu dire de pire ! Ou de mieux. Bon sang, quel bourbier !

— Mademoiselle Kingman, commença-t-il, s'obligeant à s'adresser de nouveau à elle d'une manière plus appropriée. Ce qui s'est passé la nuit dernière était merveilleux… pour moi, tout du moins.

— Ça l'était pour moi aussi, répondit-elle précipitamment, et de nouveau, la couleur lui monta aux joues.

Il trouva sa main sous la couverture et la serra, avant de la relâcher vite, de peur de ne plus la laisser s'en aller.

— Tu ne dois pas te sentir gênée. Pas avec moi, ajouta-t-il en repassant au tutoiement.

Elle se tut un moment et parvint à soutenir son regard, ce qui, il le sentait, lui demandait beaucoup de courage.

— Je vais essayer. C'était… un événement particulier pour moi, ce que tu sais, bien entendu.

— Comme ce fut le cas pour moi, et je crois que tu le sais aussi, répondit-il avec un léger sourire. Souvenons-nous-en avec tendresse, de notre nuit à la *Chèvre Joyeuse,* et n'en parlons plus. Sauf si tu en as envie.

— Non, c'est bon.

C'était aussi ce qu'il pensait. Mieux valait qu'ils reviennent à ce qu'ils étaient avant.

— Bien. Pourrions-nous continuer comme avant ?

— Cela me plairait.

Il tira la couverture pour qu'elle la couvre entièrement, exposant l'une de ses jambes au passage. Elle se rapprocha de lui. Ils ne se touchaient pas, mais la couverture pouvait les réchauffer tous les deux. Ils gardèrent le silence pendant quelques minutes, et Simon se demanda s'il était vraiment possible de faire comme si la nuit précédente n'avait jamais eu lieu.

Elle parla enfin.

— Tu joues très bien le rôle de M. Byrd. Comme tu voyages sous ce pseudonyme, je présume que c'est ainsi que tu as élaboré les détails ? Cette histoire de domaine, par exemple.

— Il est bien plus facile de voyager en tant que gentleman de la campagne plutôt que comme un duc. En particulier le duc Ravageur, précisa-t-il ironiquement.

Les yeux bleus de Diana s'assombrirent, reflétant son inquiétude. Personne ne le regardait jamais comme cela, et il ne savait pas trop quoi en penser.

— Je doute que les Ogden soient au courant de ce surnom malheureux.

— Probablement pas. Parfois, je me dis que ce pourrait être bien d'être M. Byrd de manière permanente.

Elle haussa les sourcils.

— Tu aimerais t'enfuir et disparaître ? Est-ce pour cela que tu m'as suggéré cette solution ?

Il haussa une épaule.

— Peu importe ce que je prétends, je suis qui je suis, et je ne peux échapper à mon statut de duc.

Il ne pouvait pas non plus échapper au fait qu'il était le duc Ravageur. Aussi malheureux que cela pût être, c'était son identité.

— Et moi qui pensais qu'il n'y avait rien de plus contraignant que d'être une femme.

Il rit alors, à cause de l'ironie de son ton.

— Je dirais que c'est vraiment le cas. Je suis peut-être lié à un duché, mais en réalité, il y a des choses bien pires.

— Oui, répondit-elle d'une voix douce en tournant la tête vers la vitre.

Bon sang ! Il avait envie de lui demander quelles étaient ces choses, car il était certain qu'elle avait fait l'expérience de certaines d'entre elles, mais il ne savait pas si elle répondrait. Peut-être se rapprochaient-ils de ce genre de révélations.

Au bout d'une autre minute, elle se retourna vers lui.

— Parle-moi de ton *véritable* domaine.

— Lyndhurst ? C'est… un peu plus grand que la maison fictive de Byrd.

— À quel point ?

— Dix-neuf mille hectares.

Elle ouvrit de grands yeux.

— Mon Dieu ! Je n'avais pas réalisé ! En général, la richesse d'un pair fait l'objet de discussions ou au moins de spéculations.

Elle détourna le regard, et il sentit qu'elle regrettait d'avoir dit cela.

Il ne voulait pas qu'elle se censure. Il était convaincu d'avoir entendu toutes les méchancetés qu'on pouvait dire sur lui. En réalité, il avait lui-même dit certaines des pires.

— Mais pas avec moi. À cause de ma réputation. Personne ne se soucie de ma richesse à partir du moment où les gens pensent que je suis un meurtrier. Apparemment, il existe une ligne à ne pas franchir quand il est question de courir après le pouvoir et les privilèges.

— Tu n'es pas un meurtrier.

Et voilà. Les gens le lui disaient parfois, mais le plus souvent ils évitaient tout simplement le sujet, comme s'il s'agissait d'une maladie qu'ils risquaient d'attraper. Comme si le fait d'en parler pouvait entraîner leur mort à eux aussi.

— Tu n'en sais rien, dit-il doucement. Moi-même, je n'en sais rien.

Il tourna la tête vers la vitre et observa les haies qui défilaient. Le ciel était gris, un peu plus sombre que la veille. En fait, les nuages étaient tellement sombres qu'il commença à s'inquiéter des risques de précipitations. Ce ne serait pas bon.

— Depuis combien de temps es-tu duc ?

Elle avait décidé d'éluder le sujet. Il ne pouvait pas lui en vouloir. Il essayait vraiment de ne pas en parler, mais parfois, c'était impossible. Comme il se le rappelait régulièrement, il était le duc Ravageur, l'homme qui avait tué sa femme et son enfant à naître et qui n'en gardait aucun souvenir.

— Quatre ans.

— Qu'est-il arrivé à ton père ? s'enquit-elle.

Simon repensa à cette période sombre. Cela avait été la pire période de sa vie, mais ce n'était rien en comparaison de ce qui était arrivé quelques années plus tard.

— Il est mort soudainement… dans un accident. Il faisait le tour du domaine avec l'intendant. Son cheval s'est mis à boiter, et il l'a désarçonné. Il a eu la malchance de se briser le crâne sur un rocher.

D'après Nevis, il était mort sur le coup, et le chagrin avait envahi Lyndhurst.

— Quelle horreur ! Vous étiez proches ?

— Oui, je suppose que nous l'étions.

Mais Simon savait qu'il avait quelque peu déçu son père, que ses excès avaient dépassé ce à quoi l'ancien duc s'attendait lorsqu'il avait conseillé à son fils de faire les quatre cents coups. À la mort de son père, Simon était passé du statut de marquis de Lyndhurst, coureur de jupons invétéré, à celui de duc de Romsey. Il était hors de question pour lui de persévérer dans son comportement déluré ; il s'était concentré sur son nouveau rôle, et s'était engagé à préserver l'héritage de son père. Il était donc rentré chez lui, avait achevé son apprentissage de la gestion du domaine entamé avec son père, et avait tranquillisé sa mère. Ses sœurs, mariées à l'époque, mais toujours bouleversées, ne requéraient pas son attention. Comme elles avaient sept et neuf ans de plus que lui, ils n'avaient jamais été particulièrement proches.

— Est-ce que ta mère est toujours avec toi ?

— Elle est toujours en vie, oui.

Mais elle n'était pas « avec » lui. Elle l'avait complètement abandonné après la mort de Miriam.

Il avait beau essayer de ne pas penser à sa femme, elle était toujours quelque part dans un coin de son esprit. Cette conversation la remettait au premier plan, ravivant la souffrance qui était toujours enfouie dans son cœur.

Après avoir pris le contrôle du domaine, il s'était concentré sur la recherche d'une duchesse. Comme la saison londonienne ne lui avait rien rapporté, il était retourné dans le Hampshire. Ce fut cet été-là, alors qu'il assistait à une assemblée locale, qu'il l'avait rencontrée : Miriam. Avec ses yeux gris pâle, ses cheveux blonds comme le miel et son sourire charmeur, elle avait ravi son cœur. Il n'avait jamais rencontré quelqu'un d'aussi doux, gentil et aimant. Ils s'étaient mariés cet automne-là, et au cours de l'année suivante, il avait connu un état de félicité qu'il n'aurait jamais cru possible. Il se laissa envahir par le souvenir de cette joie, fermant les yeux de peur de plonger trop rapidement dans ce qui avait suivi : une détresse et un chagrin inimaginables.

— Tu es fatigué ? lui demanda-t-elle, le tirant de sa rêverie.

Il lui fut reconnaissant de l'avoir interrompu avant de basculer la tête la première dans l'abîme du passé.

— Non. J'étais juste plongé dans mes pensées.

Bon sang, il n'aurait pas dû dire ça ! Maintenant, elle allait poser la question.

Elle retira ses pieds du chauffage.

— Tu penses à ta famille.

Il souffla, soulagé, ravi qu'elle n'ait pas posé de questions sur Miriam. Mais pourquoi l'aurait-elle fait ? Il laissait entendre à tout le monde qu'il croyait avoir tué sa femme. Cela choquait et effrayait les gens, qui n'abordaient plus jamais le sujet avec lui. À l'exception de Nick, mais son meilleur ami avait appris à modérer ses questions. À la place, il lui offrait un soutien silencieux, car c'était tout ce que Simon lui accordait.

Il bâilla à ce moment-là, et Diana posa les yeux sur lui.

— Tu es sûr que tu ne veux pas dormir ?

Non, il n'en était pas certain. Il ne s'était que très peu reposé la nuit précédente, par la faute de la tentatrice à ses côtés.

— Peut-être que je devrais. Au moins un peu, en tout cas.

— Je vais lire.

— Tiens, dit-il, se penchant vers un panier posé sur le sol.

À l'intérieur se trouvait le repas fourni par l'auberge, et les livres qu'il avait apportés. Il trouva ce qu'elle lisait, *Une histoire de commérages*, de Jane West, et le lui tendit.

— Merci.

Elle ouvrit le livre qu'elle inclina vers la vitre. La lumière se répandit sur son visage, dessinant un arc sur sa joue lisse et la courbe généreuse de ses lèvres. Il repensa à sa bouche, qui s'était arrondie pour former un *O* lorsqu'elle avait atteint l'extase la nuit dernière.

Il ferma les yeux pour tenter de chasser ces pensées. Son sexe durcissait déjà, et il était bien heureux que la couverture couvre la moitié inférieure de son corps.

Il ne pouvait pas se permettre de se laisser aller à de tels fantasmes. Il ne le ferait *pas*. Il l'accompagnerait dans le Lancashire et peut-être même ailleurs, si c'était ce qu'elle décidait, mais il devait garder ses distances.

Ce qui était bien plus facile à imaginer qu'à faire. Plus ils passaient de temps ensemble, plus il l'appréciait, l'admirait, et savourait sa compagnie…

Cependant, rien de tout cela n'avait d'importance. Il ne pouvait pas obtenir plus d'elle. Pas maintenant. Ni jamais.

CHAPITRE 6

Les deux dernières journées étaient passées à toute vitesse. La précédente avait été exceptionnellement longue pour traverser Birmingham, et ils avaient continué aussi longtemps que possible, avant de finalement s'arrêter dans une auberge alors qu'il faisait déjà nuit noire. Épuisée, Diana avait sombré tout habillée dans le lit après le dîner. C'était en partie parce qu'elle n'avait pas voulu demander à Simon de la déshabiller.

Simon.

Elle avait du mal à penser à lui en tant que Romsey, maintenant. Après l'autre nuit.

Ils n'avaient pas évoqué ce qui s'était passé depuis le lendemain matin dans la berline, mais elle ressentait cette présence entre eux, aussi palpable que la couverture qu'elle avait roulée et placée dans le lit la nuit précédente.

— Bon sang !

Diana tourna brusquement la tête. Elle avait cru que Simon somnolait, mais il fixait la fenêtre, les lèvres serrées en une ligne mince et dure.

— Quel est le problème ? demanda-t-elle, inquiète.

— Il neige.

Il frappa du poing sur le plafond, et le véhicule s'arrêta bruyamment.

— Que vas-tu faire ? demanda-t-elle.

Il la regarda.

— Je ne suis pas sûr, mais je dois m'entretenir avec Tinley.

La portière s'ouvrit sur le cocher qui se tenait à l'extérieur. Des flocons blancs atterrirent sur son chapeau et ses épaules.

— Il neige, Votre Grâce.

— C'est ce que je vois, répondit Simon en fronçant les sourcils. Une idée de la distance avant la prochaine auberge ?

Le cocher secoua la tête, les traits tirés par l'inquiétude.

— Non.

Diana avait appris à plutôt bien connaître Tinley au cours des derniers jours. C'était un homme costaud d'une quarantaine d'années, prompt à sourire et à prêter main-forte aux autres voyageurs. Elle ne lui avait jamais vu l'air inquiet. Elle n'avait jamais vu Simon inquiet non plus.

Ce dernier pencha la tête.

— Accélérez un peu le rythme, si vous pouvez. Et arrêtez-vous à la première auberge que vous trouverez. Je ne veux pas être coincé là-dedans.

— Oui, Monsieur.

Tinley hocha la tête avant de fermer la portière. Ils reprirent rapidement la route.

— De toute manière, il va bientôt faire nuit, remarqua Diana en regardant dehors.

— Plus tôt que prévu, à cause de la tempête, lui répondit Simon, la voix aussi sinistre que le ciel gris acier.

— Je suis sûre que nous allons trouver quelque chose.

Diana avait envie de le rassurer, quand bien même elle était aussi inquiète. Qu'allaient-ils faire s'ils se retrouvaient coincés dans la neige ?

Simon se cala à nouveau contre la banquette, et souffla longuement.

— En général, j'aime bien cela. Il ne neigeait pas très souvent à Lyndhurst, mais je me souviens d'une fois où nous avons fait une bataille de boules de neige. Mon père et moi nous étions joints à certains des métayers, raconta-t-il avec un sourire chaleureux.

Elle n'aurait jamais été autorisée à faire une telle chose, même si ça lui était venu à l'esprit.

— Tu n'as pas été mouillé ?

— Bien sûr que si, mais c'est terriblement amusant ! Je te lancerai peut-être une boule de neige quand tu ne regarderas pas.

Elle haussa un sourcil.

— Peut-être que je t'aurai en premier.

Il secoua la tête en riant.

— Mademoiselle Kingman, vous êtes unique en votre genre.

Elle aurait préféré qu'il l'appelle Diana, mais elle n'en dit rien. Au lieu de cela, elle ouvrit son livre pour lire, mais finit par abandonner rapidement cette activité, parce que la lumière ne suffisait tout simplement pas.

— Dois-je allumer la lanterne ? lui proposa Simon.

— Ce n'est pas nécessaire. De toute manière, je suis fatiguée de lire.

Il inclina la tête sur le côté.

— Je n'ai pas pensé à apporter une autre activité pour toi. Comme de la broderie. Est-ce que tu brodes ?

— Cela m'arrive. Je n'aime pas particulièrement ça.

Parce que ses parents avaient fait en sorte qu'elle soit exceptionnellement douée pour cela, tout comme pour la danse et le piano. Elle avait été formée à tout ce qu'ils avaient jugé nécessaire, au point qu'elle s'était mise à détester tout ce qu'ils lui imposaient.

— Alors, c'est une bonne chose que je n'en ai pas apporté.

La berline commença à ralentir, et Diana essuya la condensation sur la vitre pour voir dehors.

— Il y a une auberge.

Simon souffla à nouveau, son soulagement était manifeste.

— Tant mieux.

Quelques minutes plus tard, ils s'arrêtaient dans une cour encombrée devant une grande auberge. Tinley ouvrit la portière.

— Nous sommes un peu en dehors de Brereton, Votre Grâce. Ce n'est pas le genre d'hébergement que vous préférez, mais il nous faudrait peut-être un peu de temps avant de trouver autre chose, et la neige tombe assez fort.

Diana baissa les yeux sur le sol, qui était complètement blanc.

— Nous devrions nous arrêter.

— Oui, approuva Simon en sortant de la berline avant de se tourner pour aider Diana à descendre. L'auberge est plus grande que je ne l'aurais voulu, mais cela devrait aller. Nous sommes très loin de Londres à présent. Je doute que quelqu'un te connaisse ici.

— Et ils ne te connaîtraient que sous le nom de M. Byrd, devina-t-elle.

— Peut-être. S'ils me connaissent. Viens, allons à l'intérieur.

Il lui prit le bras et l'escorta rapidement jusqu'à la salle commune. Dès qu'ils franchirent le seuil, un enfant leur fonça dessus.

— Matthias !

Une femme se précipita vers eux, et prit le petit garçon dans ses bras. Il ne devait pas avoir plus de cinq ans. La mère regarda Diana et Simon avec effroi.

— Je suis sincèrement désolée. Je crois qu'il est fatigué d'avoir passé toute la journée dans la berline.

Diana sourit à l'enfant.

— Moi aussi. Et la neige, c'est très excitant, n'est-ce pas ?

Le garçon hocha la tête.

— J'aime la neige. Mais maman ne me laisse pas sortir, dit-il en faisant la moue.

— Il fait presque nuit, argumenta sa mère. Demain, s'il fait beau, tu pourras aller jouer dehors.

Le garçon avait des yeux bruns chaleureux, de la couleur du sherry. Ses grands cils battirent quand il cligna des yeux.

— C'est promis ?

— C'est promis.

Elle lui tapota le bout du nez, et déposa un baiser sur sa tête.

Le cœur de Diana se serra devant un tel amour maternel. Pour la première fois, elle se demanda ce que cela pourrait être d'avoir son propre enfant. Elle l'aimerait tellement ! Jamais elle ne forcerait son enfant à faire quelque chose ou à être quelqu'un qu'il ne voudrait pas. Elle l'aimerait tel qu'il serait.

Sauf qu'elle serait sans doute mariée à un homme qui ne la laisserait pas faire.

Un autre enfant, un peu plus âgé que le premier, s'approcha de la femme.

— Maman, notre chambre est prête.

— Oh, parfait, répondit-elle, l'air fatigué, avec un coup d'œil vers Diana et Simon. Merci de vous montrer si compréhensifs.

Après leur départ, Diana remarqua que Simon paraissait aussi tendu qu'il l'avait été dans la berline quand ils avaient découvert qu'il neigeait.

— Tu n'aimes pas les enfants ? s'enquit-elle.

Il secoua légèrement la tête et cligna des yeux, comme si

elle avait interrompu le fil de ses pensées. C'était peut-être le cas.

— Je ne les aime pas, mais je ne les déteste pas. Je vais aller demander une chambre.

Il alla voir l'aubergiste, qui terminait tout juste avec la famille.

Diana les observa quelques minutes pendant qu'ils discutaient, et Simon tendit de l'argent à l'autre homme. Un sentiment de soulagement l'envahit, et elle se rendit compte qu'elle avait retenu sa respiration.

— Il y a une chambre pour nous ? demanda-t-elle à Simon lorsqu'il revint.

— La dernière, en l'occurrence.

— Mais que se passera-t-il si d'autres voyageurs arrivent ? Peut-être allons-nous devoir prendre quelqu'un dans notre chambre, comme les Ogden l'ont fait à Coventry.

Elle lutta contre le rougissement qui grimpait dans son cou.

— Nous n'avons pas à nous inquiéter de cela. Notre chambre est une pièce plutôt petite, à l'étage le plus élevé. En fait, les chambres qui restent là-haut sont celles de l'aubergiste et de sa famille. Il voulait être certain que nous ne craignions pas d'être à l'étroit. Je lui ai assuré que nous étions reconnaissants d'avoir un hébergement, *quel qu'il soit.*

Diana était d'accord avec lui, mais elle se demandait ce qu'il voulait dire par « à l'étroit ». Elle espérait que le lit serait assez grand pour qu'il y ait un peu d'espace entre eux.

— Et si nous allions voir ? lui proposa Simon. Le dîner ne sera pas prêt avant un moment.

Elle acquiesça d'un signe de tête, et il s'excusa pour filer dehors. Elle se tourna alors pour regarder par la fenêtre. Simon prit la direction des écuries, où Tinley avait sans doute pris soin de leurs chevaux. Il revint avec leurs bagages. Ils grimpèrent deux étages jusqu'à un palier où le sommet de la tête de Simon frôlait le plafond bas. Il fit un geste vers une porte sur leur gauche.

— C'est là, je crois.

Elle appuya sur la poignée, et la porte s'ouvrit sur une petite chambre sombre et froide. Elle s'entoura de ses bras et frissonna.

Simon déposa leurs affaires à l'intérieur, et se dirigea vers la petite cheminée.

— Je vais allumer un feu.

Diana observa l'espace pendant qu'il travaillait. C'était leur plus petit hébergement jusqu'à présent, avec un lit effectivement étroit en face de la cheminée, et une unique chaise dans le coin entre l'âtre et l'une des deux minuscules fenêtres.

— Oh, qu'il fait sombre ici ! s'exclama en entrant une femme qui portait une lanterne et un panier de bûches, car Diana avait négligé de fermer la porte. Voici plus de bois pour vous, et un peu de lumière.

Elle apporta le panier à Simon et le déposa près de l'âtre, puis alla déposer la lanterne sur la petite table du coin près du lit. Se tournant vers Diana, elle sourit.

— Je suis Mme Woodlawn. Bienvenue à l'*Auberge du Chat Heureux.*

Diana n'avait pas fait attention à l'enseigne dans la cour.

— J'aime le nom que vous avez choisi pour votre auberge.

— Nous avons plusieurs chats, qui sont tous heureux. Je suppose que nous aurions pu mettre le nom au pluriel, expliqua la femme avec un doux rire. Ne soyez pas surpris si l'un d'entre eux essaie de venir dormir avec vous. La plupart des gens s'en moquent, surtout par une nuit froide comme celle-ci. Ils agissent comme de véritables petits chauffages.

Elle s'interrompit soudain. Elle observa le lit en fronçant les sourcils.

— Laissez-moi aller vous chercher une ou deux autres

couvertures. Nous n'avons pas souvent de clients ici, et il va vous falloir plus de literie.

Elle se retourna et quitta la pièce, refermant la porte derrière elle.

Diana s'approcha de l'une des fenêtres et jeta un coup d'œil à l'extérieur. Il faisait presque nuit, mais le lampadaire dans la cour illuminait le sol blanc, ainsi que la neige qui tombait en grosses touffes blanches.

— Je n'arrive pas à croire qu'il neige autant. Je n'ai jamais vu d'aussi gros flocons ! s'exclama-t-elle avant de plisser les yeux. À moins que ce ne soient des tas de flocons collés ensemble.

Elle commença à s'inquiéter à l'idée qu'ils puissent se retrouver piégés un certain temps ici.

Se détournant de la fenêtre, elle s'approcha de l'âtre, où Simon avait allumé un bon feu. Elle tendit les mains vers la chaleur qui commençait à se dégager.

Simon se leva et frotta ses mains sur son pantalon, puis s'avança vers la fenêtre la plus proche de la cheminée. Elle se tourna légèrement vers lui quand elle l'entendit souffler.

— Ce n'est pas bon signe, n'est-ce pas ? lui demanda-t-elle. Et si nous ne pouvions pas repartir demain ?

— Il n'y a pas grand-chose que nous puissions faire si cela se produit. Au moins, nous sommes ici, et pas coincés dehors sans endroit où séjourner.

Oui, c'était une bénédiction. Mais cela n'impliquait pas qu'elle devait être heureuse de rester ici.

— J'espère que le dégel sera rapide.

Il la rejoignit auprès du feu, lui jetant un regard en coin.

— Moi, j'ai hâte de voir le chat sur le lit. Tu aimes les chats, Kitty ? lui demanda-t-il avec un sourire.

Elle rit doucement de son pseudonyme, puis elle jeta un regard au lit trop petit, se demandant si le chat serait assez gentil pour servir de barrière entre eux.

— Je suppose que c'est presque une obligation pour moi ! Mais je n'en ai jamais eu.

Son père avait toujours eu une meute de grands chiens. Ces animaux ne montraient leur allégeance qu'à lui, et à lui seul, et c'était ce qu'il préférait.

Simon haussa un sourcil en la regardant.

— Vraiment ? Même pas dans la cuisine pour chasser les souris ?

— Je ne sais pas. Je n'avais pas l'autorisation d'aller dans la cuisine.

— Jamais ? Tu n'as jamais chipé un gâteau ?

Elle avait essayé une fois, quand elle avait cinq ans, mais cela lui avait valu une semaine au pain et à la soupe, et elle n'avait pas eu droit aux gâteaux pendant un mois.

— Mes parents n'aimaient pas que je passe du temps avec les domestiques.

C'était vrai. Des souvenirs enfouis depuis longtemps remontèrent à la surface, et elle tressaillit.

— Tu as froid ? lui demanda Simon, qui semblait avoir remarqué son mouvement.

— O-oui. Mais je me réchauffe.

Elle repoussa ses pensées, agacée que ses parents et son éducation se soient immiscés à ce point en elle. Elle voulait se concentrer sur l'avenir. Avec un peu de chance, elle pouvait espérer mettre son passé derrière elle et être comme les chats de cet endroit… heureuse.

— Tant mieux.

On frappa à la porte, et sitôt après, Mme Woodlawn entra et les salua à nouveau.

— J'ai apporté des couvertures supplémentaires, expliqua-t-elle en les déposant sur le lit. Je vais m'assurer qu'un de mes garçons s'occupe de votre feu pendant que vous êtes en bas pour le dîner. Enfin, si vous descendez pour le dîner ?

L'estomac de Simon gronda au même moment , et Diana

réprima un sourire. Il était toujours affamé quand ils arrivaient à leur destination du soir.

— Bonté divine, pourquoi en serait-il autrement ?

Diana était presque certaine que c'était une question rhétorique, mais Mme Woodlawn y répondit malgré tout.

— Un couple est arrivé avant vous, et ils ont demandé à dîner dans leur chambre. Cela ne pose aucun problème si vous souhaitez faire de même.

— Vous monteriez notre repas jusqu'ici ? demanda Simon en secouant la tête. Hors de question. Nous avons hâte de manger dans la salle commune. Votre hospitalité est incomparable, madame Woodlawn.

Elle rougit, et sa poitrine sembla gonfler.

— Merci, monsieur Byrd. Nous vous retrouvons bientôt en bas, le mouton sent délicieusement bon !

Elle leur adressa un sourire en sortant de la pièce, refermant la porte derrière elle.

Diana se retourna pour réchauffer son dos qu'elle avait négligé.

— Tu es un gentleman au grand cœur. Je pense que c'est une rareté pour les hommes de ton rang.

— Ah oui ? demanda-t-il doucement. J'essaie de me montrer agréable et discret.

Il reporta son attention vers le feu, et elle se demanda si c'était un léger rougissement qu'elle voyait remonter dans son cou, ou simplement un reflet des flammes.

Il voulait que les gens l'aiment. Et pourquoi en aurait-il été autrement quand la plupart des gens le traitaient comme un pestiféré ?

— Je te trouve plutôt agréable, lui dit-elle.

Quand son regard trouva celui de la jeune femme, ses yeux étaient extrêmement sombres, de la couleur du café que buvait son père, avec juste quelques taches d'or brûlantes dans leur profondeur. Le moment se prolongea entre eux jusqu'à ce qu'elle sente monter la chaleur en elle et qu'elle soit presque certaine que ce n'était pas dû au feu.

Finalement, elle cligna des yeux et détourna le regard.

— Et si nous descendions ?

— Oui, je crois que c'est ce que nous devrions faire.

Il lui ouvrit la porte et attendit qu'elle passe en lui laissant un large passage, puis la suivit dans l'escalier.

Il y avait déjà plusieurs personnes dans la salle commune. Un couple d'une cinquantaine d'années les salua et ils se présentèrent comme M. et Mme Emerson.

— Mon nom est Byrd, et voici ma femme, répondit Simon en souriant alors qu'ils s'avançaient dans la salle commune.

Sa main effleura doucement le bas de son dos, et elle se rendit compte qu'elle s'était habituée à ces contacts discrets. Tout comme elle s'était habituée à jouer le rôle de sa femme. S'il ne l'avait pas appelée Mlle Kingman quand ils étaient hors de portée de voix des autres, elle aurait pu oublier qu'il s'agissait vraiment de son nom.

— Enchantée de vous rencontrer, leur dit Mme Emerson, une femme avenante aux yeux bleu clair et au sourire chaleureux. J'ai l'impression que vous venez du Sud.

Simon acquiesça.

— Effectivement. Et vous avez l'accent du Nord.

— Nous venons de Leeds, l'informa M. Emerson, donc les sourcils encore sombres contrastaient avec ses cheveux grisonnants. Nous faisons route vers Birmingham pour voir notre fils pour les vacances. Ou du moins, nous l'étions jusqu'à ce que la neige mette fin à notre voyage.

Il semblait un peu frustré.

Mme Emerson lui toucha le bras.

— Tout ira bien. Je doute que nous restions coincés ici longtemps. En tout cas, il semblerait que ce groupe soit plutôt joyeux, du moins c'est le cas des gens que j'ai rencontrés. Apparemment, il y a un couple qui ne vient pas dîner, annonça-t-elle avant de montrer du doigt deux femmes assises dans un coin. Voici Mme Haskins et sa fille. Elles m'ont l'air enjouées, et elles ont demandé si nous jouions aux cartes.

Elle cilla en regardant Diana et Simon, et voulut savoir si c'était leur cas.

— Un peu, répondit Simon en jetant un regard rassurant à Diana.

Il ne lui avait pas encore appris à jouer.

— Et ces gentlemen là-bas sont des frères, poursuivit Mme Emerson, inclinant la tête vers les deux hommes qui se tenaient près de l'âtre, des tasses à la main. Ils s'appellent Prickford.

Le bruit de pas descendant l'escalier leur fit tourner la tête.

— Ah, ce doit être la charmante famille Taft. Je vous prie de m'excuser, je dois aller voir cette adorable fillette.

Une fille ? Diana ne se souvenait que des deux garçons, mais peut-être avait-elle manqué quelque chose.

M. Emerson pivota vers le bar qui longeait le mur du fond.

— Je vais aller chercher une bière. Vous en voulez une, Byrd ?

— Non, merci.

Le regard de Simon était rivé sur le bas de l'escalier, où la famille Taft venait d'arriver. M. Emerson les salua de la même manière qu'elle l'avait fait avec Diana et lui. Elle prit aussitôt une petite fille qui devait avoir deux ou trois ans des bras de sa mère, et s'adressa à elle avec animation.

Les garçons se précipitèrent vers l'une des grandes tables, où ils prirent place et sortirent des soldats de plomb. Diana commença à faire un pas vers la famille.

— Allons-nous les accueillir ?

Il lui attrapa le bras fermement, presque douloureusement.

— Non.

Elle tourna la tête et le regarda avec insistance.

— Tu me fais mal.

Il écarquilla les yeux et blêmit, relâchant aussitôt sa prise.

— Je suis sincèrement désolé.

Il parlait d'une voix douce et rauque, presque angoissée.

Quelque chose dans son comportement inquiétait Diana. C'était pire que le stress qu'il avait manifesté plus tôt quand la tempête avait débuté.

— Allons nous asseoir, alors.

Comme il ne bougeait pas, elle lui toucha doucement le bras, et le guida pour qu'il se tourne. Il la laissa le conduire à une table dans le coin opposé à celui des Haskins. Elle s'assit de sorte de pouvoir observer la salle, tandis que Simon était face au mur. Quoi qui le tracasse, avec un peu de chance, il pourrait le chasser de son esprit.

— Je me demande s'il est trop tard pour prendre cette bière, murmura-t-il.

Elle l'avait entendu, et cela ne fit qu'ajouter à son inquiétude croissante. Elle se pencha sur la table.

— Tu veux une bière ? Je peux aller t'en chercher une.

Elle commença à se lever, mais il tendit la main pour toucher brièvement la sienne.

— Non, je n'étais pas sérieux. Je ne vais pas boire de bière.

— Du thé, alors. Je vais aller chercher du thé.

Elle se leva et se précipita vers le bar, où elle demanda une théière à l'aubergiste. S'il trouva sa demande étrange, il n'en dit rien, et elle en fut soulagée. La consommation de boisson de Simon n'était pas ordinaire, mais elle était parfaitement respectable.

Elle avait entendu dire qu'il ne buvait pas d'alcool, ce qu'il avait confirmé. Ce qu'ils n'avaient pas abordé, c'était la raison de cette abstinence. La rumeur disait que c'était à cause de la mort de sa femme, car il était ivre mort quand elle avait dévalé les escaliers. Si c'était vrai, elle comprenait qu'il s'abstienne. Pourquoi alors suggérer qu'il avait envie d'une bière maintenant ?

Un cri aigu la fit se retourner vers l'endroit où Mme Taft était assise avec sa fille à la plus grande table de la salle. Les garçons jouaient avec leurs soldats, et un gentleman, sans doute M. Taft, semblait être à l'origine de l'excitation de l'enfant. Il tenait une poupée dans sa main et la cachait sous sa veste pour la ressortir ensuite avec de grands gestes. Il le fit à trois reprises avant de lui donner le jouet. Et à chaque fois, elle cria et rit joyeusement.

Diana revint à leur table. Simon avait tourné la tête et fixait à nouveau la famille. Elle s'assit, et comme il ne détournait toujours pas son attention d'eux, elle lui demanda calmement :

— Il y a un problème ?

Il la regarda, semblant surpris.

— Non.

Elle ne le crut pas. Il avait pâli, et Diana voyait bien qu'il était tendu.

— Je crois que tu me prends pour quelqu'un qui ne te connaît pas. Quelque chose ne va vraiment pas. Tu sembles contrarié.

— Alors, comme cela, tu me connais ?

— Aussi bien que tu me connais.

Elle songea à Coventry, et à la manière dont il avait appris à la connaître. Peut-être qu'ils n'étaient pas tout à fait à égalité dans ce domaine.

— C'est l'enfant, expliqua-t-il en détournant le regard vers la fenêtre qui donnait sur la nuit noire. Elle me rappelle… peu importe. Où est le thé ?

— Il arrive.

Soudain, elle comprit la raison de sa détresse. L'enfant lui faisait penser à celui qu'il avait perdu. En même temps que sa femme. Elle avait beau ne pas appréhender vraiment la profondeur de son émotion, elle ressentit une vague d'empathie.

— Je suis sincèrement désolée, lui dit-elle. Je crois que tu as dû beaucoup aimer ta femme.

C'était un détail qui n'était jamais mentionné dans les récits entourant son passé.

— C'est vrai.

Sans la moindre hésitation, elle tendit la main par-dessus la table pour saisir celle de Simon. Il planta son regard dans celui de Diana. Elle ne dit rien, se contentant de serrer ses doigts.

Il haussa un sourcil.

— Fais attention. Tu te comportes comme une épouse.

— Ou comme une amie.

Elle retira sa main quand l'aubergiste déposa un plateau avec un service à thé sur la table.

M. Woodlawn s'essuya les mains sur son tablier.

— Le dîner sera servi dans quelques minutes.

— Merci, répondit Diana avant de leur verser le thé.

— Tu t'occupes de moi, constata-t-il.

— Je t'aide. Tu ne vas pas devenir une crapule arrogante, n'est-ce pas ?

Il laissa échapper un rire qui la réchauffa.

— Mon Dieu ! J'espère que non. Je t'autorise à me gifler s'il m'arrivait de me comporter ainsi.

— Je le ferai sans hésiter.

Elle avait envie de lui poser des questions sur sa femme, mais, voyant que son moral commençait à remonter, elle abandonna le sujet. Un de ces jours viendrait le bon moment pour discuter de ce qui s'était passé, et, plus important encore, pour aborder ses sentiments à ce sujet.

Du moins, elle l'espérait.

Peut-être qu'ils se sépareraient avant que cela n'arrive. Pour qu'il sache qu'elle se souciait de lui, elle lui dit :

— Je suis là, si jamais tu veux te soulager.

Il lui jeta un regard insolent : il semblait être redevenu lui-même.

— Ceci peut être interprété de plusieurs façons, madame Byrd.

Elle leva les yeux au ciel en levant sa tasse de thé.

— Voilà notre dîner.

Ils discutèrent de sujets légers pendant qu'ils mangeaient leur repas, mais elle remarqua qu'il évitait les enfants et parut soulagé lorsque les Taft montèrent à l'étage. Peu de temps après, ils dirent bonne nuit aux autres clients, et montèrent dans leur petite chambre au deuxième étage.

Diana l'autorisa à l'aider à se déshabiller, mais ils firent vite. Il lui tourna le dos alors qu'elle finissait de s'habiller pour aller au lit, et ne se tourna pas avant qu'elle ait remonté les couvertures sous son menton. La fameuse couverture roulée se trouvait entre eux, mais elle se rendit compte qu'elle se trouvait tout près du bord du lit étroit.

Quelques minutes plus tard, il s'installa à côté d'elle et remonta les couvertures.

— Euh… j'ai bien peur de ne pas avoir beaucoup de place, lui dit-il gentiment. Pourrais-tu te déplacer un peu ?

— Malheureusement, je ne peux pas.

Elle grimaça, sachant ce qui allait suivre, frustrée contre elle-même de ne pas avoir eu le courage de le suggérer la première.

— On pourrait enlever la couverture, dit-il. Honnête-ment, il fait tellement froid que je pense que j'apprécierais cette couverture supplémentaire. De plus, il serait probable-ment judicieux de combiner la chaleur de nos corps sans la barrière.

Il le dit de façon très naturelle, comme s'il n'y avait pas une foule de choses qui pouvaient survenir en partageant un lit si intimement. Mais, en réalité, de quoi avait-elle peur ? Il ne prendrait pas de libertés, elle en était certaine.

Alors, quel était le souci ?

C'était qu'elle voulait qu'il le fasse.

Oh, oui, c'était une véritable peur, à laquelle elle ne devait pas penser. Les peurs ne faisaient qu'empirer lorsqu'on les entretenait.

Il fit irruption dans ses pensées décousues.

— C'est bon, je vais me débrouiller.

Il commença à se tourner, et le lit grinça quand il bougea.

— Non, tu as raison. Nous devrions retirer la couverture.

Elle la tira du lit et s'assit pour la dérouler.

Il l'aida, et leurs mains se touchèrent alors qu'ils tentaient tous les deux de l'étaler sur eux. Leurs regards se croisèrent dans la faible lueur du feu, et ils se fixèrent.

Elle ne sut pas combien de temps ils restèrent ainsi, mais ce fut assez long pour qu'un frisson lui parcoure les épaules. Elle frémit.

Il souleva les couvertures.

— On se remet au lit. Je vais m'excuser par avance si je me rapproche trop pendant la nuit, mais ce sera uniquement pour me réchauffer, je te l'assure.

Elle s'allongea sur le matelas, se blottissant le plus loin possible sous les couvertures, aussi près du bord qu'elle l'osait. Pourtant, elle sentit la chaleur de Simon derrière elle, et plutôt que d'en être scandalisée, elle la trouva… agréable.

Alors qu'elle s'endormait, elle se dit que ce ne serait peut-être pas une mauvaise chose s'il se lovait contre elle, pas parce qu'il avait froid, mais parce qu'il en avait envie.

CHAPITRE 7

Un léger coup fut frappé à la porte, et Simon ouvrit les yeux. Il était conscient de deux choses : quelqu'un entrait dans leur chambre et le corps de Diana était collé contre le sien, sa main reposant sur son torse. Deux de ses doigts avaient franchi l'encolure en V de sa chemise de nuit, si bien qu'ils étaient peau contre peau. Simon prit délicatement sa main et la plaça sur son flanc avant de relever la tête de l'oreiller.

L'intrus était un garçon. Il jeta un regard vers le lit, et voyant que Simon était réveillé, pointa la cheminée du doigt. Comprenant que le garçon était là pour s'occuper du feu, il hocha la tête. Il posa un doigt sur ses lèvres, et fit un signe de tête vers Diana. Le garçon s'inclina et continua de travailler.

Simon se rallongea et fixa le plafond bas et incliné. Diana bougea doucement contre lui, remontant la main sur son bras jusqu'à la laisser sur le dessous de son coude. Apparemment, elle n'était pas satisfaite tant qu'elle ne le tenait pas. Cela ne le dérangeait pas. Non, en fait, son membre était plutôt ravi qu'elle pose la main sur lui.

Merde. C'était Coventry encore une fois. Enfin, pas vraiment. Au moins, la veille au soir, il n'avait pas totalement outrepassé les convenances en lui montrant comment se donner du plaisir. Il s'était autorisé une transgression avec elle. Il ne s'en accorderait pas une autre.

Juste une ?

Pourquoi ne pas l'emmener dans le nord de l'Angleterre et changer complètement sa vie ? Elle ne pouvait pas retourner auprès de sa famille sans devoir affronter une certaine indignation et des critiques, sans parler du mépris public qu'elle pourrait subir. Il espérait qu'elle allait choisir de recommencer sa vie dans un endroit où on ne la connaissait pas. Dieu savait que lui l'aurait fait s'il avait pu. Cependant, les ducs ne pouvaient pas disparaître. Mais ils pouvaient vagabonder, surtout lorsque personne ne se souciait vraiment d'eux.

Le garçon acheva sa tâche et s'en alla. À regret, Simon retira une fois encore la main de Diana avant de se glisser hors du lit. La chambre était froide, mais le feu ravivé commençait à la réchauffer. Il se rapprocha de la fenêtre pour voir s'ils pourraient repartir. Son cœur se serra en voyant la cour et la route au-delà complètement recouvertes d'une épaisse couche de blanc. Le ciel était sombre et gris ; il allait sûrement neiger à nouveau.

Bon sang !

— Que se passe-t-il ?

Il détourna son attention de la fenêtre et vit Diana assise sur le lit, qui se frottait les yeux. Il la dévisagea un moment avant de répondre. Elle était incroyablement belle, avec ses cheveux noirs noués en une tresse épaisse qui retombait sur son épaule droite. Il la suivit du regard et ne put s'empêcher d'admirer le renflement de ses seins sous sa chemise de nuit. Il remonta les yeux sur son visage au moment où elle clignait des yeux, les traits encore froissés et ensommeillés.

— Il y a pas mal de neige sur le sol, lui annonça-t-il. Et on dirait qu'il va encore neiger.

— Nous ne pouvons pas partir aujourd'hui ?

— Je crains bien que non.

— Alors, je crois que nous allons faire une bataille de boules de neige, conclut-elle avec un sourire qui fit bondir le cœur de Simon.

— Je croyais que tu avais peur d'être mouillée. Ce n'est pas comme si nous avions une réserve infinie de vêtements. Du moins pas avec nous. J'imagine que tu as une vaste garde-robe.

— Trop vaste, à vrai dire.

Il y avait une pointe de dégoût dans son ton. Hier soir, elle avait dit qu'elle commençait à bien le connaître. Il avait appris à la connaître aussi, et elle n'aimait pas jouer le rôle de la débutante.

— Viens, alors, habillons-nous, et nous pourrons faire une petite bataille de boules de neige.

Il se rendit compte que lui n'était absolument pas vêtu. Il portait une chemise de nuit qui lui tombait sur les cuisses. Et rien d'autre. Il avait veillé à rester habillé devant elle, et voilà qu'il se tenait là, dans la faible lumière du matin, pratiquement nu.

Elle le savait aussi. Son regard avait lentement parcouru son corps et elle s'efforçait maintenant de garder son attention sur le couvre-lit qu'elle serrait contre son menton.

— Je vais attendre là que tu sois habillé, lui dit-elle.

— Je vais faire vite.

Il commença à enfiler son pantalon, puis le reste de ses vêtements. Après avoir mis son gilet, il tourna la chaise dos au lit et s'assit pour mettre ses bottes.

— Je suis occupé avec mes bottes, et je suis dos au lit, l'informa-t-il.

— Merci.

Il écouta ses mouvements, à présent conscient de ce qu'elle faisait grâce au bruit. Ce ne fut donc pas une surprise quand sa voix s'éleva juste derrière lui.

— Pourrais-tu m'aider avec mon corset ?

— Bien sûr.

Il se leva et noua son sous-vêtement, le serrant autour de son buste. Il s'efforçait toujours d'empêcher ses articulations de la frôler, mais parfois, il échouait. Aujourd'hui, il effleura sa colonne vertébrale, et manqua de tressaillir dans sa hâte de retirer sa main.

— Laisse-moi t'aider avec ton jupon et ta robe, lui proposa-t-il, comme il le faisait chaque jour.

Il se dirigea vers le mur où ses vêtements étaient suspendus à un crochet, et les ramena là où elle se tenait. Il déposa la robe sur le lit et commença par le jupon. Elle leva les bras telle une suppliante, et il passa le tissu par-dessus sa tête. Il réitéra ses gestes avec la robe, et une fois qu'elle eut ajusté le vêtement autour de son corps svelte, il le laça, en rentrant les extrémités à l'intérieur lorsqu'il eut terminé.

Elle passa les mains sur la jupe pour la lisser.

— Merci. Bien que ma garde-robe soit trop grande, la variété me manque. J'en ai un peu assez de cette robe.

— Tu en as une autre, n'est-ce pas ?

— Juste une, oui.

— Alors, je ne m'inquiéterai pas de te mouiller.

— Pas trop quand même, l'avertit-elle, une étincelle au fond de ses yeux bleus. Je n'ai pas d'autre jupon ni d'autre corset, et je ne veux pas que cette robe soit trempée quand nous repartirons demain.

S'ils pouvaient partir. Non, il n'allait pas penser à cela. Et puis, n'y avait-il pas pire situation que de se retrouver piégé avec une belle jeune femme dont il appréciait la compagnie plus que celle de toutes les personnes qu'il avait rencontrées ces deux dernières années ?

Elle s'assit et enfila ses bas et ses bottines pendant qu'il passait sa veste. Il patienta auprès du feu tandis qu'elle enroulait sa tresse pour former un petit chignon à l'arrière de sa tête, grâce à ses épingles de la veille. Il y avait un miroir suspendu près de l'âtre, et quand elle eut terminé, elle pivota vers lui.

— Tu es magnifique.

Il avait pensé ces mots chaque matin de leur voyage, mais aujourd'hui, c'était la première fois qu'il les prononçait.

Elle rougit et regarda le feu.

— Merci, murmura-t-elle.

Ils prirent leur cape, leur chapeau et leurs gants, puis descendirent dans la salle commune. Seuls M. Taft et les deux garçons étaient présents.

— Doucement, Matthias, la neige ne va pas s'en aller.

L'homme rit pendant que son fils cadet continuait d'engouffrer sa nourriture. Simon se rappelait ce que cela faisait d'être un jeune garçon débordant d'enthousiasme pour la journée à venir. Rien d'autre n'existait que l'avenir immédiat. Ce qui représentait une excellente métaphore de la vie qu'il avait vécue au cours de ces deux dernières années. L'enthousiasme en moins, évidemment.

Il avait rarement planifié quelque chose autant que ce temps passé avec Diana, à l'exception de la partie de campagne à laquelle il avait assisté à l'automne dernier avec Nick. Il jeta un coup d'œil à sa compagne.

Cet événement s'était mal terminé, du moins pour lui. Lors d'une excursion à la cathédrale Saint-André de Wells, la fiancée de Nick, ou du moins son autre fiancée, Violet, avait trébuché et elle était tombée. Parce qu'elle était seule avec Simon à ce moment-là, tout le monde avait imaginé le pire. Ou du moins, c'était ce qu'il avait semblé. Simon n'était pas resté pour s'en assurer. Il s'était enfui de la cathédrale, était rentré à la maison, avait préparé ses affaires et s'en était allé immédiatement.

Qu'en avait pensé Diana ? Mieux valait qu'il ne pose pas la question, mais il avait toujours conservé un intérêt pervers pour ce que les gens disaient de lui. *Sans doute*, murmura une petite voix au fond de son esprit, *parce que tu espères toujours entendre quelque chose de gentil.*

Il la mena vers la table où ils avaient dîné la veille au soir. Mme Woodlawn vint directement avec du thé et des toasts.

— Je vous rapporte du jambon, du hareng et des œufs.

— Merci, dit Simon pendant que Diana versait le thé.

Elle avait pris l'habitude de boire du thé avec lui à tout moment de la journée, bien qu'elle ait bu un sherry ou deux à l'occasion. Il ne pouvait pas la blâmer. Il se sentait honoré qu'elle veuille se joindre à lui.

— Les gens ont-ils été surpris quand j'ai quitté la partie de campagne à l'automne dernier ?

Apparemment, il n'était pas capable de se contenir. Il était faible, comme sa mère le lui avait dit après la mort de son père.

Elle leva les yeux vers lui, choquée, puis cligna des yeux après un court temps d'arrêt.

— Surpris ? répéta-t-elle. Je ne crois pas que ce soit la bonne manière de le définir.

Comme elle ne lui expliquait pas quelle était la « bonne manière », la curiosité de Simon l'emporta.

— Alors, quelle a été leur réaction ?

Diana blêmit, et il comprit qu'il connaissait la réponse. Il prit sa tasse de thé avec nonchalance, de peur qu'elle ne pense qu'il était contrarié, car il ne l'était pas. Il s'était habitué à ce genre de choses.

— Ils étaient soulagés d'être enfin débarrassés de moi, déclara-t-il. Je suis sûr qu'ils m'ont tenu pour responsable de la chute de Lady Pendleton.

Sauf qu'être habitué à ce que les gens pensent le pire de lui n'était rien comparé au fait que le pire se produise réellement. *Encore une fois.* Un instant, Lady Pendleton lui tenait le bras, et celui d'après, elle avait disparu, s'étalant à côté de lui pendant qu'il se retrouvait incapable de faire autre chose que regarder, horrifié.

La vision de sa femme au bas des escaliers, le corps brisé, envahit son esprit comme elle l'avait fait à ce moment-là. Il n'avait pas d'autre souvenir de cette nuit-là, en dehors de l'avoir tenue dans ses bras et l'avoir suppliée de vivre. Sa main se mit à trembler et il s'empressa de reposer sa tasse de thé.

— Elle ne les a pas laissés faire, déclara Diana. Lady Pendleton t'a défendu haut et fort. Et bien sûr, le duc de Kilve l'a soutenue, ajouta-t-elle en le regardant droit dans les yeux. Je n'y croyais pas. Mes amies non plus.

Non, les plus jeunes avaient été plutôt épatants. Peut-être qu'avec le temps, les gens lui pardonneraient, même si cela n'avait pas grande importance, car lui ne se pardonnerait jamais.

— C'est gentil de ta part.

Elle se pencha en avant, les yeux brillants.

— Ce que Lady Nixon et Mme Law ne comprennent pas, c'est qu'à chaque fois qu'elles disent quelque chose sur quelqu'un, nous, les plus jeunes, sommes enclins à croire le contraire. Enfin, les jeunes dotés de bon sens. Ce sont d'horribles vieilles sorcières.

Simon éclata de rire, ce fut plus fort que lui. C'était la première fois qu'il voyait Diana baisser sa garde.

— C'est ainsi que vous les appeliez ?

Elle s'adossa à sa chaise et prit sa tasse de thé.

— Entre autres choses.

Elle arqua un sourcil avant de boire une gorgée, et bien que sa tasse cache sa bouche, il se doutait qu'elle souriait.

— J'aime ce côté de toi.

Et à l'étage, elle avait dit qu'elle voulait faire une bataille de boules de neige. C'était une Diana qu'il ne connaissait pas, et il doutait que quiconque l'ait déjà perçue ainsi. Il se sentait privilégié de passer du temps avec elle.

— À propos de cette bataille de boules de neige…, commença Simon.

Mme Woodlawn l'interrompit en apportant leur petit déjeuner.

— Je vous ai entendu parler de bataille de boules de neige ? Les garçons Taft vont être ravis. Ils parlent d'en faire une depuis le début de la matinée.

Simon se crispa, et le sentiment de découragement contre lequel il avait bataillé toute la soirée de la veille au cours du dîner, alors que la famille Taft le narguait depuis le centre de la pièce, lui revint en pleine figure. Il lui était impossible de les regarder, surtout la fillette, sans penser à Miriam et à leur enfant. Il n'avait aucune idée du sexe de leur enfant, mais il était certain que c'était une fille. Avec des boucles brillantes couleur de miel et des yeux gris pâle comme sa mère.

Ce ne sont pas tes enfants.

Non, mais ils auraient pu l'être. Il en avait envie. Il ne voulait pas d'eux en particulier, bien sûr, mais il voulait des enfants. Il avait voulu des enfants de Miriam. Son cœur se contracta douloureusement, et sa gorge le brûla un moment.

Il toussa légèrement, le temps de maîtriser ses émotions.

— Alors, nous allons veiller à ce que leur vœu soit exaucé.

Il adressa un sourire à Mme Woodlawn qui le lui rendit.

Après son départ, Diana plissa les yeux.

— Tu n'as pas à faire cela.

— Faire quoi ? demanda-t-il, coupant le jambon tendre.

— Tu n'as pas non plus besoin de jouer les idiots, dit-elle avec légèreté. Cela ne va-t-il pas te perturber de passer du temps avec les enfants ?

C'était possible. Mais il était déterminé à relever le défi et à en sortir victorieux.

— Ce sera bien pour moi, je pense, ajouta-t-il avant d'enfourner une bouchée de jambon bien trop grande dans sa bouche.

Quand ils eurent presque terminé leur petit déjeuner, Mme Woodlawn revint avec une couverture qu'elle proposa à Diana.

— C'est pour vous. Pour que vous la portiez dehors pendant que vous regardez la bataille de boules de neige.

— Oh, je ne vais pas regarder, répondit la jeune femme avec un certain cran. Je participe.

Mme Woodlawn ouvrit de grands yeux.

— Je vois. Alors, maintenant, je sais qui je vais encourager !

Elle adressa un clin d'œil à Diana en repliant la couverture sur le dossier de sa chaise.

La jeune femme se pencha en avant jusqu'à ce que le lainage soit installé, puis elle remercia Mme Woodlawn pour sa prévenance.

Un moment plus tard, le plus jeune des Taft s'approcha de leur table. Il avait des yeux marron foncé et des cheveux couleur sable, le genre qui étaient sans doute presque blancs à la naissance, mais avaient bruni au fil du temps. Comme les cheveux de Simon.

— Je m'appelle Matthias. Mme Woodlawn dit que vous allez lancer des boules de neige avec nous. C'est vrai ?

— C'est vrai. As-tu déjà fait une boule de neige ? lui demanda-t-il.

Le garçon secoua la tête.

— Est-ce que c'est dur ?

— Cela dépend de la neige. Nous verrons comment elle est.

— Allons-y maintenant !

Matthias tendit la main vers celle que Simon avait posée sur le bord de la table. Son premier réflexe aurait été de se retirer, mais il se prépara à affronter le contact du garçon.

Il regarda Diana, qui l'observait avec un soupçon de sourire dans les yeux.

— Je suppose que j'ai assez mangé, annonça Simon.

— Matthias !

M. Taft arriva à leur table et prit l'autre main du garçon, ce qui incita Matthias à lâcher celle de Simon. Le père le regarda, l'air de s'excuser.

— Il n'a pas encore appris toutes les bonnes manières.

— De mon point de vue, il n'y a rien à redire sur ses manières, répondit Simon, qui regarda Diana. Nous étions sur le point de sortir pour une bataille de boules de neige.

Elle hocha légèrement la tête pour l'encourager. Il reporta son attention sur M. Taft.

— Je sais que Matthias est impatient de se joindre à nous. J'espère que vous en ferez de même, ainsi que votre autre garçon.

Simon regarda le garçon plus âgé par-dessus l'épaule de son père. Il était en train de terminer les restes dans l'assiette de son frère.

— Ils apprécieraient beaucoup, confirma Taft. Je vais aller chercher Jonathan.

Diana mit son chapeau puis se leva, récupérant ses gants qu'elle enfila. Simon fit de même après s'être relevé à son tour.

— Viens, Matthias. Je suis M. Byrd, et voici ma femme, Mme Byrd.

— J'aime les oiseaux ! s'exclama le garçon. Il y a un nid de busards dans un arbre près de notre maison. J'aime les regarder chasser.

— Je suis sûr que c'est assez excitant.

Simon se déplaça pour aider Diana à enfiler sa cape, puis

à arranger la couverture autour de ses épaules. Elle n'avait pas spécialement besoin de son aide, mais il se rendit compte qu'il cherchait simplement une raison de la toucher, ou presque, en l'occurrence.

Pendant qu'ils déjeunaient, les autres clients étaient descendus dans la salle commune, à l'exception de Mme Taft et de sa fille. Elles arrivèrent à ce moment-là, quand Simon ouvrait la porte.

Une bouffée d'air frais souffla, et il frissonna légèrement. Il faisait plutôt froid. Leur bataille de boules de neige n'allait pas durer longtemps, alors mieux valait qu'ils la rendent mémorable.

— Êtes-vous prêt, Maître Jonathan ? s'enquit Simon.

L'aîné des enfants bondit hors de table et se dirigea vers la porte avec son père.

— Où allez-vous ? leur demanda Mme Taft.

Le timbre aigu de sa voix semblait indiquer qu'elle n'était pas favorable à cette excursion.

M. Taft leur fit signe de sortir.

— Allez-y, je vous rejoins bientôt.

Simon ne s'attarda pas pour regarder les parents débattre de la question. Il fit sortir Diana et les enfants dans la grisaille matinale.

En réalité, le temps n'était pas vraiment gris, pour être précis, car la neige blanche apportait une luminosité qui n'aurait pas été présente autrement. Le tapis blanc était immaculé et parfait.

Ensuite, les garçons Taft se précipitèrent dans la cour, en gâchant ainsi la perfection. Simon se mit à rire.

— Quoi ? demanda Diana, se blottissant sous sa couverture.

— Je me souviens juste de ce que c'était d'avoir cet âge.

Insouciant et invincible. Comme si rien ne pouvait lui faire de mal.

— Tu es sûre d'avoir envie de faire cela ? Tu as l'air gelée.

— Je le suis. Mais je ne vais pas laisser passer cette opportunité.

— Cela ne prendra pas beaucoup de temps. Il fait plutôt froid, et je suis sûr qu'il va se remettre à neiger bientôt.

Elle leva le nez vers le ciel et grimaça.

— Alors, dépêchons-nous.

— Comment est cette neige, monsieur Byrd ? s'enquit Matthias.

Jonathan secoua la tête en direction de son frère.

— Elle est froide et mouillée, idiot.

Il se pencha et en ramassa une poignée qu'il jeta aussitôt sur son frère, l'atteignant à l'épaule.

— Ce n'était pas une boule de neige ! s'exclama Matthias. On lance seulement des boules de neige. C'est papa qui l'a dit !

Simon alla plus loin dans la cour, là où les garçons se tenaient face à face.

— Vous devez écouter votre père.

Matthias pointa son frère du doigt, l'air hautain.

— Je ne veux pas être dans son camp.

— Je ne veux pas être dans ton camp non plus, rétorqua Jonathan en croisant les bras.

— Il est de mon côté, affirma Matthias en montrant Simon avec son pouce.

Son frère ouvrit la bouche, probablement pour protester, mais leur père les rejoignit à ce moment-là.

— Je serai de ton côté, Jon.

Matthias se mit aussitôt à bouder, et M. Taft haussa les épaules.

— Ce n'est que justice, Matthias. À mon avis, M. Byrd est sans doute meilleur que moi pour ce genre de choses.

Jonathan avait l'air horrifié.

— C'est *impossible*, papa !

Une toux féminine les poussa à se retourner.

— Et moi, alors ? demanda Diane. Dans quelle équipe suis-je ?

— La nôtre ! répondit Jonathan, fixant son frère d'un air suffisant.

— Ce n'est pas juste, gémit Matthias. Ils sont plus nombreux.

— Je serai dans votre équipe, proposa l'aîné des frères Pickford.

Matthias tira la langue à son frère.

— Alors de quel côté dois-je aller ? demanda le plus jeune Pickford. Ce sera toujours déséquilibré.

— Oh, eh bien, je ne suis pas obligée de participer, dit Diana.

Simon entendit la pointe de déception dans sa proposition, et quand bien même cela n'aurait pas été le cas, il ne l'aurait pas laissée renoncer.

— Bien sûr que si ! Nous allons trouver quelqu'un d'autre pour se joindre à nous, proposa-t-il en regardant le jeune Pickford. De quel côté ?

— Apparemment, c'est frère contre frère, remarqua-t-il avec un clin d'œil à Jonathan. Je serai avec eux.

Matthias leva vers Simon de grands yeux bruns, limpides et implorants.

— Nous avons besoin de quelqu'un d'autre.

— Puis-je être dans ton équipe, Matthias ?

La mère des garçons était sortie, tout comme Mme Haskins et sa fille, qui s'occupait de la fille des Taft.

— Qu'en est-il de Mary ? demanda M. Taft avant de jeter un œil vers l'auberge, où Mlle Haskins tenait la petite fille dans ses bras.

— Elle va bien, lui répondit sa femme. Alors, qu'en dis-tu, Matthias ?

Le garçon semblait partagé. Simon voyait bien qu'il aimait

sa mère, mais qu'il ne la croyait peut-être pas douée pour cette activité. S'accroupissant à la hauteur du garçon, il lui chuchota :

— Est-ce que tu t'inquiètes à l'idée que ta mère ne soit pas capable de faire des boules de neige ?

Matthias secoua la tête.

— Ce n'est pas une bonne lanceuse, répondit le garçon d'un ton grave et absolument pas discret.

Un rapide coup d'œil vers Mme Taft et l'ébauche d'un sourire lui indiquèrent qu'elle avait entendu son fils.

— Je parie qu'elle fait d'excellents gâteaux. J'ai raison ? s'enquit Simon.

Matthias acquiesça.

— Elle fait les meilleurs des meilleurs.

— Eh bien, alors je parie qu'elle sera exemplaire dans la confection de boules de neige. Devons-nous la charger de cette tâche ? C'est toujours mieux d'avoir quelqu'un qui s'occupe de notre approvisionnement.

Les yeux du garçon s'illuminèrent, et ses lèvres s'étirèrent sur un large sourire. Il regarda sa mère.

— Maman ! Maman ! Nous avons le meilleur travail pour toi !

Elle rit et tapota la tête du garçon.

— Du moment que tu me promets que ce sera rapide. Il fait trop froid pour rester longtemps dehors, et je pourrais jurer avoir senti un flocon sur mon nez.

Simon leva les yeux et fut récompensé par une gouttelette qui atterrit dans son œil. Il baissa la tête vers sa poitrine et cligna rapidement des yeux.

— Est-ce que tu vas bien ?

La main de Diana se posa sur son biceps, ce qui le ramena à la réalité.

Il s'essuya l'œil avec les doigts et cilla encore.

— Très bien, merci.

Elle lui fit un signe de tête, puis s'éloigna de lui pour rejoindre son équipe.

Tout le monde se tourna vers Simon, semblant attendre de lui qu'il prenne les choses en main. Cela faisait des années que cela ne lui était pas arrivé. Il hésita, mais seulement un instant.

S'éclaircissant la gorge, il s'adressa à tout le groupe d'une voix forte.

— Comme il fait très froid, il y aura une limite de temps pour cette bataille. Cinq minutes. Les visages des garçons Taft se décomposèrent, mais Simon se hâta de les réassurer.

— Cela semble court, mais cela vous paraîtra très long quand vous serez mouillés !

— Je ne serai pas mouillé, annonça Jonathan. Je serai trop rapide pour être touché.

Simon réfréna un sourire devant l'assurance du garçon.

— Même ainsi, tu trouveras le temps bien assez long. On ne lance pas de boules de neige au visage : c'est une cause d'exclusion, expliqua Simon, et les garçons semblèrent encore plus déprimés, mais leur père leur lança des regards désapprobateurs. Si à un moment où un autre vous souhaitez vous retirer du jeu, il vous suffit de vous placer sous l'avant-toit. Ou si vous avez vraiment froid, allez à l'intérieur. Est-ce que cela vous semble acceptable ?

Il regarda tout le monde.

Il y eut des hochements de tête, bien que réticents de la part des jeunes frères.

Leur mère posa les mains sur les hanches.

— Peut-être devrions-nous simplement rentrer maintenant.

Les garçons se redressèrent aussitôt et secouèrent la tête. Ils perdirent leur air morose, et une certaine impatience envahit leurs traits.

— Nous allons prendre une minute pour faire des boules de neige avant de commencer. Allez-y !

Il se précipita vers le seuil de l'auberge et demanda à Mme Haskins si elle pouvait surveiller le temps.

— Il me semble que M. Emerson a une montre à gousset, dit-elle. Je vais filer la chercher.

Simon lui fit un signe de tête et rejoignit son équipe, occupée à fabriquer des boules de neige sous la direction de l'aîné des frères Pickford.

— Maman, il faut que tu les fabriques plus vite si tu veux devenir notre faiseuse de boules de neige, remarqua Matthias d'un ton sévère pour un enfant de son âge.

Sa remontrance était teintée d'ironie, car il s'amusait comme un petit diable avec sa propre boule de neige. Simon s'accroupit une fois encore.

— Tiens, laisse-moi te montrer.

Il prit une poignée de neige et enroula sa main autour. Puis il recouvrit la matière de son autre main et serra les paumes en les gardant arrondies pour former la boule.

— Il faut presser fermement pour que la neige se tienne, mais pas trop, sinon elle va se désagréger. Il faut un peu d'en-traînement.

Matthias se concentra pour reproduire les gestes que Simon avait décrits. Lorsqu'il eut terminé, il ouvrit ses mains et sourit largement.

— J'ai réussi !

— Effectivement, confirma Simon en se levant, avant de jeter un regard sur le petit arsenal que Mme Taft et M. Pickford avaient créé. Et regarde comme ta mère est devenue rapide. Tu dois être très fier.

— Maman, tu t'en sors très bien !

— Toujours aussi bien, corrigea-t-elle avec un sourire.

— Il est temps de commencer, leur cria Mme Haskins.

— Maman !

La petite Mary, à présent debout dans la neige à côté de Mlle Haskins, tapa des mains et sourit à sa mère.

— J'ai oublié une dernière chose, annonça Simon en regardant autour de lui.

Les hommes qui travaillaient dans l'écurie, ainsi que son propre cocher, s'étaient rassemblés pour regarder. Tinley lui fit un signe de la main, et Simon lui répondit d'un hochement de tête.

— On ne quitte pas la cour. Prêts ? Allons-y !

On aurait dit que le ciel avait décidé de se joindre à lui, car alors que de petits flocons l'avaient sporadiquement assailli, de gros flocons tombaient maintenant, s'ajoutant au chahut. Et ce fut un vrai chaos. L'autre camp avait accumulé pas mal de boules de neige, et le jeune M. Pickford était un excellent tireur.

Simon ne tarda pas à recevoir une boule de neige directement dans le ventre. Il chercha Diana et la vit en train de faire des munitions derrière les autres. Apparemment, on lui avait confié la même tâche qu'à Mme Taft. Eh bien, cela ne se passerait pas ainsi. Il savait qu'elle voulait vraiment prendre part à la bataille. Il ne voyait qu'un seul moyen d'y parvenir.

Il lança une boule de neige fraîche et en prit une dans leur réserve qui diminuait, puis se faufila sur le côté et contourna l'autre équipe qui se concentrait sur l'aîné des Pickford. Il était aussi habile que son frère, frappant chacun de ses adversaires de manière égale. Jonathan était déjà passablement mouillé. Tant pis pour son pronostic.

Diana était aussi concentrée sur leur avance, alors elle ne vit pas Simon arriver. Sa boule de neige la frappa en plein sur l'épaule, et sa couverture glissa.

Haletante, elle se tourna. Elle plissa les yeux vers lui. Sans hésiter, elle s'empara d'une des boules de neige qu'elle venait de fabriquer et la lui jeta. Malheureusement, elle manqua sa cible.

Il se rapprocha et lança son autre boule de neige, la frappant dans le postérieur cette fois pendant qu'elle se penchait pour prendre une nouvelle munition.

Elle se redressa d'un mouvement sec et lui jeta un bref coup d'œil avant de lui jeter deux boules l'une après l'autre. La première manqua encore sa cible, mais la seconde lui éclaboussa le torse. Elle rit joyeusement et attrapa deux autres boules de neige.

— Aidez-moi avec M. Byrd ! s'écria-t-elle.

Oh, bon sang ! Cela n'allait pas être joli.

M. Taft et Jonathan reportèrent leur attention sur lui, le bombardant de boules de neige. En essayant de reculer, Simon glissa et tomba en arrière dans la neige. Jonathan s'approcha de lui et lui écrasa une munition sur le torse.

— Est-ce qu'on a gagné ?

Simon regarda derrière le garçon et vit que Matthias et l'aîné des Pickford se tenaient au-dessus de M. Pickford cadet, qui avait dû tomber lui aussi.

— Je n'en ai pas l'impression, répondit Simon en pointant du doigt l'autre côté de la cour.

— Le temps est écoulé ! s'écria Mme Haskins.

Simon regarda Mary courir vers sa mère. Elle n'alla pas très loin, car ses petites jambes s'enfonçaient dans la neige. Mme Taft se précipita vers elle et souleva l'enfant dans ses bras.

— J'aime la neige ! s'exclama Mary.

Sa mère récupéra la dernière boule de neige qu'elle avait faite et la tendit à sa fille, dont les yeux s'écarquillèrent d'émerveillement. Le cœur de Simon se serra. Il pouvait si aisément imaginer sa femme et sa fille.

— Puis-je vous aider à vous relever ? lui proposa M. Taft.

Mais le regard de Simon se posa sur Diana, qui le fixait avec inquiétude, et quelque chose d'autre dans le regard aussi. Peut-être un peu d'admiration. Bon sang, cela lui faisait un drôle d'effet !

— Oui, merci, dit Simon en saisissant la main de l'homme pour se relever.

Les garçons jouaient à présent simplement dans la neige, sans épargner le moindre coin de la cour.

— Rien qu'une minute de plus, les avertit leur mère.

— Tu es bien trempé, remarqua Diana en le rejoignant, enroulant plus fermement la couverture autour d'elle.

— Et toi, à peine, observa Simon.

— Un peu, répondit-elle avec un charmant sourire. C'était amusant.

— N'est-ce pas ?

C'était peut-être le moment le plus drôle qu'il avait vécu depuis deux ans. Sauf s'il incluait la partie de campagne. Avant que les choses ne tournent mal, il s'était amusé, surtout quand ils avaient joué au Baiser de la nonne. Il ne put s'empêcher de fixer les lèvres de Diana un moment.

— Je me demande si nous pourrions persuader les autres de participer à des jeux une fois que nous serons changés et réchauffés.

— Le Baiser de la nonne ? proposa-t-elle.

Ses yeux brillèrent alors qu'un flocon de neige se posait sur sa joue. Son esprit avait pris le même chemin que le sien. C'était extraordinaire.

Du bout du doigt, il essuya le flocon de sa peau.

— Sans doute pas, répondit-il doucement.

Ce moment de tension fut rompu lorsque Mme Woodlawn cria depuis le seuil de la porte.

— J'ai du thé et du café chauds pour tout le monde ! Et des gâteaux, bien sûr !

— Venez, les garçons, il est temps de rentrer. Il y a du gâteau, ajouta Mme Taft en voyant qu'ils ne venaient pas immédiatement.

Cela attira leur attention, et ils coururent vers l'auberge.

Simon escorta Diana à l'intérieur où Mme Woodlawn s'adressait au groupe.

— J'ai préparé deux zones avec de l'eau chaude pour que tout le monde puisse retirer ses vêtements mouillés et se nettoyer aussi vite que possible. J'ai récupéré des vêtements secs dans vos chambres ; les femmes peuvent aller à la cuisine, et les hommes resteront ici.

Mme Woodlawn avait rapproché deux tables sur lesquelles étaient disposés plusieurs bols d'eau fumante, des serviettes et quelques couvertures. Des vêtements étaient empilés sur plusieurs chaises. Il remarqua une table avec de la vaisselle de petit déjeuner, mais aucun d'entre eux ne s'y était assis. Il se demanda si les mystérieux hôtes qui n'étaient pas venus dîner avaient déjeuné pendant qu'ils étaient dehors. Ils devaient préférer rester entre eux.

— Venez, mesdames, proposa Mme Woodlawn en se tournant vers la cuisine.

Diana adressa un charmant sourire à Simon avant de disparaître vers le fond de l'auberge avec Mme Taft, Mary, et Mme Woodlawn.

Il la regarda partir, se sentant plus heureux qu'il ne l'avait été depuis longtemps.

— Vous et votre femme semblez très amoureux, dit Mme Haskins d'un ton approbateur. J'espère que ma fille pourra un jour faire un aussi beau mariage.

Il afficha un sourire.

— Merci.

Quel dommage que cela n'ait été qu'un mensonge !

CHAPITRE 8

Le dîner fut très animé, toutes les tables avaient été rapprochées et les invités avaient partagé le repas comme s'ils avaient prévu de rester ensemble coincés par la neige. Ensuite, ils jouèrent aux cartes, et Diana tâtonna en suivant les instructions de Simon, tandis que Mlle Haskins faisait la lecture aux enfants au coin du feu. Lorsque Mme Taft s'en alla mettre Mary au lit, Mme Woodlawn fit son apparition dans la salle commune avec un grand bol peu profond.

— C'est l'heure du jeu du Dragon[1] ! annonça-t-elle d'un ton joyeux.

Les garçons crièrent de joie, et Diana ne put s'empêcher de sourire. Le Jeu du dragon pouvait s'avérer particulièrement amusant, du moment que ses parents n'étaient pas dans les parages. Et heureusement pour elle, ce n'était pas le cas.

M. Woodlawn se hâta d'éloigner l'une des petites tables des autres, et Mme Woodlawn plaça le bol au centre. Elle baissa les yeux sur les garçons qui l'entouraient.

— Alors vous avez déjà joué au jeu du Dragon ?

Ils hochèrent la tête.

— Vous allez mettre le feu au brandy, et puis nous devrons attraper autant de raisins secs que possible et les manger, répondit Jonathan avec enthousiasme.

— C'est exact, acquiesça Mme Woodlawn avec un sourire. Cependant, nous n'allons pas les manger dans cette version. Je ne veux pas que quelqu'un se brûle la bouche. Et voilà M. Woodlawn qui vient enflammer le brandy, annonça-t-elle en jetant un œil autour de la pièce. Qui d'autre se joint à nous ?

— Moi ! lança le jeune M. Pickford en s'avançant vers la table.

Son frère aîné le suivit.

— Moi aussi.

Il se retourna vers Mlle Haskins, qui s'était levée de sa chaise près du feu.

Elle rougit joliment, et Diana se demanda si un rapprochement n'était pas en train de s'opérer.

— Je vais jouer aussi, dit la jeune femme en les rejoignant à la table.

— Quelqu'un d'autre ? s'enquit Mme Woodlawn. À moins que ce ne soit que pour les célibataires ?

Diana faillit lever la main pour dire qu'elle n'était pas mariée, mais se mordit la langue. Simon sembla comprendre qu'elle avait manqué faire un faux pas, et rit doucement.

— Tu veux jouer ?

— Je crois que oui, murmura-t-elle.

— Alors, je t'en prie, vas-y. Sois prudente, ne te brûle pas.

Diana fixa les yeux d'un brun profond de Simon, dont les taches dorées scintillaient comme le bol de brandy le ferait bientôt.

— Tu ne viens pas ?

Il secoua la tête.

— Je vais regarder.

La jeune femme s'avança vers la table.

— Je vais jouer, annonça-t-elle.

Ils étaient tous les six debout autour de la table, avec une impatience palpable lorsque M. Woodlawn alluma une brindille dans l'âtre et l'apporta près du bol.

— Vous n'avez droit qu'à une seule main, sauf si vous avez moins de douze ans, dit-il avec un clin d'œil aux garçons Taft. Prêts ?

— Oui ! s'écrièrent les jeunes garçons à l'unisson.

L'aubergiste approcha la flamme du brandy et le bol s'embrasa immédiatement. Des dizaines de raisins secs flottaient dans le liquide. Il devrait être relativement facile d'en attraper quelques-uns, au moins. Mais il fallait braver les flammes.

Diana inspira brusquement et plongea les doigts dans l'eau-de-vie, près du bord. La chaleur lui lécha les doigts, et elle les retira sans le moindre raisin. *Mince !* Expirant pour calmer ses nerfs, elle essaya de nouveau, essayant de se rappeler comment elle avait fait la dernière fois. Cela remontait à quelques années, au moment de Noël à la tour Beaumont, après la disparition du mari de Verity. Diana passerait peut-être aussi ce Noël avec sa cousine. Non. Elle ne pouvait pas se permettre de rester aussi longtemps, car son père la retrouverait.

Repoussant ces pensées, elle se concentra de nouveau sur la tâche à accomplir avant que le feu ne s'éteigne. Ou pire, avant qu'il n'y ait plus de raisins secs.

Contractant les muscles, elle plissa les yeux en regardant les flammes. La clé, c'était de mettre sa peur de côté. De ne pas penser, mais d'agir. Elle se rendit compte que c'était à l'exact opposé de la manière dont on lui avait appris à vivre.

Ce qui ne fit que renforcer sa détermination.

Elle plongea la main dans les flammes, se servant de son pouce et son index comme d'une pince pour attraper autant de fruits qu'elle le pouvait. Elle ne réfléchit pas et se contenta d'agir, se mouvant avec une rapidité audacieuse. Elle était vaguement consciente que Mlle Haskins suçotait son doigt et ne participait plus, et que M. Pickford lui accordait toute son attention.

Mais Diana était concentrée sur sa tâche. Elle ne compta pas les raisins, mais en récupéra autant qu'elle put avant que le feu ne s'éteigne. Les flammes commencèrent à faiblir, et il ne restait plus que quelques raisins. Diana agit rapidement, et elle fut la dernière à saisir un fruit dans le bol, juste avant l'extinction du feu.

— Hourra !

M. Woodlawn applaudit, et les adultes se joignirent à lui tandis que les garçons Taft se mettaient à compter leurs raisins secs.

Il advint qu'ils avaient exactement le même nombre, ce qui les découragea tous les deux.

— Mais je me demande si Mme Byrd n'aurait pas gagné, remarqua Simon, attirant le regard de tous sur la substantielle montagne de raisins secs devant Diana.

Il entreprit de les compter, et quand il eut fini, elle avait gagné.

Les garçons parurent heureux de la tournure des événements, mais beaucoup moins lorsque leur père les informa qu'il était l'heure de se coucher.

Ils dirent bonne nuit, et Matthias serra toutes les femmes, y compris Diana, dans ses bras avant de poursuivre son frère dans les escaliers. Le reste des invités prirent congé, mais Diana remarqua les regards appuyés entre l'aîné des Pickford et Mlle Haskins. Il ne resta bientôt plus que Diana et Simon seuls dans la salle commune.

Elle ramassa tous les raisins secs et les remit dans le bol.

— Merci, ma chère, lui dit Mme Woodlawn en récupérant le récipient. Puis-je vous apporter un dernier verre à tous les deux ? demanda-t-elle avant de se tourner vers Simon. Ou bien du thé ?

Il sourit devant tant de prévenance.

— Non, merci.

— Merci, madame Woodlawn, dit Diana.

Lorsqu'ils furent seuls, Simon la regarda avec intérêt.

— Tu étais incroyablement douée à ce jeu. Comment vont tes doigts ?

Il lui attrapa la main et la leva pour pouvoir examiner sa chair rougie.

— C'est un peu sensible, mais cela passera.

Il souffla doucement dessus.

— Est-ce que cela aide ?

Un frisson parcourut la main de Diana et remonta le long de son bras, avant de redescendre le long de son échine.

— Un peu.

Que cela l'aide ou non, elle ne voulait pas qu'il s'arrête.

— Crois-tu que nous pourrons repartir demain matin ? s'enquit-elle.

Il souffla à nouveau avant de répondre.

— Je suis optimiste. La neige a pas mal fondu cet après-midi. Mais nous devrions nous lever aux aurores, juste au cas où.

Quand la neige avait cessé de tomber ce matin-là, le soleil était apparu et avait transformé la cour en un chaos boueux.

— Mmmh.

Elle avait du mal à se concentrer sur ce qu'il disait à cause de son pouce qui caressait sa main et de sa bouche qui était si proche de ses doigts. Elle réfréna l'envie de suivre le contour de ses lèvres.

Elle ne pouvait pas faire *ça*. Cherchant un moyen de se distraire, elle dit la première chose qui lui vint à l'esprit.

— Tu t'es bien débrouillé avec les enfants aujourd'hui.

Mince ! Elle n'aurait sans doute pas dû dire cela. Elle ne voulait pas déterrer de mauvais souvenirs, surtout en cet instant si délicieux.

— Ce sont de bons enfants, dit-il doucement. Matthias semble avoir un coup de cœur pour toi. Je crois que tu as l'instinct maternel.

Elle n'était pas sûre d'être d'accord.

— Ils étaient fascinés par toi. Ils ont passé la majeure partie de la journée à revivre cette bataille de boules de neige, et tu les as laissés faire, avec beaucoup de plaisir, semblait-il. Tu l'as même rejouée ici.

Cela s'était passé après le déjeuner. Les garçons avaient endossé les rôles de Simon et de M. Pickford, qui étaient tous deux tombés dans la neige. Simon leur avait affirmé qu'ils ne maîtrisaient pas tout à fait le sujet, et leur avait alors montré comment il avait glissé et chuté sur les fesses.

Il lui lâcha la main et s'approcha de la cheminée, lui tournant le dos, fixant les flammes.

— J'avais hâte de devenir père.

Elle faillit ne pas l'entendre, mais elle était ravie de l'avoir fait. S'avançant lentement, de peur qu'il ne se crispe, elle le rejoignit près de l'âtre.

— Tu pourrais encore le faire.

Il lui lança un regard empli de doutes, et de quelque chose de bien plus sinistre : du dégoût de soi.

— C'est peu probable. J'aurais besoin d'une femme.

— Oui, effectivement. Tu n'en veux pas ?

Il se concentra sur le feu, le visage impassible.

— J'en voulais une.

Elle se rapprocha de lui, de sorte qu'ils n'étaient plus qu'à quelques centimètres l'un de l'autre.

— Qu'est-ce qui a changé ?

— Je ne crois pas qu'une femme voudrait de moi, pas

après avoir entendu parler de mon passé. Et jamais je ne pourrais me marier sans lui raconter la vérité.

— Je pense que tu te sous-estimes, lui dit-elle d'un ton doux.

Il se retourna vers elle, le regard nu et vulnérable.

— Vraiment ? Alors, laisse-moi te dire la vérité. J'ai peur, Diana. J'ai peur de me remarier.

Elle eut soudain le cœur si lourd que ses genoux menacèrent de céder. Elle s'abandonna à son désir et posa le bout de ses doigts sensibles sur sa mâchoire, frottant légèrement contre sa chair, caressant la barbe qui commençait à repousser.

Elle repensa à cette révélation qu'elle avait eue pendant le jeu du Dragon, et lui murmura :

— N'aie pas peur.

Un léger craquement en provenance de la cage d'escalier se fit entendre, suivi d'un « Oh ! ».

Diana laissa retomber sa main et se tourna vers le bruit, provoqué par l'un des garçons. Jonathan se tenait sur la dernière marche, les yeux écarquillés pendant un bref instant. Puis il les leva au ciel et ricana.

— Vous allez vous embrasser comme maman et papa ! s'exclama-t-il avec une expression dégoûtée avant de se précipiter vers une table sur laquelle il ramassa une poignée de soldats. Bonne nuit !

Il courut vers les escaliers.

Diana soupira de soulagement, puis sourit avant de revenir à Simon.

Il la fixait toujours, avec une passion qui lui remuait l'âme.

— Diana.

Il souffla son nom sur les lèvres de la jeune femme une seconde avant que sa bouche ne se referme sur la sienne.

Elle posa à nouveau sa main sur son visage, puis glissa son

autre main autour de sa taille, le serrant contre elle alors qu'il l'embrassait. Les lèvres de Simon étaient douces et instructives, se mouvant sur les siennes avec détermination. C'était différent du Baiser de la nonne, un baiser rapide qui avait duré peut-être un instant de trop.

Celui-ci le surpassait déjà, tant en longueur qu'en intensité. Ce premier baiser avait été un réveil. Celui-ci était une promesse. Et elle voulait qu'il s'y tienne.

Simon l'entoura de ses mains, les plaquant dans son dos pour l'attirer contre son torse. Il était chaud et dur. Elle se sentait en sécurité et protégée dans le cercle de son étreinte.

Il inclina légèrement la tête, et elle sentit de l'humidité contre ses lèvres. Sa langue. Elle avait entendu parler de ce genre de baiser, mais ne savait pas comment s'y prendre. Avec candeur, elle ouvrit la bouche et attendit ses directives.

Les changements qui s'opéraient en lui étaient subtils, mais elle les remarqua. Il la serrait un peu plus fort. Un son presque imperceptible se logea au fond de sa gorge. Il ouvrit la bouche contre celle de Diana, et introduisit doucement sa langue en elle.

La sensation la submergea, et le désir l'envahit. Elle passa sa main autour de sa nuque et bascula la tête en arrière, lui donnant accès à tout ce qu'il voulait.

Ce qui avait été tendre et timide était à présent fort et déterminé. Il l'embrassait à pleine bouche, éveillant un besoin qu'elle n'avait jamais éprouvé. Son sexe palpitait comme il l'avait fait à Coventry, lorsqu'il lui avait appris à se donner du plaisir. Elle repensa à cette nuit, à cette délivrance, et comprit qu'elle le voulait maintenant.

Cela n'avait rien à voir avec ce que lui avait raconté sa mère. *Rien du tout.* Mais elle n'aurait pas dû être surprise qu'on lui ait menti. Elle n'avait jamais été qu'un instrument au service des intérêts de ses parents.

Enfin, plus maintenant. À présent, elle vivait pour elle-même. Ce moment, et tous ceux à venir étaient pour *elle*.

Diana enfonça ses doigts dans le cou de Simon et répondit à sa langue avec la sienne, la caressant avec un délicieux abandon ; elle aurait voulu que cela ne s'arrête jamais.

Ils entendirent à nouveau le grincement dans la cage d'escalier. Doux Jésus, qu'est-ce que le garçon avait encore oublié ?

— Mon Dieu ! Je pensais que tout le monde était allé se coucher.

Ce n'était pas Jonathan. En fait, Diana ne reconnaissait pas cette voix.

Simon mit un terme à leur baiser, mais ne la relâcha pas. Il regarda par-dessus l'épaule de la jeune femme et dit :

— Nous allions monter.

— Eh bien, nous n'allons pas vous retenir, dit la femme.

Elle avait l'air hautaine et suffisante, comme tant de personnes que les parents de Diana choisissaient de fréquenter.

— Votre Grâce ?

Il s'agissait d'une voix masculine, et les deux mots qu'il prononça donnèrent à Diana l'impression que son corps était pris dans un étau de glace.

Simon garda un bras autour d'elle et resserra son emprise.

— Ne bouge pas, murmura-t-il. Reste dos à la pièce.

Puis il partit, s'éloignant d'elle, et elle batailla pour s'empêcher de se retourner. Elle n'avait qu'une envie : fuir tout en haut des escaliers. Si ces gens avaient reconnu Simon, combien de temps leur faudrait-il pour la reconnaître à son tour ?

— Je suis désolé, je ne me souviens pas de votre nom ? demanda Simon d'un ton cordial.

Il n'allait même pas essayer de les convaincre qu'il n'était pas le duc ?

— Sir Fletcher Dunford-Whaley, et voici Lady Dunford-Whaley.

— J'étais loin de me douter que certains des autres clients étaient de haut rang, déclara la femme sur un ton hautain et supérieur. Si je l'avais su, je n'aurais pas ressenti le besoin de nous tenir à l'écart.

— Nous n'étions pas *obligés* de le faire, dit le baronnet d'un ton plus calme.

Lady Dunford-Whaley ricana.

— Bien sûr que si. Et en réalité, je ne suis pas certaine que j'aurais changé d'avis si j'avais su que Sa *Grâce* était ici.

Elle avait baissé la voix pour la dernière partie, mais Diana l'entendit, ainsi que le ton sur lequel elle l'avait dit. Un sentiment de colère l'envahit et elle serra les dents de peur de donner à cette femme une leçon bien méritée et de se dévoiler. Elle ne pouvait pas faire cela.

— Voudriez-vous bien nous présenter votre, euh… votre amie ? s'enquit Sir Fletcher.

— Nous ne pouvons pas demander à rencontrer la maîtresse du duc, dit sa femme, employant à nouveau un ton qui se voulait probablement un murmure, mais qui n'en était pas un.

Simon se rapprocha à nouveau de Diana, son flanc contre le dos de la jeune femme. Il se pencha et lui parla doucement à l'oreille.

— Laissons-les croire que tu es ma maîtresse. Je vais les distraire pendant que tu prendras les escaliers.

Elle hocha légèrement la tête, puis attendit qu'il s'éloigne à nouveau.

— Comme je l'ai déjà dit, nous étions sur le point de nous retirer, dit Simon d'un ton égal. Je vous prie de nous excuser.

C'est à cet instant que Diana commit une erreur fatale. Elle fit un pas vers les escaliers, mais elle avait dû trop se tourner, ou du moins, la lumière du feu éclaboussa ses traits.

Le hoquet de surprise de Lady Dunford-Whaley fit jaillir la peur dans le cœur de Diana.

— Doux Jésus ! C'est Mlle Kingman ! Fletcher, voici la jeune femme dont je vous ai parlé, celle qui était fiancée au duc Solitaire, le duc de *Kilve*. Mais il a quitté Londres, et elle aussi. Il y a de nombreuses rumeurs au sujet de ce qui a pu se passer, lança-t-elle avant d'avoir l'audace de s'approcher de Diana. Je ferais des envieuses si seulement vous vouliez bien me dire…

— Vous ne pouvez quand même pas vous montrer aussi grossière ! dit froidement Simon.

Si Diana n'avait pas déjà été terrorisée, son ton l'aurait fait frissonner.

Alors que Diana se dirigeait lentement vers les escaliers, elle aperçut Sir Fletcher qui attirait sa femme à ses côtés. Il parla à voix basse, mais elle l'entendit malgré tout.

— C'est un *duc* !

— Le duc Ravageur ! s'exclama-t-elle en usant une fois de plus de son chuchotement qui n'en était pas un, la voix bouillonnante. C'est l'ami le plus proche de Kilve. Tu te rends compte ? A-t-il volé la fiancée de son ami ? Quand les gens entendront…

Diane n'y tint plus. Sans réfléchir, elle ramassa ses jupes et courut à l'étage.

Oui, il était le duc Ravageur. Et maintenant, elle était ruinée à son tour.

~

Bon sang de bois !

Cela n'aurait pas pu être pire si un dramaturge l'avait scénarisé pour obtenir un effet dramatique maximal. Il se mordit la langue de peur de l'utiliser pour s'en prendre à la sorcière qui lui faisait face. À bien y réfléchir, pourquoi s'en inquiétait-il ? Elle l'avait plus que mérité.

— Les femmes comme vous sont une plaie, cracha Simon, avant de poser les yeux sur son mari qui avait blêmi. Mes excuses, mais je ne supporte pas les ragots, surtout quand ils font du mal.

Lady Dunford-Whaley ricana en relevant les épaules.

— Ce n'est pas moi qui m'enfuis avec la fiancée de mon meilleur ami. Si elle souffre, c'est de sa faute. Et de la vôtre.

Simon s'avança vers elle, montrant ses dents dans sa rage.

— Vous n'avez aucune idée de ce qu'elle souffre, ou de ce qu'elle fait ou non. Vous n'êtes rien d'autre qu'une mégère présomptueuse et imbue d'elle-même qui n'a rien à faire dans une société courtoise !

Elle écarquilla les yeux et hoqueta.

— Vous ne pouvez pas me parler ainsi !

— En réalité, je n'ai pas besoin de vous parler du tout. Comme votre mari l'a si bien fait remarquer, je suis un duc, affirma-t-il avec un rictus. Sans compter ma réputation.

Elle ouvrit la bouche puis la referma, mais ne dit rien.

— Montez, ma chère, dit le baronnet à voix basse, mais avec une fermeté qui ne souffrait aucune discussion.

Elle tourna la tête vers lui et pinça les lèvres avant de prendre la direction de l'escalier. Simon la regarda partir, mais sans ressentir le moindre soulagement.

— Je suis sincèrement désolé, s'excusa Sir Fletcher. Ma femme aime bien les ragots.

— Il ne s'agit pas de ragots, répliqua Simon.

— Eh bien, si, je suis navré de le dire. Vous et Mlle Kingman vous êtes enfuis. Vous êtes en route pour Gretna Green, n'est-ce pas ?

Simon sursauta. Il regarda le baronnet, perplexe pendant un moment.

Bien évidemment.

Simon prit une grande inspiration.

— Oui. Et nous aimerions garder le secret, au moins pendant quelques jours encore. Y a-t-il une chance que cela se produise ?

Le baronnet pencha la tête sur le côté puis la releva, l'air d'hésiter.

— Très mince. Je vais faire de mon mieux pour que ma femme reste discrète ; cela aide que nous soyons si loin de Londres, bien sûr. Mais je crois pouvoir dire qu'elle est déjà à l'étage en train de rédiger une missive à l'attention de sa sœur, dit-il avec une grimace.

— Vous pourriez la brûler, suggéra Simon.

— Je pourrais. Mais elle en écrira une autre, expliqua Sir Fletcher en secouant sa tête grisonnante. Ne vous en faites pas. Je vais m'en occuper. Allez jusqu'à l'enclume[2], et le temps que quelqu'un s'en aperçoive, elle sera votre duchesse.

Sauf que ce ne serait pas le cas.

Merde, merde, *merde* !

Apparemment, Simon n'avait plus que ce mot en tête.

Il adressa un léger signe de tête en guise de bonne nuit et se hâta de monter au deuxième étage, pressé de voir Diana et, avec un peu de chance, de la rassurer. Croyait-il vraiment que c'était possible ? Il n'y avait pas de bonne fin à ce scénario, à moins qu'elle ne décide de disparaître.

Il ouvrit la porte et la vit faire les cent pas devant le feu.

Elle leva brièvement les yeux vers lui, mais sans marquer de pause.

— J-j-je n-ne p-p-peux m-même p-pas f-f-faire m-mes b-b-bagages !

Simon ne l'avait jamais vue aussi bouleversée, pas même quand il lui avait annoncé que son fiancé voulait en épouser une autre.

— Pourquoi ne peux-tu pas faire tes bagages ?

Il s'efforçait de garder une voix égale et un ton doux.

— P-p-parce q-que les v-v-vête…ments s-sont t-t-t-toujours d-dans la c-c-cuisine.

Elle cessa brusquement de faire les cent pas et prit plusieurs respirations profondes.

Alarmé, il s'approcha d'elle à pas lents de peur de l'agiter davantage.

— Est-ce que tu vas bien ? lui demanda-t-il, et comme elle ne répondait pas, il se demanda si elle l'avait entendu. Diana ?

Finalement, elle tourna le regard vers lui. Ses yeux bleus étaient aussi sombres que la nuit.

— Je v-v-vais b-bien.

— Tu n'as pas l'air d'aller bien.

Elle se détourna alors de lui pour fixer le feu. Inspirant profondément une fois encore, elle prit un moment pour répéter.

— Je vais bien.

Les mots sortirent lentement, posément, comme si cela lui avait demandé un gros effort. Est-ce qu'elle avait un problème d'élocution ? Il ne l'aurait pas soupçonné et pourtant il lui semblait se souvenir de quelques autres fois où elle avait lutté… Il ravala la question avant de la formuler. Ce n'était pas le moment d'aborder le sujet.

— J'ai parlé à Sir Fletcher, et il a supposé que nous étions en route pour Gretna Green. Je lui ai dit que c'était le cas, et je lui ai demandé de se taire pendant quelques jours, pour nous donner le temps de t'établir.

Elle ne le regardait toujours pas.

— A-alors… c-c-c'est l-le… ch-ch-choix que… j-j'ai ? demanda-t-elle en secouant la tête. C-ce n-n'est… p-p-pas un ch-ch-choix d-d-du… t-t-tout. T-tu m-m'as f-forcé la m-main.

Il s'avança vers elle et voulut lui prendre la main, mais elle croisa les bras.

— Tu n'es pas obligée de faire ce choix-là. Cela nous laisse simplement le temps dont nous avons besoin pour aller à Blackburn. Ensuite, tu pourras choisir où tu veux recommencer à zéro.

Elle resta silencieuse à contempler le feu, les épaules raides, le corps hypertendu. Ils étaient bien loin de l'étreinte qu'ils avaient partagée en bas. Quoi qu'il se passe ensuite, il se souviendrait de ce baiser pour le restant de ses jours. Il n'avait jamais imaginé ressentir à nouveau cette bouffée d'excitation, de désir, de promesse de joie. Elle lui avait offert un beau cadeau, et il le chérirait.

Il recula d'un pas.

— Je vais parler à Tinley et lui demander d'être prêt à partir aux premières lueurs du jour. Je vais veiller à ce que nos affaires soient prêtes aussi, dit-il, puis il se tourna vers la porte et ajouta, je vais demander à Mme Woodlawn de monter t'aider. Essaie de dormir, Diana.

Il voulait la réconforter, mais il n'y avait rien qu'il pouvait dire ou faire pour arranger les choses. On lui avait confisqué ses choix : d'abord ses parents et leurs exigences en matière de mariage, puis Nick lorsqu'il avait décidé de ne pas aller jusqu'au bout de leur projet de mariage. Et maintenant Lady Dunford-Whaley qui allait sans doute raconter à tout le monde que Diana s'était enfuie avec le duc Ravageur. Même si elle souhaitait retourner chez ses parents et assumer le scandale de ne pas épouser Nick, elle avait maintenant un problème bien plus grave à gérer. Et celui-ci la ruinerait complètement.

Jamais son propre surnom ne lui avait paru aussi approprié.

Il redescendit et tomba sur Mme Woodlawn qui balayait la salle commune.

Elle sursauta en le voyant.

— Oh ! Je croyais que tout le monde était parti se coucher.

— Je dois parler à mon cocher.

Elle hocha la tête et n'établit qu'un bref contact visuel. Quelque chose n'allait pas.

— Nous avons rencontré vos autres clients, Sir Fletcher et sa femme.

La harpie.

— Je me doutais que cela s'était produit, dit-elle prudemment.

— Avez-vous entendu la conversation ? Je ne serais pas en colère si c'était le cas.

Elle croisa alors son regard, et ses joues se teintèrent de rose.

— J'ai entendu, mais ce n'était pas mon intention. Lady Dunford-Whaley a une voix qui porte.

Sa simple affirmation était empreinte de dédain.

— Effectivement, confirma-t-il.

— Auriez-vous une piètre opinion de moi si je vous disais que j'avais espéré qu'ils restent dans leur chambre jusqu'à leur départ ? demanda-t-elle avec une grimace, et de petites lignes se dessinèrent aux coins de ses yeux. Je ne peux qu'imaginer ce que sa présence aurait donné lors de nos activités amusantes.

— Je crois que ma bonne opinion de vous, et de tout cet établissement, vient tout bonnement d'être décuplée, lui répondit-il avec un clin d'œil. Et elle était vraiment très bonne au départ.

Le rougissement de Mme Woodlawn s'intensifia.

— Pfff ! Vous êtes trop gentil, monsieur Byrd ! s'exclama-t-elle avant d'écarquiller les yeux, la bouche arrondie. Je vous demande pardon, Votre Grâce.

Elle fit une révérence.

Il agita la main pour lui faire signe de se relever.

— Arrêtez ça. Je préfère M. Byrd. Je voyage sous ce nom, que je sois en train de fuguer avec mon amante ou non.

Le simple fait d'évoquer une fugue lui donna des frissons dans le cou. Il ignora cette sensation.

— Auriez-vous quelques minutes pour monter aider Mme Byrd à se préparer à se coucher ?

— Bien sûr, Votre… monsieur Byrd.

— Très bien. Et n'oubliez pas, elle est *Mme Byrd.*

Il lui adressa un regard perçant.

Mme Woodlawn hocha la tête avec enthousiasme.

— Certainement. Et puis-je me permettre de dire que, quels que soient vos noms et votre situation actuelle, vous formez un couple charmant ?

À nouveau, un frisson lui parcourut l'échine. *Un couple charmant. Diana* était charmante. Lui ne l'était que par association. Et ils n'étaient pas un couple, pas vraiment. Mais le fait que Mme Woodlawn le croyait lui procurait un sentiment de satisfaction et, en même temps, lui laissait une impression de vide.

— Merci. Nous apprécions votre hospitalité. Cependant, j'espère que vous comprendrez que je prie sincèrement pour que nous puissions partir aux premières lueurs du jour.

— Je comprends parfaitement. Je vais veiller à emballer beaucoup de nourriture pour que vous puissiez l'emporter.

Simon acquiesça, sur le point de se tourner, quand il se souvint de ce dont il avait besoin.

— Il me semble que nos vêtements sont encore en train de sécher dans la cuisine. Pourriez-vous les emballer également ?

— Ce sera un plaisir pour moi. Je crois qu'ils doivent être à peu près secs maintenant. Je m'en occuperai tout de suite après avoir vu Mme Byrd.

Elle lui offrit un sourire avant de poser son balai dans un coin de la pièce et de prendre la direction des escaliers.

Simon ouvrit la porte d'entrée et sortit. Une rafale de vent froid lui coupa le souffle, et il resserra son manteau autour de lui alors qu'il marchait d'un pas vif vers l'écurie. Il faisait frais, mais pas autant que la nuit précédente. Il espérait que la température ne baisserait pas trop, voire pas du tout. Il leva les yeux au ciel, se disant qu'ils avaient besoin d'une coopération divine.

— Pour elle, pas pour moi, murmura-t-il.

Un jeune homme l'accueillit à la porte de l'écurie.

— Je peux vous aider ?

Il ouvrit la porte en grand pour permettre à Simon d'entrer.

— Je cherche mon cocher, Tinley, expliqua Simon en s'avançant à l'intérieur, où il faisait beaucoup plus chaud sans le vent.

— Il est là.

Tinley franchit une porte à l'arrière du bâtiment. C'était là que devaient loger les palefreniers et les cochers.

Le jeune homme s'éclipsa, laissant Simon et Tinley seuls. Le son d'un hennissement provenant d'une stalle proche rompit le silence avant qu'il ne prenne la parole.

— Serez-vous prêt à partir à la première heure ? Et quand je parle de la *première* heure, je souhaite que nous partions dès qu'il fera assez jour.

— Je peux être prêt dès l'instant où vous me le demandez, mais tout dépendra du temps qu'il fait. C'était un peu boueux cet après-midi.

— Oui, mais la température a suffisamment baissé pour en durcir la plus grande partie. De toute façon, ça n'a pas d'importance. Nous devons partir demain matin, quand bien même nous ne ferions qu'un transfert vers une autre auberge.

Tinley haussa les sourcils.

— Un problème ? demanda-t-il doucement.

Simon sourit.

— Un couple de satanés colporteurs de ragots.

Le cocher fit la grimace.

— Ils vous ont reconnu ?

— Et *elle* aussi.

Simon soupira. Il ne pouvait plus rien y faire maintenant. Il pouvait se complaire dans la frustration et la colère, ou les repousser dans les recoins de son esprit avec les autres émotions qu'il préférait ne pas affronter.

— Eh bien, c'est un sacré bourbier.

— Cela pourrait l'être, mais avec un peu de chance, cela ne sera pas le cas. Nous avons du temps, mais pas beaucoup.

— Voilà pourquoi nous devons prendre la route demain, conclut le cocher avec un bref signe de tête. Je serai prêt.

Simon serra le biceps de son domestique. Tinley était l'une des rares personnes de son équipe à être restée après la mort de Miriam.

— Merci, Tinley.

En quittant l'écurie, Simon leva les yeux vers les fenêtres du deuxième étage de l'auberge. Il ne vit rien, et surtout personne, mais décida d'accorder à Diana quelques minutes supplémentaires pour se mettre au lit.

Il retourna vers le bâtiment à pas lents. S'il avait encore été un buveur, il aurait déniché la réserve d'alcool de Woodlawn et offert de très nombreuses minutes à Diana.

Mais il n'était plus cet homme-là. Quand il pensait à ce temps qu'il avait perdu, avec les femmes, le jeu, la boisson… il était en colère. Et triste. Et douloureusement plein de regrets.

Il s'était toujours réjoui du fait que Miriam ne l'avait pas rencontré à Londres. Elle ne lui aurait jamais accordé un seul regard, et aurait encore moins permis qu'il lui fasse la cour. Il soupçonnait que Diana aurait ressenti la même chose. Elle n'avait que peu de tolérance pour la vie pour laquelle elle avait été élevée. Comment pourrait-elle faire un choix autre que celui de l'abandonner complètement ?

La décision lui paraissait claire, et il ne s'agissait pas d'un voyage à Gretna Green. Mais il le lui aurait proposé si elle l'avait voulu.

Vraiment ? Pourrait-il la prendre comme duchesse ? Vivre avec elle à Lyndhurst dans l'ombre de la mort de Miriam ?

Le cœur de Simon s'emballa, et la sueur perla sur sa nuque. Ils n'en arriveraient pas là. Cette idée même l'avait horrifiée.

Et il ne lui en voulait absolument pas.

CHAPITRE 9

*D*iana se rapprocha du feu. Elle avait tellement froid ! À l'intérieur comme à l'extérieur, elle était *gelée*. Et vide.

Engourdie.

C'était une émotion familière. Elle s'était entraînée à éprouver ce sentiment à une telle fréquence et avec une telle intensité que c'était une seconde nature. En général, il lui offrait un répit et une protection. Ce soir, cependant, elle était vulnérable comme elle ne l'avait pas été depuis très longtemps.

Elle prit une profonde inspiration et s'obligea à réfléchir. Aujourd'hui elle avait le choix, ce qui n'était pas le cas avant. Elle n'était pas obligée d'épouser Simon à Gretna Green. Cependant, elle était contrainte de faire *quelque chose*.

Tout au long de leur voyage vers le nord, elle avait envisagé deux options : recommencer à zéro dans un nouvel endroit ou retourner chez ses parents pour affronter le scandale de ses fiançailles rompues et la fureur de son père. Elle n'avait pas encore décidé, mais elle avait penché pour un nouveau départ. La seule idée de faire face à ses parents après s'être enfuie la rendait malade.

Mais les affronter maintenant ? Maintenant que toute la haute société savait qu'elle s'était enfuie avec le duc de Romsey ? Son estomac se retourna. Elle ne voulait pas y penser. Ce qui signifiait qu'elle devait changer totalement de vie pour toujours.

Simon avait promis de l'aider, et elle ne doutait pas qu'il le ferait. Même si cela impliquait un désastre pour lui. Avec sa réputation, les gens n'auraient pas de mal à croire qu'il avait tué Diana, comme il avait tué sa première femme.

Elle devinait comment cela se passerait. Elle disparaîtrait. Il retournerait à Londres, où les rumeurs de leur fuite l'accueilleraient. Tout comme la rage de son père. Elle imaginait très clairement son père en train de l'accuser de s'être débarrassé de Diana comme il avait éliminé sa première femme, à supposer qu'il l'ait même épousée à Gretna Green.

Le supplice que subirait Simon, de devoir revivre ses pires moments une fois encore sous le regard des commères vicieuses et des vipères avides de scandales de la haute société… C'était inconcevable.

Et s'il était formellement accusé de son meurtre ? Pourrait-elle garder le silence dans sa nouvelle vie, et le regarder être jugé pour un crime qui n'avait même pas eu lieu ?

Bien sûr que non ! Mais peut-être que les choses n'en arriveraient pas là… Oh, mon Dieu ! Songeait-elle réellement à le jeter en pâture aux loups simplement pour se sauver ?

Un léger coup frappé à la porte interrompit ses terribles spéculations. Était-ce lui, de retour si tôt ? Elle n'était pas prête.

Elle se traîna jusqu'à la porte et l'entrouvrit à peine.

— Je ne suis pas…

C'était Mme Woodlawn, pas Simon.

La femme de l'aubergiste lui adressa un sourire chaleureux.

— M. Byrd m'a demandé de venir vous assister.

Elle avait oublié, comme si leur conversation avait eu lieu des heures auparavant au lieu de quelques minutes. Ouvrant la porte plus grand, elle tenta en vain de sourire.

— Entrez, je vous en prie.

— Au moins, il fait bon et chaud ici.

Diana se dirigea vers la chaise et s'assit pour retirer ses bottines. Mme Woodlawn était-elle au courant de ce qui s'était passé ? Elle décida qu'elle n'avait pas le courage de poser la question. Elle ne s'en souciait pas particulièrement non plus. Tout le monde l'apprendrait bien assez tôt.

Se levant, elle présenta son dos à Mme Woodlawn, qui délaça sa robe.

— Votre autre robe est sèche, lui dit la femme. Mais les vêtements de M. Byrd ne le sont pas tout à fait. Je vais tout emballer pour que ce soit prêt pour vous demain matin. Je descendrai vos bagages quand nous aurons terminé.

Une partie de la tension de Diana se dissipa et elle se détendit sous les bons soins de Mme Woodlawn.

— Vous êtes trop gentille, dit-elle.

— Je suis ravie de vous aider. Vous et M. Byrd formez un très joli couple.

Ce compliment fit réfléchir Diana : peut-être pourrait-elle se réinventer en tant qu'actrice. Ses lèvres se retroussèrent, et elle se retint de rire.

Mme Woodlawn aida Diana à passer sa robe par-dessus sa tête, puis à retirer le jupon avant de s'attaquer à son corset.

— C'était tellement agréable de vous avoir ici, vous, les Taft et les autres, pendant la tempête de neige. J'ai vraiment adoré regarder les enfants jouer. Mes propres petits ne sont plus si petits que ça. Mon premier petit-enfant sera là au printemps.

Ravie de discuter d'un sujet autre que le scandale auquel elle était confrontée, Diana regarda Mme Woodlawn par-dessus son épaule.

— Comme c'est merveilleux !

— Oui, c'est vrai. Ma fille a connu quelques difficultés, elle a perdu plusieurs bébés, mais celui-ci semble avoir pris racine.

C'était une autre raison pour laquelle Diana n'était pas très enthousiaste à l'idée de se marier. Il y aurait des enfants, et bien qu'elle n'y soit pas opposée, les engendrer pouvait être assez pénible. Pire encore, et si elle était une mère horrible ? Et si elle traitait ses enfants comme ses parents l'avaient fait ?

Mme Woodlawn recula d'un pas.

— C'est fini, il me semble.

Diana pouvait finir de se déshabiller et se préparer toute seule pour aller au lit.

— Merci, madame Woodlawn.

— J'espère que je ne me montre pas présomptueuse, mais vous semblez avoir des idées noires ce soir. J'espère que tout va bien entre vous et M. Byrd. Il sera un bon compagnon pour vous, bien meilleur que la plupart des gentlemen qui viennent ici. Il est évident qu'il vous aime beaucoup.

Peut-être que Simon pourrait devenir acteur lui aussi. Quel dommage que les ducs ne puissent disparaître ! Il avait essayé, n'est-ce pas ? Il avait voyagé sous le nom de Byrd, et pourtant, il avait été reconnu en tant que Romsey en dépit de ses efforts.

Diana se contenta de hocher la tête en guise de réponse.

— Nous apprécions beaucoup votre hospitalité.

— J'espère que vous vous arrêterez sur le chemin du retour, si vous passez par ici.

Cela n'arriverait pas. Diana ne voudrait pas prendre le risque de tomber de nouveau sur des gens comme Sir Fletcher et sa femme. Et cette auberge était trop grande, trop facile d'accès. S'il n'y avait pas eu la tempête, ils ne se seraient jamais arrêtés ici. Au lieu de cela, ils auraient trouvé leur petit gîte habituel, à l'écart, et leur mascarade serait intacte.

Mme Woodlawn attisa le feu et prit leurs sacs avant de regagner la porte.

— Bonne nuit, madame Byrd.

— Bonne nuit, répondit Diana. Et merci encore.

Elle acheva de se préparer pour aller au lit, troquant ses vêtements contre sa chemise de nuit pendue au crochet sur le mur. Elle frissonna en se glissant dans le lit froid, et s'enfouit profondément sous les couvertures. Frottant ses mains l'une contre l'autre pour dégager de la chaleur, elle remonta ses jambes jusqu'à ressembler à une masse arrondie.

Quelques minutes seulement s'écoulèrent avant qu'elle n'entende le loquet cliqueter. Jetant un coup d'œil par-dessus le bord des couvertures, elle distingua la silhouette de Simon qui refermait la porte et se déplaçait sans bruit dans la chambre. En temps normal, elle aurait fermé les yeux et se serait endormie avant qu'il ne la rejoigne, mais ce soir, elle n'en fit rien. Elle le regarda se déshabiller devant le feu, la lumière des flammes dansant sur son torse nu alors qu'il se déshabillait en ne gardant que son pantalon.

Il saisit sa chemise de nuit et la fit passer sur sa tête avant de retirer la partie inférieure de ses vêtements. Dommage, elle avait espéré l'apercevoir nu.

Vraiment ?

Et pourquoi pas ? Elle était curieuse. Leur voyage toucherait bientôt à sa fin. Elle s'était attendue à se sentir éventuellement triste, car elle en était venue à l'apprécier plus qu'elle ne l'avait prévu, mais après le baiser qu'ils avaient partagé, c'était plus que cela.

Ce baiser… Elle avait passé beaucoup trop de temps à réfléchir à son sort plutôt qu'à savourer cette merveilleuse expérience. Cela lui donnait une autre raison de détester Sir Fletcher et sa femme, car ils avaient interrompu un moment vraiment spectaculaire.

Le désir qui avait germé dans son ventre plus tôt dans la soirée se raviva tandis qu'elle le regardait. Elle se souvenait de ses mains sur son dos, de la pression de sa poitrine contre la sienne, du frisson de sa langue dans sa bouche. Soudain, elle n'eut plus froid.

Elle allongea ses jambes, il le fallait pour lui laisser de la place, et l'entendit se déplacer vers le lit. Fermant les yeux, elle décida de faire semblant de dormir. Le matelas s'affaissa sous son poids, et elle sentit le parfum des épices et du cuir. Elle aurait pu tendre la main et le toucher, et recommencer ce qui leur avait été volé plus tôt…

— Je ne peux pas simplement disparaître, chuchota-t-elle, mais sa voix porta dans le silence de la pièce.

— Bien sûr que si. Ne t'inquiète pas pour l'argent, ni quoi que ce soit. Je m'en occuperai.

— Je ne peux pas te laisser faire ça. On t'accuserait de ma… disparition.

Il inspira brusquement, mais ne dit rien. Il s'allongea sur le dos en contemplant le plafond.

Diana observa son profil. C'était un homme exceptionnellement beau, avec un nez puissant et une bouche capable d'offrir de nombreux délices.

— Je fais l'objet de reproches tous les jours, dit-il enfin. Cela ne changera rien à l'idée que les gens se font de moi.

Elle appuya sa tête sur sa main, enfonçant son coude dans l'oreiller.

— Cela pourrait aggraver les choses. D'ailleurs, tu n'es coupable de rien.

Il tourna la tête vers elle.

— Vraiment ?

— Oh, arrête avec ça ! Je n'ai aucune idée de ce dont tu es

coupable, parce que tu refuses d'en parler. Mais à mes yeux, tu n'as rien fait d'autre qu'essayer de m'aider. T-tu as plus fait pour moi que n'importe qui d'autre. Tu n'es pas un m-meurtrier.

Il souleva la tête en imitant la pose de Diana.

— Tu ne sais pas ce que je suis.

— Parce que tu ne veux pas le dire.

Elle voulait savoir. Elle en avait besoin.

— Est-ce que tu l'as tuée ?

Il la fixa pendant un long moment. Le pouls de Diana s'emballa, car elle espérait et craignait sa réponse.

Il se retourna, lui présentant son dos, puis se leva.

Son ventre se serra. Il n'allait pas le lui dire. Elle aurait dû s'y attendre. Elle le connaissait assez bien maintenant, il ne parlait pas de ce qui était arrivé à sa femme. Avec *personne*. Pas même avec sa prétendue femme.

— Où vas-tu ? lui demanda-t-elle d'une voix égale, sans rien exiger.

— J'ai juste besoin de marcher. Ou quelque chose comme ça.

Il remit son pantalon, puis ses chaussettes et ses bottes.

— Dors. Nous devons nous lever avant l'aube.

Et sur ces mots, il s'en alla.

Elle se laissa retomber sur le dos, totalement frustrée, à la fois par son attitude, et parce qu'elle était encore physiquement excitée. Elle pouvait toujours faire ce qu'il lui avait enseigné…

Mme Woodlawn avait dit qu'il était un bon compagnon. Elle ne savait pas à quel point.

S'ils étaient si doués pour jouer au mari et à la femme, peut-être devraient-ils simplement se rendre à Gretna Green pour rendre la situation officielle. Cela résoudrait tout. Ses parents ne seraient sans doute pas ravis de son choix de duc, mais il en avait néanmoins le titre, et Diana deviendrait duchesse. De plus, le petit-fils de son père deviendrait duc à son tour, et cela rendrait acceptable tout ce qui avait précédé.

Rien que pour cette raison, Diana détestait cette idée. Tout ce qui était susceptible de rendre son père heureux à ce point était sans doute un désastre en devenir.

Sauf qu'en réalité… elle ne détestait *pas* cette idée. Elle aimait bien Simon. Elle était presque certaine que ce sentiment était réciproque. Ils semblaient être attirés l'un par l'autre. Le reste du monde les croyait heureux en mariage, alors peut-être qu'ils pouvaient l'être.

Elle savait qu'il voulait une famille. Mais il avait peur. Il était possible qu'il ne soit pas *capable* de l'épouser.

De plus, elle-même n'était pas tout à fait convaincue par l'idée du mariage. Vivre une relation aussi étroite avec une autre personne… Elle n'était pas certaine d'être apte à une telle chose. À l'amour.

Cependant, elle était sûre d'une chose. Elle ne pouvait pas opter pour ce qu'elle désirait réellement : une vie indépendante avec une nouvelle identité. Si elle la choisissait, Simon en paierait les frais.

~

Les deux derniers jours furent éreintants. Simon étouffa un bâillement alors que la berline heurtait une ornière, secouant l'habitacle. Diana, qui s'était endormie à côté de lui, inspira brusquement, visiblement surprise. Elle se frotta les yeux et se redressa lentement.

Il ne savait pas combien de temps elle avait réellement dormi à Manchester la nuit précédente, car elle s'était beaucoup agitée et retournée. Il le savait, car il n'avait pas énormément dormi non plus, pas parce qu'ils partageaient le lit. Après une longue journée de voyage depuis Brereton, ils avaient trouvé une minuscule auberge dans la banlieue de

Manchester. Il les avait présentés comme Phineas Byrd et sa sœur, Mlle Kitty Byrd. Diana l'avait regardé, surprise, mais n'avait pas dit un mot.

L'aubergiste leur avait attribué une chambre avec deux lits ; la jeune femme y avait pris ses repas, choisissant de rester à l'abri des regards autant que possible. Bien qu'il ait veillé à s'éloigner de la route principale, il ne lui en voulait pas de sa réticence.

— C'est la tour Beaumont, annonça-t-elle d'une voix un peu rauque, encore voilée par le sommeil, en faisant un geste vers la vitre.

Simon se pencha sur elle, veillant à ne pas trop s'approcher : ils avaient maintenu une distance polie depuis leur départ de Brereton. De l'autre côté de la vitre se dressait une colline sur laquelle était érigée une grande forteresse.

— C'est un château.

— Oui. Il date du XIIe siècle et a été en grande partie reconstruit au XVIe. Shakespeare a séjourné ici une fois.

— Vraiment ? Est-ce qu'on va m'attribuer sa chambre ?

Elle étira les lèvres en un sourire trop rare ; cela ne lui arrivait plus tellement ces deux derniers jours.

— Je suis sûre que l'on peut arranger cela.

La berline quitta la route pour s'engager sur un chemin plus étroit. Ils commencèrent à gravir progressivement la colline en direction de la tour.

— Quand est-ce que tu es venue ici la dernière fois ? lui demanda Simon.

Depuis qu'ils avaient quitté Brereton, leurs conversations semblaient plutôt guindées. Elle répondait brièvement à ses questions, avec un désintérêt apparent, sans jamais faire l'effort de poursuivre un échange. Il ne cessait de penser à l'autre soir et à son agitation. Il avait envie de l'interroger au sujet de son bégaiement. Elle n'avait pas recommencé à ce point depuis, mais il ne pouvait imaginer que c'était la première fois, surtout vu comment elle s'était comportée. Elle avait mesuré ses paroles, et essayé de parler plus lentement, même si elle luttait toujours. Il soupçonnait qu'il s'agissait d'une bataille de longue haleine.

En toute honnêteté, il devait reconnaître qu'il ne faisait pas beaucoup d'efforts non plus. Elle l'avait ébranlé avec ses questions sur la mort de Miriam. Et il fallait ajouter à cela le fait que leur temps passé ensemble touchait à sa fin. Mieux valait garder Diana à distance. Sans discussion révélatrice ni échange de pensées. Et surtout pas de baisers.

Sauf qu'apparemment, c'était la seule chose qu'il avait en tête dès qu'il fermait les yeux. Ce qui expliquait sans doute son épuisement. Il bâilla à nouveau et plaqua une main sur sa bouche, détournant sa tête d'elle. Il n'osait pas dormir alors qu'elle était si proche, et que son corps pouvait l'atteindre sans même qu'il y pense.

Elle lissa ses cheveux d'une main.

— Heureusement, les chapeaux existent, murmura-t-elle.

— Tu es ravissante.

Il n'aurait peut-être pas dû le dire, mais les mots étaient sortis de sa bouche avant qu'il puisse les arrêter.

Elle jeta un regard dans sa direction.

— Tu es trop gentil. *Vraiment.*

Ce dernier mot comportait une touche d'humour, et il en fut heureux. L'atmosphère entre eux avait été si lourde et sombre, alors que le temps passé au *Chat Heureux* avant qu'ils ne soient reconnus avait été empreint de lumière et de charme. Il se souviendrait de cette neige jusqu'à son dernier souffle.

Ils atteignirent la crête de la colline et franchirent une guérite. La voiture s'arrêta avec un grondement, et un instant plus tard, Tinley ouvrit la portière. Un autre homme, le gardien sans doute, se tenait à quelques mètres de là.

Simon descendit du véhicule.

— Bonjour, nous sommes ici pour voir Sa Grâce, la duchesse de Blackburn.

— Je suis sa cousine.

Simon se retourna pour voir Diana qui avait passé la tête par la portière.

— Je me souviens de vous, mademoiselle Kingman. Vous et Sa Grâce avez toujours ressemblé davantage à des sœurs qu'à des cousines, dit le gardien avant de jeter un coup d'œil vers Simon, sourcils froncés. Je vous demande pardon, peut-être n'êtes-vous plus Mlle Kingman.

Simon tenait à la laisser gérer la situation comme elle l'entendait. Ils étaient dans son monde maintenant, et il voulait qu'elle prenne les choses en main. Elle sourit chaleureusement et Simon se sentit viscéralement attiré vers elle.

— C'est parfait. Pouvons-nous continuer jusqu'à la maison ?

C'était une excellente diversion.

— Bien sûr. Bienvenue à la tour Beaumont.

— Merci.

Simon remonta dans la berline, et ils se mirent rapidement en route. Le son d'une cloche retentissant de la guérite les poursuivit dans l'allée.

Simon se frotta les mains avant de prendre ses gants sur le siège d'en face, et les enfila sur ses mains froides.

Diana attrapa son chapeau, qui se trouvait aussi sur la banquette opposée. La berline heurta une bosse, et elle bascula en avant. Simon tendit les mains, lui saisit la taille et l'attira en arrière. Elle atterrit à moitié sur lui et à moitié sur le siège.

— Désolé, je ne voulais pas que tu tombes, lui dit-il en la relâchant presque immédiatement.

Elle glissa de sa cuisse et s'éloigna de lui en lissant sa jupe du plat de la main.

— Merci.

Il attrapa son chapeau et le lui tendit, puis fit de même avec ses gants.

Le véhicule franchit la porte intérieure et s'arrêta dans une cour pavée. Par la vitre du côté de Diana, Simon vit un valet de pied en livrée se précipiter pour ouvrir la portière. Il fit descendre la marche et aida la jeune femme à sortir. Simon la suivit.

— Par ici, leur indiqua le valet de pied, les guidant vers un petit escalier.

Ils franchirent une ouverture dans un muret de pierre et furent accueillis par une pelouse et un jardin. Tout était d'un vert ou d'un brun terne, prêt à endurer les rigoureux mois d'hiver à venir. Malgré cela, Simon se dit que c'était un bel endroit où passer le temps quand il faisait beau.

Le chemin coupait tout droit au milieu du jardin jusqu'à un deuxième escalier, plus long. Au sommet, ils franchirent une autre ouverture vers la cour intérieure du château.

— Allons-nous dans le salon ? s'enquit Diana.

— Oui, mademoiselle, répondit le valet de pied.

Elle fit un geste devant eux, vers l'étage supérieur.

— C'est là-haut. Nous allons entrer et prendre les escaliers.

Ils pénétrèrent dans une grande salle de réception, avec un escalier juste sur leur droite.

— C'est la salle du Roi, expliqua Diana.

La salle était effectivement digne d'un roi, et plutôt médiévale, chargée en bois et en tapisseries.

— Je crains de n'avoir rien de comparable à Lyndhurst.

Il avait envie d'explorer la pièce, mais il aurait le temps de le faire plus tard. Il suivit Diana dans les escaliers.

Elle se retourna pour le regarder.

— Et ce n'est rien comparé à la Grand-Salle.

Il y avait une étincelle dans ses yeux qui n'y était pas les deux jours précédents. En fait, il n'était pas certain de les avoir déjà vus aussi animés.

Il en comprit la raison dès qu'ils pénétrèrent dans le salon situé à droite en haut de l'escalier.

— Diana !

Une version plus grande de la jeune femme se précipita vers eux. Simon cligna des yeux. Effectivement, elles auraient pu être sœurs.

Elles s'enveloppèrent dans une étreinte énergique qui dura suffisamment longtemps pour que Simon voie l'affection entre elles. Il passa d'un pied sur l'autre, avec l'impression d'être un intrus.

Quand les jeunes femmes se séparèrent, elles se tenaient toujours les mains. Diana était radieuse. Heureuse. Elle méritait d'arborer cette expression chaque jour du restant de sa vie.

— Romsey, laisse-moi te présenter ma cousine Verity, sa Grâce la duchesse de Blackburn.

Il s'inclina.

— C'est un grand plaisir pour moi.

— Verity, voici Sa Grâce, le duc de Romsey.

Elle fit la révérence.

— Enchantée de vous rencontrer, Duc.

— Je vous en prie, appelez-moi Romsey.

La duchesse avait les mêmes cheveux presque noirs que ceux de Diana et la même peau pâle et soyeuse. Son visage était un peu plus long, et ses yeux étaient davantage inclinés. Et ils étaient d'un brun châtain chaleureux, et non d'un bleu vif comme ceux de sa cousine.

La duchesse se tourna vers Diana.

— C'est une telle surprise ! s'exclama-t-elle avant de poser les yeux sur Simon. Pour de nombreuses raisons.

— Oui, j'ai beaucoup de choses à te raconter, répondit Diana.

— Voudriez-vous vous reposer d'abord ? proposa la duchesse, l'air inquiet. Vous venez d'achever un si long voyage !

— Je vais bien. Je préfère discuter avec toi, dit-elle avec un sourire qui illumina tout son visage. Cependant, je voudrais bien un peu de thé.

— Bien sûr, bien sûr ! répondit la duchesse en secouant la tête. Je suis tellement surprise de vous voir que j'en oublie mon sens de l'hospitalité. Nous n'avons pas beaucoup de visiteurs.

Elle lâcha la main de Diana et se dirigea vers la cloche.

Simon se rapprocha de la jeune femme.

— Je crois que je vais aller dans ma chambre, dit-il doucement pendant que la duchesse était occupée.

— Pourquoi ? Tu veux sûrement du thé, ou quelque chose à manger ?

— Je préfère vous laisser parler toutes les deux en privé. Je suppose que je te verrai plus tard au dîner.

Il se tourna vers la duchesse avec un sourire éclatant. Elle venait de discuter avec l'un de ses domestiques.

— J'aimerais me retirer un peu. On m'a promis la chambre de Shakespeare, si elle est disponible.

Diana éclata de rire, et la duchesse lui lança un regard espiègle.

— C'est vrai ? demanda-t-elle en souriant, reportant son attention sur Simon. Je ne voudrais pas vous décevoir. Laissez-moi m'occuper de cela tout de suite.

Elle retourna tirer la cloche, et le même domestique se présenta un instant plus tard.

— Tu sembles aller beaucoup mieux maintenant que nous sommes ici, dit Simon à Diana, parlant de nouveau à voix basse.

— Comment peux-tu le savoir ? Nous venons juste d'arriver.

— Tu es heureuse de voir ta cousine ; la tension a disparu de tes épaules, et les petites rides entre tes yeux se sont évanouies.

Elle ne répondit pas immédiatement, mais le fixa intensément.

— Je suis navrée pour ces deux derniers jours. Les choses ne se sont pas déroulées comme je l'avais espéré.

— Ni pour moi non plus.

Il aurait voulu qu'elle se tire de cette fichue situation aussi indemne que possible. Il espérait encore que les dommages puissent être limités, mais c'était au final à elle de décider de l'étape suivante.

La duchesse revint vers eux.

— Romsey, voici mon majordome, Kirwin. Il vous accompagnera à votre chambre.

Coulant un dernier regard vers Diana, Simon s'inclina à nouveau devant son hôtesse.

— Merci de votre aimable hospitalité.

— Merci de m'avoir ramené ma cousine.

— C'est par ici, Votre Grâce, lui dit le majordome avec un geste vers l'autre porte, qui donnait sur un couloir. Votre chambre est la deuxième.

À la droite de Simon, les fenêtres donnaient sur la cour en contrebas. Sur sa gauche, ils dépassèrent une porte et approchèrent de la deuxième, sa chambre.

— C'est celle-ci ?

— Effectivement, répondit le majordome, se plaçant à sa hauteur pour lui ouvrir la porte. Vos affaires vont être livrées dans un instant.

Simon entra dans la chambre. Le froid qui régnait le frappa aussitôt, mais il savait qu'ils allaient y remédier rapidement. Il examina le bois sombre et les lourdes tentures de lit vert émeraude. Comme dans la plupart des bâtiments de ce type, il n'y avait qu'une unique petite fenêtre, ce qui ne faisait que souligner le manque de lumière, même si les rideaux avaient été ouverts.

— Merci, Kirwin. Pourrais-je vous demander un plateau à thé ?

— Sa Grâce en a déjà demandé un. Aurez-vous besoin des services d'un valet ?

Simon songea à Graff, son valet, qu'il avait laissé derrière lui comme il le faisait toujours lorsqu'il voyageait, et cette fois en particulier, dans un souci de préserver sa vie privée. C'était un valet compétent, mais son absence ne faisait que rappeler à Simon qu'il se passait très bien de lui. Il s'en était passé pendant un an après la mort de Miriam. L'ancien avait quitté son emploi, comme plusieurs de ses domestiques l'avaient fait, et Simon n'avait pas pris la peine d'en embaucher un avant que Nick ne le convainque de le faire.

Il se rendit compte que Kirwin attendait une réponse.

— Non, merci.

Le majordome haussa un épais sourcil gris, mais se contenta de hocher la tête.

— Y aura-t-il autre chose ?

— Je ne vois rien pour le moment.

— Très bien. Vous n'avez qu'à sonner si vous avez besoin de quelque chose, dit-il avec un geste vers la corde entre une porte et la cheminée sur le mur opposé à la porte d'entrée de la chambre. Ah, voici vos bagages.

Un valet de pied se présenta à la porte, et Kirwin prit le sac, faisant signe à l'autre domestique de s'en aller. Le majordome apporta le sac jusqu'à la porte au fond de la pièce.

— Ceci est votre dressing. Il y a un passage vers les escaliers si vous souhaitez descendre par là. Votre plateau à thé arrivera par cette issue, tout comme le garçon qui viendra allumer votre feu.

Kirwin ressortit du dressing un moment plus tard.

— J'ai failli oublier de mentionner que le dîner sera servi à six heures.

Il fit la révérence à Simon avant de prendre congé.

Romsey entra dans le dressing, son sac était posé près d'une petite table. La pièce comportait une armoire, une chaise et une autre fenêtre étroite.

Il entendit un léger coup à la porte, et un garçon passa la tête à l'intérieur. Il portait un panier d'ustensiles pour allumer le feu, et Simon lui fit signe de s'atteler à sa tâche. S'approchant de cette étroite fenêtre, il contempla un autre jardin comme celui de la cour à leur arrivée. Celui-ci était plus grand, mais tout aussi soigné. Des buissons de roses dormants jalonnaient un côté.

La porte du passage vers les étages inférieurs était entrouverte, et, du coin de l'œil, il aperçut l'arrivée de son plateau à thé. Se hâtant d'ouvrir la porte pour la servante, il lui fit signe d'aller dans la chambre.

— Là-bas, ce sera bien. Merci.

— Je vous en prie, Votre Grâce. Souhaitez-vous que je le verse pour vous ?

— Non, merci, je vais me débrouiller.

Il avait l'habitude de prendre soin de lui-même. Il retira son manteau et sa cravate, puis ôta ses bottes, remuant les orteils lorsqu'il eut terminé.

La domestique quitta la pièce avec une révérence. Un moment plus tard, le garçon fit de même, exécutant à son tour une parfaite révérence. Se levant de sa chaise, Simon regagna la chambre. Il se sentait désorienté à présent qu'ils étaient ici. Sans doute parce qu'il n'avait aucune idée de ce qui allait se passer ensuite.

Il aurait dû savourer cette sensation, car il vivait sa vie sans savoir ce qu'il allait faire ensuite. Il était passé de la perspective d'un avenir merveilleux et concret à la tristesse et au regret. Et dans un effort pour échapper à ces choses, il prenait chaque jour comme il venait et essayait de vivre chaque instant. Pas de futur, pas de passé. Aucun lien avec quoi que ce soit.

Il se rendit compte que c'était sans doute pour cela qu'il se sentait désorienté. Pour la première fois en deux ans, il ressentait un lien avec quelque chose. Avec quelqu'un.

Avec Diana.

Certes, c'était temporaire, mais il se souciait de ce qui lui arrivait. Et il soupçonnait que ce serait toujours le cas.

Il se servit du thé et grignota un peu de la nourriture sur le plateau. Elle avait été si bouleversée, puis inflexible sur le fait qu'elle ne pouvait pas le mettre en danger en disparaissant. *Je ne peux pas te laisser faire ça*, avait-elle dit. C'était certainement la chose la plus attentionnée que quelqu'un lui avait jamais dite.

Mais il pensait ce qu'il avait dit. Il composait chaque jour avec la souillure de la mort de sa femme. Vivre avec le scandale de la disparition de Diana ne serait guère différent.

Sauf que cela le serait. Les gens, notamment le père de la jeune femme, rejetteraient la faute sur lui. Simon devrait admettre qu'il l'avait conduite jusqu'ici et qu'il ne savait pas où elle était allée après. Ensuite, ce serait à la cousine de Diana de la couvrir. Non, il n'allait pas faire une telle chose à la duchesse.

Ce qui signifiait que Diana devait « disparaître » quelque part aux alentours de Manchester, après avoir vu Sir Fletcher et sa méchante femme. Cela impliquait également que la duchesse et son personnel auraient à mentir sur la présence de Diana.

Bon sang, c'était un désastre !

Arrête-toi et réfléchis, se dit-il. *Tu as déjà affronté des désastres auparavant.*

Bien sûr que non ! Il s'était roulé en boule et s'était caché du monde. Même aujourd'hui, alors qu'il essayait de renouer avec les gens, avec la société, il refoulait une partie de lui-même. Ce serait toujours le cas. Cette partie de lui était morte. Il ne pouvait pas offrir quelque chose qui n'existait plus.

Il retira son gilet qu'il jeta sur la chaise près de la cheminée. La pièce était légèrement plus chaude maintenant, mais encore assez froide pour qu'il frissonne. Le lit l'appelait, avec ses lourdes tentures et ses couvertures épaisses. Il retira ses chaussettes et son pantalon, puis se glissa sous le couvre-lit.

Il trouverait un moyen de s'assurer que Diana disparaisse sans mettre la duchesse et sa maisonnée dans l'embarras. Lui, en revanche, était sans doute condamné. Diana avait vu juste : tout le monde penserait qu'il l'avait tuée. Et cette fois, il se pourrait qu'il n'échappe pas aux poursuites. Il pourrait même être pendu.

Peut-être était-ce la fin qu'il méritait.

CHAPITRE 10

*D*ébordant d'énergie nerveuse, Diana faisait les cent pas devant les fenêtres donnant sur le jardin et la pelouse à l'arrière du château en attendant que la servante dispose le plateau de thé et de nourriture. Elle partit enfin, et Verity, que Diana n'avait pas vue depuis presque deux ans, lui servit sa tasse exactement comme elle l'aimait : avec un peu de crème et une grosse cuillère de sucre, quand sa mère n'était pas là.

Verity était assise dans un fauteuil à oreilles et regardait Diana.

— Vas-tu t'asseoir ou faire du surplace ?

Diana se laissa choir sur le canapé perpendiculaire au fauteuil de sa cousine.

— La semaine a été éprouvante.

— Je ne peux qu'imaginer, approuva Verity avant de boire une gorgée de thé, puis de poser sa tasse pour prendre un gâteau. Je vais m'efforcer de tenir ma langue pour que tu puisses me raconter toute l'histoire. Elle m'a l'air fascinante.

C'était une manière de décrire la situation. Beaucoup d'autres vinrent à l'esprit de Diana : désespérée, excitante, désastreuse, étonnante, pour n'en citer que quelques-unes. « Totalement bouleversante » était sans doute ce qui convenait le mieux.

— Accorde-moi un instant.

Diana était plutôt affamée, elle engloutit donc un gâteau comme elle ne l'aurait jamais fait chez elle. Elle but une gorgée de thé, puis posa sa tasse et commença son récit.

— Comme tu le sais, j'étais fiancée au duc de Kilve.

— Certes. Mais tu es arrivée avec le duc de Romsey, intervint Verity avant de tressaillir et lever une main. Mes excuses. J'ai dit que je ne t'interromprais pas.

Diana sourit.

— Tu as dit que tu essaierais. Mais je te connais.

Les gens les considéraient comme réservées ou peut-être même distantes, surtout dans le cas de Diana, mais ensemble, elles étaient animées et bavardes, comme si elles ne parvenaient pas à dire tout ce qu'elles voulaient. Peut-être gardaient-elles tout pour quand elles se voyaient, en dépit du fait qu'elles correspondaient régulièrement. C'était l'impression qu'en avait Diana. Avec sa cousine, elle pouvait être elle-même sans retenue, comme elle ne pouvait l'être avec personne d'autre.

Verity rit doucement, et ses yeux brillèrent d'un éclat chaleureux.

— C'est tellement *bon* de t'avoir ici !

— Et c'est bon d'être ici.

C'était vrai. Elle aurait voulu rester ici, loin de ses parents et des pressions qu'ils exerçaient sur elle, loin de la société, du scandale, soit un choix possible pour elle.

— Alors, parle-moi de Romsey, lui demanda Verity en prenant un autre gâteau, adressant un clin d'œil à Diana. Si je continue à manger, je ne peux pas parler.

— L'histoire ne se limite pas à Romsey, répondit sa cousine.

Mais il en était un élément central. Sans lui, les choses se seraient passées très différemment. Il avait promis à Kilve de veiller sur Diana et de la protéger du scandale au mieux de ses capacités. Elle avait cru en sa promesse, mais maintenant, après ce qui s'était passé à Brereton, le scandale allait les rattraper.

Diana s'efforça de commencer du début.

— Le duc de Kilve est amoureux d'une autre, et il va l'épouser.

Verity en resta bouche bée.

— Quoi ? Le vaurien !

— Essaie de ne pas lui en vouloir : l'idée de mariage était la mienne, pas la sienne. Et je crois l'avoir suggérée à un moment où il était plutôt vulnérable.

Tordant ses lèvres en une grimace de mécontentement, Verity grogna doucement.

— Je vais lui en vouloir quand même. Un peu, précisa-t-elle avant d'inspirer. Alors comment Romsey s'est-il retrouvé impliqué ?

— Ils sont amis, et c'est lui qui m'a annoncé la nouvelle.

— Kilve n'a même pas eu la grâce de t'affronter lui-même ?

— Apparemment, Lady Pendleton, la femme qu'il va épouser, a eu un accident, et il était impatient de la rejoindre. Et avant que tu ne dises quoi que ce soit contre elle… Ne dis rien. Je l'ai rencontrée, et je l'aime vraiment beaucoup.

Diana voulait vraiment qu'ils soient heureux. Ils le méritaient bien.

— Avec le recul, poursuivit-elle, il me semble évident à présent que Kilve et elle étaient amoureux. Et ils le sont depuis un certain temps. En vérité, c'est une histoire plutôt triste.

Verity secoua la tête.

— Je te fais confiance. Si tu le souhaites, tu pourrais peut-être me raconter les détails une autre fois. Donc, Romsey a endossé le rôle peu enviable de messager.

— Oui, mais aussi de sauveur. Il a proposé de m'aider de toutes les manières possibles, afin d'atténuer le scandale.

Verity plissa les yeux.

— Et pourquoi a-t-il fait ça ?

Tout comme Diana, elle n'avait aucune raison de faire confiance à un homme. Leurs pères étaient frères, et très semblables. Leur exemple ne parlait pas vraiment en faveur des hommes de leur espèce. De plus, Verity avait épousé un despote froid qui ne voyait en elle guère plus qu'une génitrice.

Cependant, Simon était différent.

— Parce qu'il a un bon cœur.

Et il cherchait peut-être l'absolution.

— J'en ai l'impression, dit Verity. Il n'avait aucune arrière-pensée ?

— Pas que je sache. Non.

Diana secoua fermement la tête, car elle n'avait aucun doute à son sujet, du moins pas sur ce point.

— C'est remarquable. Comment avez-vous atterri ici ?

— Mes choix étaient limités, expliqua Diana. J'aurais pu ne rien faire et subir le courroux de mon père.

Verity grimaça.

— Tu as cru que t'enfuir avec Romsey t'aiderait à éviter sa colère ?

— Non, mais cela m'a donné le temps de réfléchir à ce que je devais faire. Romsey a suggéré que je pouvais disparaître, recommencer ma vie dans un village sous un autre nom.

— C'est une idée intrigante, mais tu devrais tourner le dos à ce que tu es. Nous ne pourrions plus nous voir.

— Peut-être pas tout de suite. Mais une fois que mon père aurait cessé de me chercher, je pourrais revenir à Blackburn et nous...

— Si tu crois que mon père ou le tien n'en entendraient pas parler, tu te fais des illusions.

Verity parlait d'un ton froid, qui fit frissonner Diana. Elle avait raison, et c'était terrifiant.

— Je sais, dit la jeune femme d'un ton doux. C'était un sophisme.

Sa cousine tendit la main pour lui toucher le bras.

— Tu étais dans une situation horrible. C'est simplement dommage que le duc, Romsey, je veux dire, ne t'ait pas proposé de t'épouser. Cela aurait *vraiment* fait de lui un sauveur.

— Il l'a suggéré, en fait.

Diana prit sa tasse de thé et avala une longue gorgée réconfortante.

Verity la fixa, attendant manifestement de savoir *pourquoi* cela ne s'était pas produit.

— Tu n'es pas au courant de sa réputation ? l'interrogea Diana en reposant sa tasse sur la table devant elle.

Évidemment que non. Verity détestait les ragots autant que Diana, et, comme elle vivait très loin de Londres et ignorait délibérément les informations qui pouvaient filtrer jusqu'à la tour Beaumont, il était tout à fait possible qu'elle ne sache rien du duc Ravageur.

— La rumeur dit qu'il a tué sa femme, expliqua Diana d'un ton détaché, refusant toujours d'y croire quand bien même Simon ne disait rien pour se défendre. Comme il n'a aucun souvenir de ce qui s'est passé, il ne le nie pas.

Les yeux de Verity s'arrondirent.

— Mon Dieu ! Je comprends pourquoi tu ne voulais pas l'épouser. Est-ce qu'il peut rester ici ?

Elle jeta un œil à la porte par laquelle il était sorti plus tôt.

— Bien sûr que oui ! s'exclama Diana, s'inclinant vers l'avant, agitée. Le problème, ce n'est pas cette stupide rumeur, du moins pas pour moi. C'est que mon père le considère comme totalement inconvenant. Je l'ai rencontré au cours d'une partie de campagne il y a deux mois, et mon père ne voulait même pas que je lui adresse la parole. L'épouser l'aurait rendu aussi furieux que si j'avais simplement annulé les fiançailles avec Kilve.

— Mais tu n'as pas annulé.

— Non, mais je l'aurais fait si mon père était une personne raisonnable. Comme il ne l'est pas, je me suis enfuie. Avec Simon.

Il y eut un moment de silence, au cours duquel l'un des sourcils sombres de Verity s'arqua en un semblant de point d'interrogation.

— Simon ?

Diana sentit la chaleur monter dans son cou et s'efforça de l'ignorer, priant pour que sa cousine fasse de même.

— R-Romsey. Nous sommes devenus un peu, euh, f-familiers au cours de notre voyage.

— Je suppose qu'il fallait s'y attendre, dit Verity, la regardant avec méfiance. Familiers à quel point ?

— Nous n'avons pas besoin de nous marier, si c'est ce que tu insinues, répondit Diana, légèrement exaspérée.

— Je suis de ton côté dans cette affaire, Diana, quoi qu'il se passe. Tu auras toujours un foyer ici.

Diana comprit que c'était une option qu'elle n'avait pas vraiment envisagée. Parce qu'elle n'imaginait pas que son père le permettrait. Il la considérait comme une denrée précieuse, et une fois le scandale passé, il tenterait de lui trouver le meilleur parti possible. Mais c'était avant Brereton. Avant *ce* scandale. Avec Simon. Celui-ci n'était pas près de s'éteindre. Elle serait ruinée pour toujours. Peut-être pourrait-elle simplement vivre ici…

— Mais ton plan, c'est de recommencer une nouvelle vie, dit Verity. Et je te soutiendrai dans ce projet aussi.

— Malheureusement, je crois qu'il n'est plus viable,

constata Diana en serrant ses mains sur ses genoux. Si je disparais, on accuserait Simon, commença-t-elle, mais il fallait qu'elle revienne un peu en arrière pour s'expliquer. Bien que nous nous soyons fait passer pour un couple marié et que nous ayons voyagé sous un faux nom, quelqu'un nous a reconnus à Brereton. Ma fuite aux côtés de Romsey, avec le duc Ravageur, comme ils l'appellent, sera bientôt *le* scandale sur toutes les lèvres.

— Alors, les gens vont savoir que vous étiez ensemble. Donc si tu disparais, il sera considéré comme responsable, en conclut Verity en fronçant les sourcils. Je vois bien le problème.

Ce n'était pas un problème. C'était un désastre potentiel. Pour Simon.

— Il est déjà communément considéré comme un meurtrier, et bien qu'il n'ait pas été accusé du crime, cette fois, cela pourrait très bien arriver. Je ne peux pas laisser une telle chose se produire.

— Alors tu vas vivre ici dans la disgrâce ? s'enquit Verity, dont le regard sombre était plein d'amour et d'empathie.

— Si je le dois.

— Tu pourrais l'épouser, suggéra Verity d'un ton doux. Tu as dit que la rumeur le concernant, que tu as qualifiée de stupide, n'avait pas d'importance à tes yeux.

— Elle n'en a pas. Je sais au fond de mon cœur qu'il ne l'a pas tuée.

— Au fond de ton cœur ? Diana, serait-il possible que tu sois tombée amoureuse de lui ?

La jeune femme en eut le souffle coupé. Amoureuse ? Elle n'y avait pas réfléchi. Elle ne savait même pas quel effet cela faisait. Elle jeta un coup d'œil vers les fenêtres, s'efforçant de reprendre son souffle.

— Je ne sais pas.

— Où mon oncle te croit-il ? À moins que tu ne sois partie sans un mot ?

— J'ai laissé une note indiquant que j'allais à King's Grange. Il y est sans doute arrivé il y a quelques jours. Je n'ose imaginer ce qu'il fait maintenant. À part enrager.

Diana avait essayé de ne pas y penser. Imaginer la réaction de son père en ne la trouvant pas à la maison lui donnait mal au ventre et elle craignit de vomir.

— Il est en train de chercher méthodiquement où tu aurais pu aller, affirma Verity, le visage sombre. C'est ici qu'il viendra en premier.

— S'il voyage à cheval comme je le crois, il pourrait être ici en quelques jours.

— Oui.

Le ton de Verity était sinistre. À moins que le temps ne ralentisse son rythme.

Diana fit une prière silencieuse.

La tension qui grimpait dans l'atmosphère vola en éclat avec l'arrivée du fils de Verity. Augustus « Beau » Beaumont, du haut de ses cinq ans, débarqua dans le salon comme si ses pieds étaient en feu.

— Maman ! Maman ! Les chiots sont là ! Les chiots sont là ! Viens voir !

Il courut droit vers sa mère, prit sa main dans la sienne et la tira. Il avait tellement grandi depuis que Diana l'avait vu la dernière fois, presque deux ans plus tôt ! Ce n'était plus un bébé, mais un garçon.

Verity éclata de rire.

— C'est merveilleux ! Beau, tu n'as pas vu que nous avions une invitée ?

Il tourna la tête et regarda Diana.

— Elle peut venir voir les chiots aussi. *Allez*, maman !

— Beau, voici ta tante Diana. Tu te souviens d'elle, de la fois où elle est venue pour Noël ?

Beau plissa ses yeux verts, qui n'avaient pas changé d'un pouce, en regardant la jeune femme.

— Peut-être. C'est bon de te voir, tantine.

Il s'inclina rapidement, et Diana admira ses manières, surtout dans un tel état d'excitation.

— En fait, je veux bien voir les chiots, dit-elle, car elle avait bien besoin de contempler quelque chose d'extrêmement adorable. Est-ce que cela te dérange si je me joins à vous ?

— Non. Mais allons-y !

Il tirait si fort sur la main de sa mère qu'il bascula en arrière.

Verity tendit la main pour le stabiliser, puis se leva avec grâce.

— Ne les faisons pas attendre, dit-elle avec un regard vers sa cousine. Tu es sûre d'en avoir envie ? Je sais que le voyage a été long.

Elle préférait nettement les chiots à la solitude face à ses propres pensées pour le moment.

— Absolument. Allons voir les chiots !

Elle fit un sourire à Beau qui le lui rendit. Serrant fort la main de sa mère, il sautilla en avant, les obligeant à le suivre en riant.

Profiter d'une vie si simple… Diana ne demandait rien de plus. Elle n'avait jamais vécu cela. Et elle craignait que cela n'arrive jamais.

~

Comme il était endormi au moment du dîner, Simon dévora un plateau de nourriture dans sa chambre. Il était désolé d'avoir manqué un repas, pour diverses raisons. Il ne savait pas si Diana avait pris une décision. Il avait hâte d'apprendre à connaître son hôtesse.

Et dîner avec Diana lui manquait.

Après avoir passé tellement de temps avec elle au cours des neuf derniers jours, il se sentait plutôt seul. Jetant un œil à la pendule, il se demanda si elle et la duchesse étaient encore debout. Mais le bain que le valet de pied lui avait proposé en apportant le plateau du dîner était terriblement tentant.

Finalement, il choisit cette option, mais quand il eut terminé, il était trop agité pour aller se coucher. Il s'habilla et retourna au salon, espérant trouver Diana ou Verity. Mais la pièce était vide. Elles étaient peut-être en bas. Il refit le chemin qu'ils avaient parcouru l'après-midi, et se retrouva dans ce que Diana avait appelé la salle du Roi. Malheureusement, elle était vide aussi.

Il déambula dans la salle, observant les peintures qui étaient un mélange intéressant de portraits, sans doute d'anciens ducs et de leurs familles, et de paysages. L'un d'eux en particulier semblait représenter la campagne environnante de Blackburn.

Apercevant de la lumière au bout d'un passage derrière les escaliers, il pénétra dans une bibliothèque imposante dont l'énorme âtre en pierre occupait un bon tiers du mur du fond. Les fenêtres de chaque côté de la cheminée donnaient sur l'arrière de la tour, mais il ne put apprécier la vue puisque les rideaux étaient tirés. Et il faisait noir, se rappela-t-il, songeant que la sieste tardive l'avait perturbé.

La collection de livres était impressionnante. Le duc de Blackburn avait dû être un gentleman très cultivé. Ou peut-être que tous les ducs l'étaient. Simon éprouva un bref regret de s'être séparé de la plus grande partie de sa bibliothèque, mais il le chassa rapidement. Les livres qu'il avait donnés seraient bien plus utiles là où ils étaient plutôt qu'à prendre la poussière à Lyndhurst.

Son regard se porta sur un groupe de soldats de plomb

sur une table, qui ravivèrent aussitôt le souvenir des frères Taft. Il sourit intérieurement, songeant à cette splendide journée qu'il avait passée. Au début, la présence des enfants lui avait causé une immense douleur, mais leur joie de vivre lui avait redonné un peu d'espoir.

Pour quoi, exactement ?

Il n'avait pas la réponse à cette question.

— Bonsoir, Romsey.

La voix féminine venait de derrière Simon. Il se retourna pour voir la duchesse entrer dans la bibliothèque, et lui fit une petite révérence.

— Bonsoir.

— Vous avez trouvé les soldats de Beau, constata-t-elle en s'approchant de lui, les lèvres courbées en un sourire.

— Vous et Di… Mlle Kingman vous ressemblez beaucoup. Vous pourriez être sœurs.

— Appelez-la simplement Diana. Elle vous appelle Simon. C'est normal après avoir passé autant de temps ensemble.

Il acquiesça, se demandant ce que Diana avait raconté à sa cousine. Mieux valait sans doute ne rien savoir.

— Qui est Beau ?

— Diana ne vous a-t-elle pas parlé de mon fils ?

— Non.

Elle lui avait confié peu de choses au sujet de sa famille, simplement que la duchesse et elle étaient proches. Simon s'empara d'un des jouets.

— Il aime les soldats ?

La duchesse pencha la tête sur le côté.

— Il aime prétendre que son père est un soldat.

— Je pensais qu'il…

Simon laissa sa voix s'éteindre plutôt que d'évoquer un quelconque désagrément.

— J'ai expliqué à Beau que son père ne rentrerait sans doute jamais à la maison, mais mon fils aime à imaginer qu'il est parti à la guerre et qu'il nous protège, lui dit-elle, une touche de tristesse dans la voix.

— Je suis désolé pour… vous.

Il avait été sur le point de dire « votre perte », mais si le duc était seulement absent, même pendant une si longue période, il reviendrait peut-être. Ce n'était pas la même chose que la perte que Simon avait subie. Peut-être était-ce pire de ne pas savoir.

— Cela doit être difficile. De ne pas savoir ce qui s'est passé.

— Un peu, répondit-elle en haussant une épaule. Cela fait longtemps qu'il est parti maintenant. Parfois, je me demande si je me souviens vraiment de lui. Nous n'étions mariés que depuis quelques mois quand il a disparu, juste assez longtemps pour… Beau.

Simon comprenait. Miriam et lui avaient été mariés assez longtemps pour faire leur bébé. Mais pas pour qu'il vienne au monde. Sa gorge le brûla un instant alors qu'il hochait légèrement la tête et détournait le regard.

La duchesse se tourna vers un buffet sur le mur opposé à la cheminée.

— Voulez-vous boire un verre avec moi ?

— Non, je vous remercie. Je ne bois pas d'alcool.

Elle écarquilla brièvement les yeux.

— Mon mari buvait à l'excès. Nous n'avons peut-être pas été longtemps ensemble, mais c'est l'une des choses dont je me souviens très clairement.

Simon voyait bien qu'elle n'avait pas *aimé* son mari. Ou du moins c'était ce que semblait indiquer la raillerie dans son ton. Mais peut-être était-ce autre chose.

— Y a-t-il une raison pour laquelle vous ne buvez pas ? s'enquit-elle avant d'agiter une main. Ignorez mon impertinence. J'ai bien peur d'être plutôt à l'écart du monde ici, à la tour Beaumont. Parfois, je me dis que mes aptitudes à la vie sociale ont diminué.

Pour une raison qu'il ignorait, les mots sortirent tous seuls.

— J'avais l'habitude de boire à l'excès. Puis ma femme a dévalé les escaliers, et je n'ai absolument aucun souvenir de ce qui s'est passé, simplement que j'étais là, à la bercer dans mes bras au pied des marches en suppliant Dieu de me la rendre. Je n'ai pas bu un seul verre depuis.

Elle plissa le front et l'empathie réchauffa ses yeux bruns.

— Cela n'a pas dû être facile.

— À l'occasion, il peut s'avérer compliqué de trouver une boisson alternative, répondit-il avec humour pour apporter une touche de légèreté, sachant que ce n'était pas de cela dont elle parlait.

— Je veillerai à ce que vous ayez tout ce que vous désirez pendant votre séjour ici.

Il lui était reconnaissant de sa prévenance.

— Je regrette d'avoir manqué le dîner, et, vraisemblablement, la discussion au sujet de ce que Diana envisage de faire ensuite.

La duchesse hocha légèrement la tête.

— Kirwin a dit que le valet de pied n'a pas pu vous réveiller. Je suis sûre que vous étiez épuisé. Diana et moi avons profité d'un petit dîner informel dans sa chambre. Elle est déjà endormie.

Mince, c'en était fini de son espoir de la voir ce soir-là ! Il ne pouvait pas être sûr de ce que Diana avait raconté à sa cousine, et il ne voulait rien révéler qu'elle aurait voulu garder secret. Alors il ne dit rien.

— Elle n'a pas tout à fait décidé de ce qu'elle voudrait faire ensuite, l'informa la duchesse. Mais elle devra prendre une décision demain matin, car elle n'a plus beaucoup de temps.

Il supposa qu'elle était au courant de l'incident qui avait eu lieu à Brereton.

— Parce que la rumeur selon laquelle nous nous sommes enfuis ensemble va se répandre, affirma Simon sans chercher à masquer son amertume.

Si seulement ils n'avaient pas été vus par Lady Dunford-Whaley.

— Vous enfuir ensemble ?

Mince, peut-être ne connaissait-elle pas l'histoire. Mais il ne voyait pas comment la lui cacher maintenant. De toute manière, ce serait bientôt de notoriété publique.

— Nous avons été reconnus à Brereton. Je leur ai dit que nous étions en chemin pour Gretna Green, et j'ai demandé au gentleman de ne rien ébruiter immédiatement, afin de nous laisser du temps pour arriver ici.

— C'était malin. Mais il y a bien plus que cela, j'en ai bien peur, expliqua-t-elle avec une grimace. Son père pourrait être ici dans quelques jours.

Bon sang !

— Elle semble terrifiée par lui.

Cela paraissait exagéré, mais cela ne l'était pas. Depuis leur première discussion à Green Park, elle avait clairement exprimé que la colère de son père influençait chacune de ses décisions.

— Elle a tous les droits de l'être. Lui et mon père sont des hommes horribles.

Elle le dit d'un ton égal, comme si elle commentait simplement le temps qu'il faisait.

— Je suis désolé d'entendre ça.

Simon avait beaucoup aimé son propre père. Et sa mère aussi, mais elle lui avait rendu les choses difficiles depuis la mort de son mari. Une pensée lui vint, qui l'avait assailli de temps à autre quand Diana avait évoqué son père.

— Ils ne vous ont pas… fait de mal, si ?

— Pas physiquement. Enfin, ce n'est pas tout à fait vrai, ajouta-t-elle en secouant la tête. Ce n'est pas à moi de vous le raconter. Mon père n'est peut-être pas aussi cruel que mon oncle. Mais ne vous y trompez pas, ils fonctionnent à la cruauté. S'il trouve Diana ici, je m'inquiète de ce qu'il fera.

Les muscles de Simon se tendirent.

— Je ne le laisserai pas faire quoi que ce soit.

Les traits de la duchesse s'adoucirent.

— J'espérais que vous diriez cela. Je suis assez inquiète quant à son projet de changer d'identité. Honnêtement, je ne sais pas à quoi elle pensait. Elle est qui elle est, et je ne crois pas qu'elle aimerait se retrouver seule sans soutien, même si elle désire ardemment être indépendante.

— Ce n'est pas vraiment la même chose, pourtant, n'est-ce pas ? Elle pourrait être indépendante tout en ayant des gens pour la soutenir.

— Vous avez tout à fait raison. C'est ce que j'ai réussi à trouver ici, en gérant les choses en l'absence de mon mari. Mais Diana n'aurait pas droit à cela : elle ne serait plus Diana Kingman.

— Non, effectivement.

— Il reste cette autre alternative…

Ne pas changer son nom et disparaître, et ne pas attendre son père. Ce qui ne laissait que…

— Je ne crois pas que m'épouser l'intéresse.

— Le lui avez-vous demandé ?

— Je l'ai fait.

La duchesse soupira et baissa les paupières, le regardant avec impatience.

— L'avez-vous réellement fait, ou était-ce plutôt une suggestion ? demanda-t-elle avant d'agiter la main. Le lui avez-vous proposé *récemment* ?

— Euh, non.

Il ne comptait pas la discussion qu'ils avaient eue à Brereton. Ils n'en avaient pas sérieusement parlé comme d'une option.

— Vous pourriez envisager de le faire.

Qu'est-ce que cela signifiait ? En avait-elle discuté avec Diana ? Diana s'attendait-elle à une demande en mariage ? Avait-elle *envie* de l'épouser ? Son cou se couvrit de sueur froide, et un frisson lui glaça l'échine.

— C'est ce qu'elle veut ?

— Et vous ? rétorqua la duchesse, puis elle se redressa. Je me suis sans doute trop immiscée. Simplement, je veux… non, j'ai *besoin* que Diana soit heureuse.

Sur ce point, ils étaient d'accord. Seulement, Simon n'était pas sûr que se marier à lui était la solution. Mais il n'était pas certain du contraire non plus.

— C'est ce que je veux aussi.

— S'il y a la moindre chance que vous teniez à elle, et il semblerait que ce soit le cas, je vous en prie, pensez-y. Nous avons une excellente écurie. Vous pouvez prendre des chevaux, et être à Gretna Green d'ici trois jours si vous en changez plusieurs fois par jour. J'enverrai un palefrenier avec vous pour vous aider. En fait, je pourrais venir moi aussi. Ma présence donnera un certain prestige à l'événement. Et, je vous en prie, n'imaginez pas que j'ai une haute opinion de moi-même. Je suis une femme qui élève son fils à la campagne. Mais si je peux me servir de mon titre pour faire le bien, surtout en ce qui concerne Diana, je suis heureuse de le faire.

Simon ne pouvait pas protester.

— Votre offre est des plus généreuses, Duchesse.

— J'insiste pour que vous m'appeliez Verity, surtout si nous devenons une famille.

Elle faisait comme si tout avait été décidé. Mais en réalité, y avait-il un autre choix ? Il n'allait pas laisser le père de Diana l'approcher, et la seule manière de la protéger, c'était de faire d'elle sa femme. Il espérait simplement qu'elle serait d'accord.

— Vous êtes une femme formidable, Verity. Diana a de la chance de vous avoir à ses côtés.

Verity éclata de rire.

— Je ne suis pas sûre d'être d'accord avec le terme « formidable », dit-elle, puis elle parut y réfléchir pendant un moment, et lui sourit. Mais peut-être avez-vous raison. Je crois que je vous aime bien, Simon. J'espère que cela ne vous dérange pas, mais je vais vous appeler Simon. Puisque nous allons devenir une famille.

Oui, c'était décidé, du moins dans l'esprit de Verity.

— Cela me convient.

Elle prit les soldats de plomb sur la table dans sa main gauche.

— Je pense que nous devrions nous lever tôt, et partir à huit heures. Je vais tout organiser.

Simon lui tendit le soldat qu'il tenait.

— Vous pensez vraiment qu'elle va dire oui ?

— Allez-vous la rendre heureuse ?

— Je vais essayer.

Mais pour être honnête, il ne savait pas s'il en était capable. Bon sang, il ne savait plus rien !

— Alors elle dira oui. Elle n'est pas stupide, mais cela, vous le savez déjà. C'est l'une des raisons pour lesquelles vous l'admirez, j'en suis certaine, ajouta-t-elle avec un petit sourire, presque secret, comme si elle en savait plus qu'eux sur leur relation. Dormez bien.

Simon la regarda s'en aller et se demanda si lui et Diana ne venaient pas de se faire manipuler. Est-ce que cela avait de l'importance ?

Pas particulièrement. Il ne pouvait pas dire que cette tournure des événements le chagrinait. Il était nerveux, inquiet et incroyablement anxieux, oui, il était vraiment tout cela.

Que diable allait-il faire avec une femme ? Il avait envisagé de se remarier, il avait cru le vouloir, mais à présent qu'il était sur le point de le faire, il se demandait s'il pouvait recommencer.

Il devrait ramener Diana à la maison à Lyndhurst. *À la maison.* Cet endroit avait cessé d'être son foyer à la mort de Miriam. Aujourd'hui, quand il y allait, cela ressemblait à un mausolée.

La glace s'infiltra de nouveau dans son échine, et se répandit en lui comme une maladie.

Il savait ce qu'il avait à faire. Il priait simplement pour être un meilleur mari cette fois.

CHAPITRE 11

La main de Diana se figea juste avant qu'elle ne frappe à sa porte. Elle aurait dû attendre le matin. Mais ils devaient partir le plus vite possible, du moins, s'il était d'accord avec son plan.

Et si ce n'était pas le cas ?

Ses épaules s'affaissèrent, et elle se détourna de la porte. C'était stupide. Toute cette course folle depuis Londres avait été incroyablement mal pensée.

Pourquoi, alors, ne parvenait-elle pas à en éprouver du regret ?

Serrant les dents avec détermination, elle se tourna de nouveau vers la porte et frappa avant d'en perdre le courage une fois de plus. Elle se mordit la lèvre pendant qu'elle patientait, la coinçant entre ses dents, avant de se rappeler qu'elle n'était pas censée faire ça. Sauf que ses parents n'étaient pas là pour la réprimander. Par défi, elle la mordit à nouveau, et rejeta les épaules en arrière.

Il ne venait toujours pas ouvrir la porte. Il était probablement endormi.

Un sentiment de défaite s'empara d'elle, et elle commença

à faiblir.

Puis la porte s'entrouvrit. Simon jeta un œil dans l'espace étroit.

— Diana ?

Il ouvrit grand la porte et la fit entrer.

— Viens.

Elle souleva sa jupe de peur de trébucher sur l'ourlet trop long de la robe qu'elle avait empruntée, et franchit le seuil.

— Personne ne m'a vue, lui dit-elle, sentant son anxiété.

Il referma la porte derrière elle.

— Est-ce que tout va bien ?

— Oui. Non. Probablement, balbutia-t-elle avant de secouer la tête. Je ne sais pas.

— Tu veux t'asseoir ?

Il lui montra le fauteuil à oreilles dans le coin près de la cheminée.

— Non, je te remercie. Je ne devrais pas rester longtemps.

Elle n'aurait pas dû venir du tout. Elle se frotta les mains, puis lissa la robe de chambre de Verity. C'était un vêtement qu'elle avait voulu emporter avec elle, mais elle n'avait pas eu assez de place. S'enfuir au beau milieu de la nuit ne laissait pas de temps pour une préparation digne de ce nom.

Simon s'approcha du lit et s'appuya contre l'une des colonnes du baldaquin. Cette pièce était bien plus grande que toutes les chambres qu'ils avaient partagées au cours de leur périple vers le nord. Il portait sa chemise de nuit habituelle, et son pantalon. Il était pieds nus.

Il lui adressa un léger sourire.

— Je suis ravi de te voir, mais il est un peu tard pour une visite, tu ne crois pas ?

— Oui, mais comme tu n'es pas venu au dîner, il y a des choses dont nous devrions discuter.

Le dîner ? Ils n'auraient pas discuté de tout ça là-bas, pas devant Verity. Et cela ne faisait pas longtemps que Diana avait pris sa décision.

Elle essayait de gagner du temps. Mieux valait tout dire.

— Je pense que nous devrions nous marier.

Il cligna des yeux en s'éloignant du lit et se dirigea vers elle, s'arrêtant à quelques centimètres.

— C'est Verity qui t'a dit ça ?

— Elle l'a suggéré. Mais, si tu te souviens bien, c'était ton idée au départ. Je sais qu'il s'est passé beaucoup de choses depuis, et peut-être que maintenant que tu as ap-p-pris à me connaître, tu ne veux plus t-te marier avec moi.

Elle grimaça intérieurement, car elle n'avait pas besoin de dire tout cela. C'était une effroyable démonstration de faiblesse et de doute après des années passées à apprendre à tenir sa langue.

Son angoisse grandit quand il la contempla pendant un long moment. Mais ses traits s'adoucirent et sa bouche se courba en un sourire qui fit palpiter son cœur.

— Tu m'as coupé l'herbe sous le pied.

Il lui prit la main. Sa peau était chaude. Électrisante.

— J'avais prévu de te faire à nouveau ma demande demain matin.

Envahie d'un sentiment de joie mêlée de soulagement, elle se détendit.

— Ah oui ?

— Cela semble être la meilleure solution, n'est-ce pas ?

Oui, c'était une solution. De même que ses fiançailles avec Kilve étaient un accord contractuel, il en était de même maintenant. C'était un moyen d'arriver à ses fins. Précisément ce que son père avait toujours voulu. Et, qu'il aime ou non Simon, Diana serait une duchesse.

— Oui. Tu es sûr que ça ne te… d-dérange pas ?

Il plissa le front, et caressa le dos de sa main avec son pouce.

— Il n'y a personne d'autre que je préférerais épouser. Est-ce acceptable pour toi ? Ton élocution... J'ai remarqué qu'elle est plus laborieuse quand tu es bouleversée.

Le dégoût d'elle-même l'envahit. Elle voulut retirer sa main, mais il la tint fermement. Elle n'avait pas envie de parler de son élocution, alors elle ignora ce qu'il avait dit.

— Oui, c'est acceptable.

Il pencha la tête sur le côté, et posa sur elle un regard doux et compatissant.

— Ton père ne pourra plus te faire de mal.

Elle essaya à nouveau de retirer sa main. Cette fois, il la serra encore plus fort et la tira vers lui de sorte qu'ils se touchent presque.

— Qu'est-ce que Verity t'a dit ? lui demanda-t-elle, détestant penser que sa cousine avait pu dévoiler ses secrets.

— Rien de précis. Et je ne veux pas me montrer indiscret. Sache simplement que je m'efforcerai toujours de te garder en sécurité.

Son regard était si déterminé et son ton si ferme et franc qu'elle ne put s'empêcher de le croire.

Elle voulait lui demander s'il était sûr de vouloir cela. Elle n'avait jamais eu l'intention de le contraindre à faire quelque chose. Mais d'un autre côté, elle n'avait pas eu la moindre intention.

— Je ne peux pas m'empêcher de penser que nous n'avons pas très bien planifié tout cela. Je n'aurais jamais dû t'entraîner dans cette histoire.

Il lui serra à nouveau la main et lui sourit.

— Si tu te souviens bien, j'ai offert mes services. Quoi qu'on puisse penser de moi, je suis d'une nature résolument romantique. Je voulais que Nick et Violet soient ensemble, ils méritent d'être heureux. Mais il était tout aussi important à mes yeux, comme à ceux de Nick, que tu ne restes pas seule à supporter le poids de sa stupidité.

— J'aurais dû comprendre que notre projet de mariage était voué à l'échec avant même de prendre vie. Aucun de nous n'était très enthousiaste. Pas vraiment.

Toute son excitation, jusqu'à la dernière goutte, était née de l'idée d'échapper à ses parents.

— Est-ce que c'est la même chose pour nous ? demanda-t-il doucement, baissant les yeux sur leurs mains toujours jointes.

— Je ne pense pas, dit-elle, parlant à voix basse, comme si élever la voix pouvait gâcher ce qui se passait entre eux, ce mélange de confort et d'impatience. Cela semble… différent.

Elle n'avait jamais vraiment envisagé d'embrasser Nick ni de faire quoi que ce soit d'autre avec lui. Il lui avait donné un chaste baiser sur la joue à une ou deux reprises, mais elle n'avait même pas touché sa main nue. Quant à Simon, elle pouvait se souvenir de l'avoir embrassé. Avant même qu'ils ne s'embarquent pour ce funeste périple, ils s'étaient embrassés et elle y avait souvent pensé. Et après l'avoir embrassé à Brereton, elle avait envie de recommencer. Et encore. Sans parler de tout ce qu'il voudrait bien lui apprendre dans la chambre à coucher. Nick avait accepté de lui laisser de l'espace, de repousser le moment d'avoir des enfants, c'est-à-dire retarder les relations sexuelles. Simon et elle n'avaient pas conclu de tels arrangements.

Elle rassembla son courage pour lui demander :

— Est-ce que ce sera un vrai mariage ?

Il la rapprocha de lui jusqu'à ce que la poitrine de Diana se plaque contre son torse.

— Si tu me demandes si je veux que tu partages mon lit, la réponse est un oui sans équivoque. Mais seulement si c'est ce que tu veux.

Elle retira sa main de celle de Simon et posa les paumes à plat sur sa poitrine. Le coton de sa chemise était assez fin pour qu'elle puisse sentir sa chaleur à travers le tissu. Depuis qu'elle avait vu sa poitrine nue dans la lumière du feu, elle n'avait eu qu'une envie, le toucher, le sentir.

Elle remonta ses mains jusqu'à ce qu'elles encadrent l'ouverture du col de sa chemise.

— Oui, c'est ce que je veux.

Se hissant sur les orteils, elle pressa sa bouche contre celle de Simon. Il l'entoura de ses bras et l'écrasa contre sa poitrine. Leurs lèvres dansèrent ensemble, se provoquant et se taquinant, jusqu'à ce que, impatiente, elle les entrouvre et l'invite à entrer. Le ravissement fit palpiter son corps de désir. Elle se plaqua contre lui, cherchant à le sentir de toutes les manières possibles.

Elle le voulait maintenant. Son corps réclamait celui de Simon. Cette sensation qu'il avait fait naître dans son… abricot, c'était le terme qu'il avait utilisé, revint en force.

Les mains de Simon caressèrent sa colonne vertébrale, puis l'une d'elles se glissa jusqu'à son cou. Il trouva sa tresse et la tira doucement, faisant légèrement basculer sa tête en arrière tandis qu'il dévorait sa bouche.

Elle faillit fondre dans son étreinte. Enroulant ses mains autour de son cou, elle s'y accrocha de toutes ses forces de peur de se dissoudre dans le tapis.

Il posa une main sur sa hanche et ramena le bassin de Diana contre le sien. La raideur de son sexe la surprit, mais la sensation était divine. Elle se colla à lui, en quête de cette douce délivrance qu'il lui avait fait découvrir bien des jours auparavant à Coventry. Ses hanches se mirent à tourner, apparemment de leur propre chef, alors qu'elle cherchait la satisfaction.

Les lèvres de Simon quittèrent les siennes et elle haleta, à la fois parce qu'elle avait besoin de reprendre son souffle, ce qu'elle ne pensait pas pouvoir faire dans son état d'excitation, et à cause des choses exquises qu'il faisait à son corps. Il déplaça une main le long de son cou, taquinant sa chair ;

l'autre lui massait la hanche et le postérieur, stimulant les mouvements frénétiques de ses hanches. Et sa bouche… mon Dieu, sa bouche ! Il fit glisser ses lèvres sur sa mâchoire jusqu'à son oreille. Il en mordilla le lobe, puis le lécha avant de descendre dans son cou avec de longues et généreuses caresses de sa langue.

— Simon, *s'il te plaît.*

Les mots jaillirent de sa bouche avec abandon. Elle n'avait plus aucun contrôle, et n'en voulait pas. Elle le laissait à Simon et à son corps.

Il remonta une main sur son flanc et frôla le dessous de son sein. Elle inspira brusquement quand la sensation accumulée dans ses reins se déplaça vers le nord. Ses seins la picotèrent. Il glissa la main dans sa robe de chambre et caressa son mamelon à travers le coton fin de sa chemise de nuit. Il durcit instantanément et elle se cambra sous ses caresses, avide de plus.

Simon posa la bouche sur sa clavicule, juste sous le bord de sa robe. Dans un souffle rauque, il releva la tête.

— Nous serons bientôt mariés. Cela peut attendre.

Hors de question ! Elle avait attendu cela toute sa vie. Elle l'avait attendu *lui.*

— Je ne crois pas que j'en ai envie. Qu'est-ce que ça peut faire ?

Elle s'accrocha à son cou, elle ne voulait pas le laisser partir.

Il ne la relâcha pas non plus. En fait, ses doigts continuaient leur doux et tendre assaut sur son sein. Ses gestes contredisaient ses paroles.

— Je ne crois pas en avoir envie non plus, dit-il avec un petit sourire d'autodérision. *Clairement.*

Les hanches de Simon remuèrent contre celles de Diana, lui rappelant l'acier de son érection, comme si elle pouvait l'oublier. Et sa main finit par s'immobiliser.

— Néanmoins, je vais attendre que nous soyons mariés.

Elle gémit de frustration, tirant les cheveux qui frôlaient sa nuque.

Il haussa un sourcil.

— As-tu oublié ce que je t'ai appris à Coventry ? Tu n'es pas obligée d'aller te coucher frustrée.

— Bien sûr que non, je n'ai pas oublié. Mais je n'ai pas essayé seule. Je préfère que ce soit toi. J'ai comme l'impression que ce serait meilleur, de toute façon.

Ce fut au tour de Simon de gémir, et il bascula la tête en avant tandis qu'il effleurait son front de ses lèvres.

— Tu es une tentatrice, lui dit-il en prenant son visage entre ses mains. Et tu es *à moi.*

— Apparemment, pas encore, dit-elle, l'air profondément déçu.

D'un mouvement des doigts, il détacha sa robe de chambre. Puis il se plia légèrement aux genoux, sa main remontant l'extrémité de sa chemise de nuit. Elle sentit le bout de ses doigts contre sa cuisse nue.

Haletante, elle soupira son nom.

— Simon.

— Ce n'est pas ce que tu veux ? lui demanda-t-il, caressant sa peau nue, remontant lentement, mais précisément vers son intimité. Si ce n'est pas le cas, dis-le-moi maintenant.

— C'est ce que je veux.

Elle le voulait tellement !

Il la souleva et la porta sur quelques pas jusqu'au lit, la posant sur le rebord du matelas. Il plongea ses yeux sombres dans ceux de Diana, dont les cils noirs se déployaient en éventail.

— Ouvre les jambes.

Son ordre était d'une séduction exquise, et elle y obéit sans hésitation.

— Te souviens-tu de ce qui se passe ensuite ? lui demanda-t-il.

— Oui.

— Ce sera un peu différent. Je vais introduire mes doigts en toi, expliqua-t-il tout en posant son pouce sur son clitoris qu'il taquina. Tu aimes quand je te touche ici. Tu aimeras aussi quand je serai à l'intérieur… et cela te donnera une idée de ce qui se passera après notre mariage.

— Alors tu mettras ton sexe en moi, dit-elle d'une voix feutrée.

Il laissa échapper un souffle qui ressemblait à un grognement.

— Oui.

Ses doigts effleurèrent ses replis intimes, l'incitant à s'ouvrir davantage. Elle se relâcha complètement et se tendit en même temps tandis que son corps réagissait à la pression et au désir croissants. Puis il fit ce qu'il avait dit : il glissa son doigt en elle. Elle s'accrocha à ses épaules et laissa échapper un halètement bruyant.

Il l'embrassa alors, sa bouche prenant le contrôle de la sienne et enfonçant sa langue en elle. Elle répondit à son assaut avec sa langue et ses hanches. C'était si bon de le sentir en elle, comme s'ils étaient faits pour être ensemble.

Son pouce effleura son clitoris à nouveau, et elle enfonça ses ongles dans ses épaules. Il augmenta sa pression et usa de sa main sans relâche, la poussant à la limite de la raison, cet endroit sombre et magnifique où elle s'était déjà désintégrée auparavant.

Il arracha sa bouche à la sienne et embrassa sa joue avant de murmurer contre son oreille :

— Jouis pour moi, Diana.

Le corps de la jeune femme frémit puis se brisa lorsque l'orgasme l'envahit. Ses gestes s'intensifièrent, lui faisant traverser ces instants de folie pour la guider vers la félicité de l'autre côté.

Leurs souffles rauques emplirent la pièce tandis que son corps se relâchait, satisfait. Elle ouvrit les yeux et cilla, se concentrant sur lui. Le visage de Simon était tendu, ses yeux assombris par le désir.

— Et toi ? lui demanda-t-elle.

— Ne t'inquiète pas pour moi.

— Tu as dit ça la dernière fois, constata-t-elle, et elle n'avait pas l'intention de le laisser s'en tirer ainsi. Montre-moi ce que je dois faire.

Elle tendit la main vers l'ourlet de sa chemise, frôlant son membre.

Simon lui adressa un sourire.

— Tu ne vas pas me laisser refuser, n'est-ce pas ?

Elle secoua fermement la tête.

— Absolument pas.

Elle remonta la chemise et il l'aida à la faire passer par sa tête.

Quand son torse fut nu devant elle, elle passa les mains sur la surface dure.

— J'ai envie de faire ça depuis que tu as enlevé ta chemise devant le feu.

Sa respiration se bloqua lorsque le bout de ses doigts passa sur ses mamelons.

— Tu m'observais ?

Elle croisa son regard, et sentit le rouge lui monter aux joues.

— Je plaide coupable, j'en ai bien peur.

Simon posa le doigt sous le menton de Diana.

— Ne te sens jamais coupable de ce que tu désires quand il est question de moi, et ne te sens pas coupable de vouloir du plaisir.

— Ma mère m'a dit que ce qui se passe entre un homme et

une femme est un mal nécessaire pour engendrer des enfants. Il ne faut même pas tolérer les baisers.

— Est-ce pour cette raison que tu étais si choquée quand je t'ai embrassée pendant la partie de campagne ?

Elle continua de caresser sa poitrine. Elle aimait la sensation de ses muscles, et elle était fascinée par le léger duvet entre et autour de ses mamelons. Elle suivit le contour de ses clavicules du bout des doigts avant de redescendre sur sa poitrine.

— Non, ce qui m'a choquée, c'est que j'ai aimé ça.

Elle leva une fois encore les yeux vers lui, et vit le désir brut qui brûlait au fond du regard de Simon. Alors qu'elle faisait descendre sa main sur son abdomen, elle sentit son halètement plus qu'elle ne l'entendit. Elle trouva sa ceinture, puis les boutons de sa braguette, défaisant d'abord un côté puis l'autre jusqu'à ce que le devant de son pantalon s'ouvre.

Il était nu en dessous et sa verge se dressait fièrement vers elle.

— J'ai enfilé mon pantalon à la hâte quand tu as frappé à la porte, expliqua-t-il.

Il avait la voix rauque, comme s'il avait la gorge serrée.

— Tu es censé me dire ce que je dois faire, lui fit-elle remarquer.

— C'est vrai.

Il passa une main dans ses cheveux qui se dressèrent sur sa tête. Cela lui donnait l'air sauvage.

Elle se pencha en avant et frôla son torse avec ses lèvres, près de ses mamelons.

— Tu es terriblement attirant.

— Es-tu sûre d'avoir besoin d'instructions ? demanda-t-il d'une voix tendue. Tu m'as l'air de très bien te débrouiller.

Elle sourit contre sa chair chaude.

— Que dois-je faire avec ma main *en bas* ? lui demanda-t-elle en frôlant la base de son érection.

— La chose à savoir sur une verge, c'est qu'elle aime être touchée, de toutes les manières possibles. Elle aime surtout être enfouie en toi, mais à défaut, ta main peut faire une bonne imitation. Ta bouche aussi, mais nous laisserons cela pour une autre fois.

Diana était incroyablement intriguée.

— Ma bouche ?

Elle baissa les yeux sur lui et fit courir ses doigts sur toute sa longueur. Il frémit, et sa chair tressauta dans la main de Diana. Il était si chaud et doux à cet endroit, mais dur aussi, bien sûr, sous le velours de sa peau. Elle se lécha la lèvre supérieure.

— *Diana...* Pas ce soir, murmura-t-il d'une voix rauque.

Elle leva les yeux vers lui avec l'intention de protester, mais n'en fit rien. Elle avait bien l'intention de faire ce qui lui plairait. Elle referma la main autour de son membre.

— Est-ce que c'est bien ?

— Oui. Maintenant, déplace ta main de haut en bas. Tu te souviens quand je t'ai montré comment te faire plaisir, combien il était important de maintenir la pression et de bouger rapidement, surtout quand l'orgasme monte ?

Elle pensait avoir compris où il voulait en venir.

— Je dois bouger ma main rapidement de haut en bas, de la base à la pointe ?

Elle fit ce qu'elle venait de dire, refermant sa main autour de lui aussi étroitement qu'elle l'osait.

Il gémit, et elle leva les yeux pour voir ses cils se rabattre sur ses yeux et sa tête se renverser en arrière. Est-ce qu'il aimait ça ? Elle relâcha légèrement sa prise.

— Trop serré ?

— *Non*, ne t'arrête pas.

Elle se baissa et toucha de ses lèvres l'extrémité de sa hampe où une petite perle d'humidité s'était formée. Elle la lécha et fut surprise par son goût riche et salé.

— *Diana.*

Elle leva à nouveau le nez et plissa les yeux.

— Toute ma vie, les gens m'ont dit quoi faire et quand le faire. Je veux te mettre dans ma bouche. Tu peux me dire comment le faire, ou supporter ce que je parviendrai à trouver.

Un rire sombre et chaleureux lui échappa.

— Mon Dieu, tu es incroyable ! Ce sera plus facile si tu t'agenouilles devant moi. Prends-moi aussi profond que tu veux. Ou pas, c'est à toi de décider. Il n'y a pas de bon ou de mauvais. Utilise ta langue. Bon sang, tu peux même utiliser tes dents… doucement, bien sûr.

Ses dents ? Cela ne lui serait jamais venu à l'esprit, et elle ne savait pas comment faire sans le blesser. Mais le reste, elle pouvait le faire. Ses seins picotaient et son ventre palpitait à nouveau de désir, comme si elle n'avait pas déjà eu un orgasme. Elle glissa du lit et il se tourna pour qu'elle puisse s'agenouiller devant lui.

— Simon, est-ce possible d'avoir plus d'un orgasme ?

— Euh, oui, en particulier pour les femmes. C'est moins fréquent pour les hommes, car il nous faut un peu de temps pour récupérer. Tout homme digne de ce nom met un point d'honneur à faire jouir une femme plusieurs fois, et après notre mariage, je te montrerai précisément ce que je veux dire.

Le désir qui palpitait en elle allait crescendo, mais elle le mit de côté pour se concentrer sur lui. Elle voulait lui donner du plaisir, faire pour lui ce qu'il avait fait pour elle. Ce qu'il promettait de faire pour elle encore et encore. Un sentiment de nervosité parcourut ses veines lorsqu'elle posa ses lèvres sur l'extrémité de son sexe.

Elle en saisit la base et ouvrit la bouche, l'attirant lentement à l'intérieur. Il glissa sur sa langue, et elle savoura la douceur soyeuse de sa chair.

— Mon Dieu, Diana. Oui. C'est… *parfait*, grogna-t-il.

Elle repensa à ce qu'il avait dit : qu'elle pouvait le prendre aussi profondément qu'elle le voulait. Ouvrant plus grand la bouche, elle l'aspira plus loin en elle, jusqu'à ce qu'il s'approche du fond de sa gorge. Il se retira, puis avança lentement. Elle se rappelait les mouvements de ses doigts en elle. Son sexe bougeait de la même manière. Voilà pourquoi elle était censée remuer sa main de haut en bas sur sa verge. Et c'est ce qu'elle fit, reculant sa bouche et remontant sa main, puis plongeant à nouveau avec les deux.

Son gémissement emplit la pièce et il enroula sa main dans sa tresse, lui maintenant la tête pendant qu'elle se servait de sa bouche et de sa main sur lui. Elle le sentit se crisper juste avant de se retirer complètement. Quand elle essaya de le faire revenir, il lui caressa la joue.

— Diana, mon orgasme inclut le déversement de ma semence.

Elle leva les yeux vers lui. Les yeux de Simon étaient réduits à deux simples fentes.

— Je sais.

— Si tu n'arrêtes pas, je vais la déverser dans ta gorge.

— Est-ce un problème ?

— Certaines femmes n'aiment pas ça.

Elle n'aimait pas penser à lui avec « certaines femmes ». Ou avec n'importe quelle femme. Et pourtant, il avait été marié. Sa femme avait-elle fait cela pour lui ? L'avait-elle laissé jouir dans sa bouche ? Elle ne poserait jamais la question, et décida que cela n'avait pas d'importance. Il ne pouvait y avoir de place pour sa jalousie dans leur mariage, pas envers la femme qu'il avait aimée.

— Je veux que tu le fasses.

Elle agrippa sa hanche de sa main libre et le ramena dans sa bouche, sans lui donner une chance de l'en dissuader. Augmentant la pression de sa main, elle se servit de sa langue, comme il l'avait dit, et lécha le dessous de sa verge. Puis elle effleura l'extrémité avec ses dents. Il jura avec passion. Oui, c'était de cela qu'il parlait.

Elle sourit en le reprenant dans sa bouche. Elle n'avait plus le temps de réfléchir, elle voulait simplement se perdre dans le rythme de cette union, dans le va-et-vient de leurs corps. Il se crispa à nouveau, et elle sentit un goût au fond de sa gorge. Il cria, sa main enserrant la tête de la jeune femme, puis sa semence se répandit dans sa bouche, la remplissant de chaleur et de ravissement.

Quand il eut terminé, elle le sentit s'affaisser contre le lit. Les muscles de ses cuisses tremblaient. Elle se retira et s'essuya la bouche avec sa main, s'appuyant sur ses pieds.

Il posa les mains sur les coudes de Diana et la tira pour qu'elle se relève.

— C'était époustouflant. Ta générosité me touche. Et tes talents me fascinent.

Elle sourit.

— Je ne comprends pas pourquoi. Je n'ai pas la moindre expérience.

— L'expérience ne compte pas, pas quand on a un talent naturel, lui dit-il avec un clin d'œil avant de récupérer sa chemise et de la passer par la tête. Tu devrais retourner dans ta chambre. Nous allons partir très tôt.

Elle le regarda avec surprise en nouant sa robe de chambre.

— Mais nous devons d'abord tout arranger.

— Verity s'est occupée de tout.

Diana se rendit compte qu'il l'avait aussi appelée par son prénom un peu plus tôt. À un moment donné, ils avaient passé un peu de temps ensemble. Sa cousine l'avait-elle convaincu de faire tout ceci ?

— Vous deux, vous avez déjà tout planifié ? demanda-t-elle en posant sa main sur sa hanche. Et si j'avais dit non ?

— Alors nous n'irions pas. Nous voulions simplement être prêts au cas où tu dirais oui, expliqua-t-il en lui caressant la joue. Tu auras toujours le choix, Diana. Tu n'as qu'un mot à dire, et nous resterons ici. Ou nous irons où tu veux.

Elle voulait aller à Gretna Green. Était-ce si important si elle avait l'impression d'avoir été manipulée ?

Était-ce vraiment le cas ? Simon lui avait assuré que la décision lui revenait. Verity n'avait que ses intérêts à cœur, et elle pensait que c'était aussi le cas de Simon. Il ne lui avait jamais donné de raisons de douter de ses intentions. Ils n'étaient pas responsables de sa prédisposition à se méfier des motivations des gens quand il était question de son bonheur.

Simon plissa le front, l'air inquiet, et il caressa la joue de Diana avec son pouce.

— Est-ce que tu vas bien ?

Elle enfouit son visage dans sa main, avide de son contact.

— Oui. Mais la journée a été longue. Tu as raison. Je devrais aller me coucher.

— Je vais t'escorter, lui dit-il en déposant un baiser sur sa tempe. Laisse-moi remettre mon pantalon.

Lorsqu'il fut plus convenablement couvert, il la conduisit à la porte et dans le couloir.

— Je suis sur la gauche.

Elle fit un geste en direction du couloir où une applique scintillait sur le mur à l'angle. Ils avancèrent vers la lumière, puis tournèrent à droite le long d'une autre galerie qui surplombait la cour. Elle s'arrêta devant la première porte et l'ouvrit, puis se tourna vers lui.

— Merci pour… ce soir.

Elle ne put s'empêcher de rougir en songeant à ce qu'elle avait fait.

— Merci à *toi*, lui dit-il en se penchant vers elle, hésitant avant de poser ses lèvres sur les siennes. Puis-je t'embrasser à nouveau ?

— Maintenant, tu demandes la permission ? demanda-t-elle avec un doux rire. Oui, s'il te plaît.

Elle passa les mains autour du cou de Simon et attira sa tête vers la sienne pour un baiser brûlant, à faire céder ses genoux.

Il se retira avec un soupir.

— Verity dit que nous devrions être à Gretna Green dans trois jours. C'est comme si c'était toute une vie.

Elle ressentait la même chose.

— C'est plutôt ironique que nous soyons dans des chambres séparées après en avoir partagé une pendant une semaine, alors qu'aujourd'hui, nous avons *envie* de dormir dans le même lit.

Il lui sourit.

— En effet. Eh bien, nous allons galoper aussi vite que nous le pourrons.

Elle lui lança un regard suggestif.

— Nous devrons sûrement nous arrêter pour deux nuits.

— Verity nous accompagnera, nous serons donc obligés de bien nous comporter. De plus, je t'ai dit que j'attendrai que nous soyons mariés, et je le pensais.

Elle laissa échapper un petit grognement.

— Nous pourrions toujours refaire ce que nous avons fait ce soir.

Il l'embrassa fort et vite.

— Tu es incorrigible. Ne change jamais. Bonne nuit, Diana.

— Bonne nuit, Simon.

Elle le regarda s'éloigner de sa porte et se retourner à contrecœur. Quand il atteignit le coin du couloir, il la regarda. Elle retroussa les lèvres en un sourire, et il posa la main sur son cœur.

Avec un petit rire, un son qu'elle ne pensait pas avoir déjà produit, elle entra dans sa chambre et ferma la porte.

Pour la première fois de sa vie, non seulement elle avait hâte d'être au lendemain, mais à tous les suivants aussi. L'avenir n'était plus une inconnue grise et sinistre. Elle entrevoyait la paix et le bonheur.

Alors qu'elle retirait sa robe de chambre pour se mettre au lit, une voix au fond de son esprit lui rappela qu'elle devrait toujours affronter son père à un moment ou un autre, et qu'il serait quand même furieux qu'elle se soit enfuie avec le duc Ravageur pour se marier. Le pire, c'était qu'il ne serait en colère que parce que Simon était un paria. L'origine de sa réputation lui importait peu. Son père ne verrait aucun inconvénient à ce que Diana épouse un meurtrier à partir du moment où ledit meurtrier était populaire et admiré, et permettait de faire progresser le statut de sa famille.

Cependant, elle n'allait *pas* épouser un assassin.

CHAPITRE 12

Les trois jours qui les menèrent à Gretna furent éreintants, avec des températures froides et une bruine persistante le deuxième jour. Même si Verity n'avait pas voyagé avec eux, Simon doutait que lui et Diana auraient eu l'énergie nécessaire pour poursuivre ce qu'ils avaient commencé la nuit avant leur départ.

Et s'il croyait cela, c'était qu'il avait manifestement oublié ce que c'était que d'être désespérément attiré par quelqu'un.

C'était effectivement le cas. Il avait passé les deux dernières années à vivre un deuil profond, non seulement en s'interdisant de désirer une autre femme, mais sans même en trouver l'envie. Le baiser qu'il avait donné à Diana à la partie de campagne avait réveillé son corps. Le baiser à Brereton avait réveillé son esprit. Les événements de la tour Beaumont l'avaient fait basculer dans un brouillard de désir si intense qu'il ne se passait pas une heure sans qu'il ne pense à elle et à toutes les choses qu'il avait envie de lui faire une fois qu'ils seraient mariés.

Il aurait sans doute pu le faire encore plus souvent, mais il était également occupé à se détester pour ce qu'il ressentait.

Il ne méritait pas de trouver une telle félicité alors que Miriam était froide et morte dans une tombe.

Seigneur, il se comportait comme un crétin pleurnichard.

Il se passa une main sur le visage alors qu'ils entraient dans la cour de l'échoppe du forgeron. Il jeta un œil à Diana ; Verity chevauchait à ses côtés. Le palefrenier était derrière eux sur son propre cheval.

Ils avaient discuté de leur plan la veille au dîner. Ils iraient directement à l'échoppe du forgeron et se marieraient, après quoi ils trouveraient une auberge. Leurs berlines, celles de Simon et Verity, arriveraient le lendemain en fin de journée. Ensuite, les jeunes mariés voyageraient vers le sud jusqu'à Lyndhurst tandis que Verity rentrerait chez elle. Bien qu'il n'ait passé que quelques jours avec elle, Simon était déjà très attaché à la cousine de sa future femme.

Future femme.

Son cœur battait la chamade, et pour la millième fois, il espéra qu'il faisait ce qu'il fallait. Non pas qu'il avait l'intention de changer d'avis. Il avait dépassé le point de non-retour.

Leur palefrenier, Paddon, aida Verity à descendre de sa monture, pendant que Simon se chargeait d'assister Diana. Dès l'instant où il enserra la taille de la jeune femme, un sentiment de conscience se répandit dans sa chair et le long de sa colonne vertébrale. Leurs regards se croisèrent, et il vit le désir se refléter dans les profondeurs bleues de ses yeux.

À contrecœur, il la relâcha, mais il lui offrit son bras qu'elle prit alors qu'ils s'avançaient vers Verity. Elle prit l'autre bras de Simon, et il les guida jusqu'à l'échoppe du forgeron. Paddon resta dans la cour pour s'occuper des chevaux.

À l'intérieur, un jeune homme se précipita à leur rencontre.

— Bonjour, êtes-vous ici pour vous marier ?

— Effectivement. Je suis le duc de Romsey.

Ils n'avaient plus besoin de pseudonymes. En fait, il *devait* être le duc maintenant.

— Nous avons un témoin avec nous, la duchesse de Blackburn, cousine de la mariée. Êtes-vous en mesure de nous en fournir un second, ou devons-nous aller chercher notre palefrenier dans la cour ?

Le garçon s'inclina un peu maladroitement devant la duchesse, puis devant Diana.

— Mme Elliott pourra faire office de second témoin. Vous devrez juste vous acquitter des frais, expliqua-t-il avec un accent fort, mais compréhensible. M. Elliott termine un autre mariage. Puis-je prendre vos chapeaux, gants et manteaux ?

— Merci, dit Verity en retirant sa main du bras de Simon pour ôter ses gants.

Diana fit de même, et Simon résista à l'envie de lui prendre la main, de la garder près de lui. D'ici très peu de temps, elle serait liée à lui pour toujours. Une sueur froide perla dans son cou. Avec Miriam, c'était censé être pour toujours. Il ne voyait pas comment il pourrait aimer deux épouses. Et il aimerait toujours Miriam.

Le bruit d'un marteau frappant l'enclume leur parvint depuis la pièce voisine.

Verity sourit.

— Quelqu'un vient de se marier !

Simon remit ses affaires au garçon, tout comme les deux jeunes femmes. Les bras chargés, l'employé ouvrit une porte menant à une pièce adjacente, là d'où était venu le son du marteau.

Verity se tourna vers Diana.

— Je suis désolée que tu ne te maries pas dans une robe magnifique, devant un public.

— Je me moque complètement d'avoir un public. Toutes les personnes auxquelles je tiens sont ici.

Elle adressa un sourire à Verity, et Simon sut qu'elle parlait de sa cousine, et seulement d'elle. Ce n'était pas qu'elle ne tenait pas à lui, car il supposait que c'était le cas, au moins un peu. Mais ce n'était pas la même chose, et il ne s'attendait pas à ce que ça le soit.

Diana baissa les yeux sur l'une des deux seules robes qu'elle avait apportées avec elle. Celle-ci était un peu ornée autour du col.

— J'apprécierais d'avoir une nouvelle robe, ou du moins une que je n'aurais pas portée et usée jusqu'à la trame, et que je n'ai plus envie de revoir.

Verity lui adressa un signe de tête compatissant.

— Demain, ma femme de chambre arrivera avec les robes qu'elle aura retouchées pour qu'elles t'aillent ; tu les emporteras pour ton voyage jusqu'à Lyndhurst. Tu te sentiras bien mieux.

Une jeune et très jolie femme arriva de la pièce voisine.

— Nous sommes prêts pour vous, les informa-t-elle en leur faisant signe d'approcher. Entrez.

— Si vite ? demanda Diana, l'air légèrement surpris.

Était-elle nerveuse, elle aussi ?

Il fit un pas vers elle.

— Nous pouvons prendre quelques minutes, si tu veux.

— Non, vous ne pouvez pas, intervint la femme sur un ton d'excuse. Un autre couple va bientôt arriver, et ensuite vous devrez attendre.

Diana regarda Simon.

— Alors, nous ferions mieux d'y aller.

Elle lui reprit le bras, et ils entrèrent dans l'autre pièce. Un couple sortait justement par une autre porte, et le jeune homme referma derrière eux. Un deuxième homme vint vers eux avec un large sourire.

— Bienvenue à Gretna ! Je suis Robert Elliott. Je crois savoir que j'ai l'insigne honneur de marier un duc aujourd'hui.

Simon acquiesça.

— Je suis le duc de Romsey. Voici ma fiancée, Mlle Diana Kingman, et sa cousine, Sa Grâce, la duchesse de Blackburn.

— Ma foi, quelle honorable compagnie ! s'exclama Elliott qui gonfla sa large poitrine et se tint plus droit. Avez-vous payé les frais ?

Simon libéra son bras de la prise de Diana et fouilla dans son manteau pour trouver l'argent, qu'il tendit à l'homme.

— Je crois que ce sera plus que suffisant.

Elliott baissa les yeux.

— Oui, en effet, merci, dit-il en remettant l'argent à la femme qui les avait accueillis dans l'autre pièce. Voici ma femme. Avez-vous besoin de quelque chose avant la cérémonie ?

— Il y a une cérémonie ? l'interrogea Diana.

La veille, on leur avait expliqué à l'auberge de Carlisle qu'ils pouvaient simplement déclarer leur intention de se marier, et qu'ils n'avaient besoin que de deux témoins.

C'était d'une simplicité déconcertante, une fois que vous aviez entrepris le pénible voyage pour y arriver.

— Il peut y en avoir une, l'informa Elliott. Vous pouvez prononcer des vœux si vous le souhaitez. Mais ce n'est pas nécessaire. J'ai juste besoin de vos noms et de vos témoins pour le registre.

Simon se tourna vers Diana.

— Que souhaites-tu faire ?

Elle garda le silence un moment avant de lui demander :

— Qu'as-tu envie de faire, *toi* ?

— J'ai déjà été marié. Toi, non. Je ferai ce dont tu as envie.

— Vous avez déjà été marié ? s'enquit Elliott, l'air un peu inquiet.

— Sa femme est décédée, l'informa doucement Verity.

L'homme hocha la tête.

— Je serai près du registre pendant que vous décidez.

Il s'avança vers une table où un livre était ouvert.

Diana regarda Verity.

— Est-ce important de prononcer des vœux ? Cela paraît… étrange de le faire dans une échoppe de forgeron. Mais d'un autre côté, ce serait sans doute étrange de toute façon.

— Prononce des vœux, lui répondit sa cousine avec un petit sourire. Tu ne le regretteras pas. Et si tu n'en fais rien, tu pourrais te dire plus tard que tu aurais dû les dire.

C'était une excellente observation, et pourtant Simon craignait un peu de les répéter. Il n'avait jamais autant ressenti la présence de Miriam, et il n'aimait pas cette sensation.

Diana prit une inspiration et se tourna résolument vers le registre.

— Alors, signons nos noms.

Simon lui toucha le bras.

— Et les vœux ?

— Je comprends ce que Verity a dit, mais je n'ai pas besoin de les prononcer ni de les entendre. Ce ne sont que des mots, ajouta-t-elle avant d'incliner la tête sur le côté. Sauf si tu le veux vraiment. C'est juste que… je me disais…, commença-t-elle avant de détourner le regard. Oublie ça.

Simon caressa l'avant-bras de Diana avec son pouce.

— Quoi ?

Elle le regarda droit dans les yeux.

— Comme tu l'as dit, tu as déjà fait cela avant. Tu as eu un mariage, tu as prononcé des vœux. Celui-ci est différent, alors pourquoi ne pas marquer une différence en tous points ?

L'appréhension qui bouillonnait en lui se dissipa. Oui, c'était très différent.

— Quelle délicate attention.

Ils allèrent au registre, où ils signèrent leurs noms. Verity fit de même ensuite, puis elle tendit la plume à Mme Elliott.

— Merci de servir de témoin.

— Je suis heureuse de le faire, Votre Grâce.

Mme Elliott inscrivit son nom sur le papier.

Son mari cilla en regardant Simon.

— Avez-vous une alliance ?

Il y avait pensé, mais ils n'avaient pas eu le temps. Pourtant, il regrettait de ne pas en avoir.

— Non.

— Si vous le souhaitez, nous avons des anneaux de fer martelé à vendre.

— Ce n'est pas nécessaire, dit Diana.

Simon adressa un signe de tête à Elliott.

— Oui, donnez-moi le plus délicat, le plus féminin que vous ayez, s'il vous plaît.

Le prêtre de l'enclume[1] se tourna vers sa femme, mais elle était déjà en train de quitter la pièce. Il sourit à Simon.

— Elle sait exactement quoi prendre. Cela fera deux livres.

Diana enroula la main autour du coude de Simon.

— Ce n'est vraiment pas nécessaire.

Il baissa les yeux sur elle, songeant à ce qu'elle lui avait dit. Ce serait différent de la dernière fois, et si cela impliquait de lui offrir une alliance en fer, alors il le ferait. De plus, il voulait que cela soit spécial pour elle d'une certaine façon.

— J'insiste, dit-il doucement, en la regardant dans les yeux.

Mme Elliott revint avec une alliance et la tendit à Simon.

— La plus jolie que nous avons.

Elle était plutôt fine, avec une fleur et une vigne gravées sur la circonférence. Elle était parfaite.

— Exactement ce que j'avais en tête, merci.

Il se tourna vers Diana et lui prit la main. Prenant une profonde inspiration, il la regarda droit dans les yeux.

— Je promets de te protéger et de te garder tout au long de ma vie.

Il récita ensuite la partie des vœux de mariage dont il se souvenait le mieux, ceux qu'il pensait que Diana devait entendre de son mari. Il glissa l'anneau à son doigt. Étonnamment, il allait parfaitement.

— Avec cet anneau, je te prends pour épouse.

Il porta la main de la jeune femme à ses lèvres, et embrassa la chair tendre sur le dos.

— Avec mon corps, je te vénère.

Il prit son autre main pour les serrer toutes les deux, sans jamais la quitter des yeux.

— De tous mes biens matériels, je te dote. Au nom du Père, du Fils et du Saint-Esprit, amen.

Il se pencha en avant et effleura ses lèvres des siennes.

Il la sentit soupirer contre sa bouche.

Un fort reniflement retentit dans la pièce.

— C'était tellement romantique ! s'exclama Mme Elliott, se tamponnant les yeux avec son mouchoir.

Simon se tourna vers le prêtre de l'enclume.

— Merci, monsieur Elliott, lui dit-il avant de s'incliner vers sa femme. Madame Elliott.

Son regard oscilla entre les deux époux.

— Auriez-vous une petite auberge à nous recommander, et où nous pourrions séjourner ?

— *La Colombe* répondra à vos besoins, l'informa M. Elliott.

Sa femme ricana.

— Pfff ! Ils ont dit « petite », Robert ! remarqua-t-elle avec un sourire avenant, puis elle se tourna vers Simon et Diana. L'auberge qu'il vous faut, c'est *La Cloche et le Balai*. Juste à l'ouest, un peu en dehors de la route principale.

— Merci, madame Elliott.

Le garçon apporta leurs manteaux, leurs chapeaux et leurs gants.

— Votre Grâce ?

Simon était occupé à mettre ses gants, mais il leva les yeux et vit que le garçon s'adressait à Diana. Elle fixait sa bague, et l'employé tenait toujours ses affaires.

Se rapprochant d'elle, Simon lui donna un léger coup sur l'épaule.

Elle le regarda, puis le vit tourner les yeux vers le garçon, à qui elle accorda son attention.

— Votre Grâce ? répéta-t-il.

Les joues de Diana rosirent.

— Oh oui, merci.

Elle prit son chapeau et ses gants, pendant que Simon récupérait sa cape et attendait pour l'aider à l'enfiler.

— Félicitations à vous, leur dit Mme Elliott, son regard oscillant entre eux deux. Puissiez-vous jouir d'une vie heureuse et féconde ensemble.

Elle les mena à la porte extérieure, par laquelle l'autre couple était sorti plus tôt.

Dehors, Simon cligna des yeux devant le ciel qui s'assombrissait.

— Il va bientôt faire nuit, leur dit Verity.

— Et il va pleuvoir. Trouvons *La Cloche et le Balai*, d'accord ? leur proposa-t-il.

Il les ramena dans la cour, où Paddon patientait avec les chevaux. Quelques minutes plus tard, ils étaient en route, et il ne leur fallut pas longtemps pour trouver l'auberge que Mme Elliott avait recommandée.

La Cloche et le Balai était un petit établissement, mais il remplissait toutes les conditions requises pour être un relais de poste. Mais Gretna était une étape majeure sur la route entre Londres et Édimbourg, et Simon supposa qu'il en était de même pour toutes les auberges locales.

Une nouvelle fois, il aida Diana à descendre de cheval. En la laissant atterrir, il murmura :

— Duchesse.

Elle rougit encore.

— Je vais devoir m'y habituer.

— Dois-je t'appeler ainsi jusqu'à ce que tu sois à l'aise avec ce nom ?

— Non. Je préfère que tu m'appelles Diana.

Son menton était effrontément incliné et ses yeux pétillaient d'espièglerie, ce qui fit naître un éclair de désir.

Elle était sa femme.

Il se figea un instant, partagé entre l'exaltation et le désarroi. Miriam était toujours dans un coin de son esprit. Il la repoussait, mais s'en voulait.

Une grosse goutte de pluie atterrit sur son bras.

— Allons à l'intérieur.

Simon demanda deux chambres, une pour Verity, et une pour Diana et lui, pour une durée de deux nuits. Le lendemain, ils se reposeraient. De manière peu charitable, il se disait qu'il était regrettable que Verity les accompagne, car s'ils avaient été seuls, il aurait pu se réjouir de passer toute la journée au lit avec sa femme.

Comme ils étaient affamés, ils décidèrent de manger immédiatement. Ils prirent place dans la salle commune, et Simon remarqua que Diana ne cessait de regarder la bague à son doigt. Il espérait que c'était parce qu'elle était nouvelle, et non parce qu'elle ne l'aimait pas. Non pas que ça avait la moindre importance. Elle n'était que temporaire. Il lui achèterait une nouvelle alliance plus sophistiquée à Londres ou à

Bath, peut-être quelque chose avec un saphir. Il voulait un bijou symbolique, et qu'elle ait aussi une petite partie de la cérémonie traditionnelle. Il lui avait aussi paru important de s'engager envers elle. Peut-être que cette fois, il réussirait mieux.

— Je crois que je vais aller voir si je peux faire quelques courses demain, dit Verity. J'aimerais trouver un cadeau pour Beau pour Noël.

Noël. Miriam adorait cette fête. Elle voulait acheter un sapin, et l'illuminer avec des bougies, comme la reine Charlotte. Ils avaient prévu de le faire pour leur prochain Noël, mais bien sûr, il n'avait jamais eu lieu. Il doutait que Diana et lui atteignent Lyndhurst avant les fêtes et se dit qu'il ne préférait pas.

— Peut-être devrions-nous revenir à la tour Beaumont avec vous pour Noël, dit Simon, piquant le dernier morceau de son mouton avec sa fourchette. Diana, cela te plairait, non ?

Pendant leur voyage vers Gretna, Verity et elle s'étaient remémoré le Noël qu'elles avaient passé ensemble là-bas deux ans plus tôt. Ce moment avait, semblait-il, été particulièrement heureux pour Diana puisqu'elle était venue sans ses parents.

Avant que Diana ne puisse répondre, Verity s'enquit :

— Et si son père est là ? Ce ne sera pas du tout agréable.

Simon serra sa fourchette plus fermement.

— Je veillerai à ce qu'il ne soit pas un problème.

Verity lui sourit calmement.

— Je n'ai aucun doute à ce sujet. Cependant, je pense que vous feriez mieux de l'affronter dans votre propre maison, où vous régnez en maître.

Ces petites rides qui s'étaient de moins en moins manifestées ces derniers jours apparurent entre les yeux de Diana.

— Je continue de penser que nous allons le croiser sur la

route à un moment donné, dit-elle. Bien sûr, il ne reconnaîtra pas notre berline.

Et s'ils le voyaient, Simon n'avait aucune intention de s'arrêter. Il comprenait pourquoi Verity lui conseillait d'affronter Sir Barnard à Lyndhurst. Que ferait cet homme lorsqu'il rendrait visite à sa fille, devenue duchesse, dans sa nouvelle demeure ? Il se tiendrait correctement, voilà ce qu'il ferait.

Simon termina sa viande, puis se cala sur sa chaise avec sa tasse de thé. À la fin du repas, ils montèrent ensemble à l'étage. La chambre de Verity était accessible directement depuis le palier. Elle leur souhaita bonne nuit, puis serra Diana dans ses bras. Simon était conscient qu'elle murmurait quelque chose à l'oreille de sa cousine et se demanda si elle n'était pas en train de lui faire une description succincte de ce qui l'attendait.

Diana embrassa Verity sur la joue, puis rejoignit Simon pour continuer dans le couloir jusqu'à leur chambre. L'aubergiste leur avait indiqué que c'était la dernière porte à gauche, et que c'était leur plus grande et plus belle chambre.

Simon ouvrit la porte et fit entrer Diana. Effectivement, la chambre était spacieuse, sans nul doute le plus grand logement qu'ils aient jamais eu. Le feu avait été allumé, de sorte que de joyeuses flammes jaunes réchauffaient la pièce. Deux fauteuils à oreilles flanquaient la cheminée sur leur droite, et une petite table se trouvait contre le mur opposé.

Mais c'était le lit à baldaquin, placé entre deux fenêtres, qui dominait la pièce.

— Oh, c'est charmant ! s'exclama Diana en se déplaçant à l'intérieur.

Leurs affaires avaient déjà été montées, et la femme de l'aubergiste avait sorti leurs vêtements de nuit. Leurs manteaux et leurs chapeaux étaient suspendus à des crochets près de la porte, et leurs gants étaient posés sur une petite commode en face du lit.

Simon referma la porte et suivit sa femme, la laissant l'entraîner. Elle alla directement vers le lit, se plaçant du côté le plus proche du feu.

Il se tint au pied et la regarda passer les doigts sur le couvre-lit matelassé.

— Il y a une bassinoire[2] ! remarqua-t-elle avec plaisir.

— Mme Insley a pensé à tout.

Simon se dirigea vers le feu et s'assit pour retirer ses bottes. La chaleur était agréable, et il se rendait compte qu'il était épuisé. Mais pas *trop* épuisé. Cependant, peut-être que Diana l'était.

Elle s'assit sur le fauteuil en face de lui et retira ses bottines. Elle remua ses orteils couverts de bas devant le feu, et laissa échapper un doux soupir.

— Cette sensation est merveilleuse ! Je ne porterai que des pantoufles pendant au moins une semaine quand nous serons à Lyndhurst, déclara-t-elle avant de le regarder. Combien de temps cela prendra-t-il ?

— Cela dépendra du temps, bien sûr, mais je crois qu'il faudra compter entre sept et dix jours. Cela dépend aussi de la vitesse à laquelle nous souhaitons voyager. Est-ce important pour toi d'arriver avant Noël ?

— Pas particulièrement, mais n'as-tu pas des traditions à respecter ?

Il pensa au dîner qu'il organisait pour les domestiques le lendemain de Noël. Il allait devoir envoyer un message pour expliquer qu'il était sur le chemin du retour. Il avait très mal communiqué avec eux depuis qu'il était parti. Il rectifierait le tir le lendemain.

— J'enverrai un mot à mon intendant demain, pour l'informer que nous risquons de ne pas arriver avant le lendemain de Noël.

Le silence retomba, ils observaient tous les deux le feu. Elle bâilla, et il se demanda si elle était vraiment fatiguée.

— Et si nous allions au lit ? demanda-t-il enfin.

Elle le regarda, l'air hésitant.

— Je suppose que nous devrions.

— Diana, nous pouvons aller dormir. C'était un voyage épuisant.

Elle plissa les yeux en le regardant.

— Tu me fais attendre jusqu'à ce que nous soyons mariés pour avoir des relations sexuelles, et maintenant tu veux aller dormir ?

Simon aurait dû s'en douter. Il la connaissait suffisamment pour ne pas croire qu'elle ne voudrait pas d'une nuit de noces traditionnelle. En plus, elle la méritait.

Il repensa à sa nuit de noces avec Miriam, à sa timidité. Que diable faisait-il ? Il ne pouvait pas continuer à penser à elle. Il ne *voulait* pas continuer à penser à elle. Et pourtant, elle était là, comme un fantôme qui le hantait, et, en vérité, il ne méritait rien de moins. Il ne méritait certainement pas cette femme belle, charmante et attentionnée qui venait de devenir sa duchesse.

Il la contemplait, se demandant ce qu'il avait bien pu faire pour la conquérir ? Rien du tout. Il s'était trouvé au bon endroit, au bon moment. Elle avait besoin d'être secourue, et il l'avait sauvée. Y avait-il la moindre chance qu'il se sauve lui-même en même temps ?

Avant qu'il ne puisse répondre à cette question, et il doutait de pouvoir vraiment le faire, elle se leva de la chaise, courbant les lèvres d'une manière tout à fait séduisante.

— Vas-tu m'aider à me déshabiller ? Cette fois, tu n'es pas obligé d'aller trop vite. Tu n'auras pas non plus à essayer d'éviter de me toucher.

Et juste comme ça, les démons qui occupaient son esprit s'estompèrent pour passer au second plan. Il se leva et se débarrassa de sa veste qu'il laissa retomber sur le fauteuil. Il fit les deux pas nécessaires pour se placer devant elle et fixa ses lèvres roses et entrouvertes.

— Tourne-toi.

Elle s'exécuta, et la bouche de Simon s'assécha tandis qu'il se laissait aller à envisager de la déshabiller de la manière à laquelle il avait tenté très fort de ne pas penser pendant leur long voyage vers le nord. Il tira les lacets de sa robe comme il l'avait fait régulièrement. Cependant, cette fois, il procéda lentement, et n'essaya pas de ne pas trop la toucher.

Lorsque la robe fut desserrée, il remonta la jupe et la fit passer par-dessus sa tête. Passant la main derrière elle, il drapa négligemment le vêtement sur son fauteuil. Son jupon venait ensuite. Elle le remonta, et il l'aida à l'enlever de la même manière que sa robe. Il rejoignit la robe sur le fauteuil.

À présent, le corset. Il tira les lacets, laissant ses jointures effleurer son dos, sentant sa chaleur sous le fin lin de sa chemise. Petit à petit, le vêtement s'ouvrit et quand il fut assez lâche, il l'aida à le passer par sa tête. Elle le jeta sur le fauteuil en se tournant pour lui faire face.

Il secoua la tête.

— Tourne-toi.

Elle lui jeta un regard interrogateur avant de lui présenter à nouveau son dos.

— Je veux détacher tes cheveux, lui dit-il, se languissant de toucher ses mèches sombres et soyeuses.

Il trouva les épingles et les déposa une à une sur le manteau de la cheminée, jusqu'à ce que ses cheveux retombent par-dessus ses épaules. Ils lui arrivaient au milieu du dos et pendaient en vagues douces et lâches.

— S'il te plaît, ne les tresse pas.

Elle tourna la tête pour le regarder par-dessus son épaule, et ses yeux bleus brillaient dans la lumière du feu.

— Je ne le ferai pas.

Il toucha ses cheveux, les faisant doucement passer entre ses doigts, puis les écarta sur le côté pour pouvoir dégager sa nuque. Il baissa la tête et embrassa sa peau, déclenchant un frisson le long de sa nuque.

Elle se recula très légèrement, et un doux soupir, semblable au son qu'elle avait émis lorsqu'elle avait retiré ses chaussures, mais pourtant totalement différent, lui échappa. Il déplaça ses lèvres le long de son cou, retenant ses cheveux sur le côté et faisant glisser le bout de ses doigts le long de son bras gauche.

Lorsque ses lèvres trouvèrent son oreille et qu'il en suçota la chair, elle rejeta la tête en arrière. Il passa sa main sous le bras de la jeune femme et remonta sa paume jusqu'à sa poitrine. Elle était douce et rebondie et son mamelon se manifesta dès qu'il le toucha. Il lâcha ses cheveux et ramena sa main droite vers son autre sein. Les prenant dans ses deux paumes, il les massa doucement et fit glisser ses lèvres le long de son cou.

Elle cambra le dos, sa tête retombant contre l'épaule de Simon. Il ferma le bout de ses doigts sur ses mamelons, les pressa légèrement, puis tira. Diana cria, et le son stimula son désir. Alors qu'il caressait ses seins, les hanches de la jeune femme se mirent à remuer. Son postérieur frôla son membre. Il s'imagina en train de la pencher sur le fauteuil et de la pénétrer par-derrière. Pas ce soir, mais peut-être un jour.

Simon fit descendre sa main sur son abdomen et le pressa entre ses jambes. Elle écarta les cuisses pour lui, lui offrant un meilleur accès. Il posa la main sur son monticule et le caressa avec son doigt à travers le tissu de sa chemise.

Elle gémit doucement, et son bassin se mit à tourner. Puis elle souleva son ourlet, l'incitant en silence à la toucher sans la moindre barrière. Il avait envie de le faire, et plus encore. Lorsqu'elle fut nue devant lui, il trouva son clitoris et le caressa sans relâche. Elle gémit encore et se tendit contre lui. Il retira sa main, et elle laissa échapper un petit cri.

— Dans le lit, râla-t-il.

Elle se tourna face à lui, ses yeux assombris et emplis de lubricité.

— Tu as trop de vêtements sur toi, lui dit-elle.

— Effectivement.

Il déboutonna rapidement son gilet, et elle attendit à peine qu'il ait fini pour le faire tomber de ses épaules. Elle posa tout d'abord les mains sur sa ceinture et dégagea l'ourlet de sa chemise. Il la passa sur sa tête et la laissa tomber sur le sol. Les doigts de la jeune femme dansaient déjà sur sa poitrine et, même s'il appréciait son zèle, s'il ne la goûtait pas bientôt, il allait devenir fou.

La ramenant contre lui, il l'embrassa à pleine bouche, affamé. Elle lui répondit, et ses dents effleurèrent la lèvre de Simon. Ce contact ne fit qu'attiser le feu de sa passion. Il plongea sa langue dans la bouche de Diana, qui lui rendit la pareille, donnant et prenant avec une exigence égale à la sienne.

Il ne pensait qu'à l'embrasser. Il ralentit, la narguant avec de longues et généreuses caresses de sa langue. Il s'éloigna pour embrasser sa mâchoire, sa joue, son cou. Puis il revint à l'assaut de sa bouche. Elle se cramponna à lui pendant tout ce temps, le bout de ses doigts s'enfonçant dans ses épaules, son cou et son dos. Puis ses mains se posèrent sur ses fesses, le saisissant et le maintenant tandis qu'elle pressait son bassin contre le sien. Le contact de sa chaleur contre son érection fit naître un gémissement au fond de sa gorge.

Ils n'arriveraient jamais jusqu'à ce maudit lit.

Il la souleva, et elle laissa échapper un petit cri de surprise très féminin qui le fit sourire. En trois enjambées rapides, il atteignit le lit et la déposa près de la tête.

— Où se trouve la bassinoire ?

Il ne voulait pas qu'elle les gêne.

Elle attrapa le couvre-lit qu'elle entreprit de retirer.

— Je vais m'en occuper pendant que tu enlèves le reste de tes vêtements.

Il s'appuya contre le matelas pour ôter ses chaussettes.

— J'espère que cela signifie que tu vas te débarrasser de ta chemise…

Elle interrompit ce qu'elle faisait et fit tout un spectacle en relevant le vêtement au-dessus de sa tête. Lorsqu'elle leva les bras, son ventre s'étira, attirant l'attention de Simon sur ses seins. Il se languissait de poser la bouche sur elle. Elle lança sa chemise hors du lit et lui adressa un regard sensuel avant de retirer la bassinoire et de la déposer dans l'âtre.

Bougeant plus vite, Simon acheva de se déshabiller. Alors qu'elle revenait, il tendit la main vers elle, enroulant son bras autour de sa taille et l'attirant vers lui. Il l'embrassa encore, mordillant sa lèvre inférieure, avant de la lécher et de glisser sa langue à l'intérieur. Elle se colla contre lui, et il saisit sa nuque, plongeant ses doigts dans ses cheveux et la tenant fermement. Il tira sa tête en arrière, et elle se cambra pour lui, tendant le cou comme si c'était un délicieux festin pour ses yeux et sa bouche. Il embrassa et lécha sa chair, incapable de se rassasier d'elle.

Diana agrippa la tête de Simon, soupirant et gémissant jusqu'à ce qu'il dirige sa bouche vers sa poitrine. Puis elle aspira brusquement de l'air, signe de sa surprise.

Il entoura son mamelon et plaça sa main gauche en dessous pour le saisir, le tenant captif de sa bouche et de sa langue. Il taquina sa chair, la léchant et la suçant, la conduisant au bord du précipice.

Elle dit son nom encore et encore. Il la souleva à nouveau pour la déposer sur le lit, puis continua à accorder toute son attention à ses seins. Elle maintint sa tête contre elle tandis que son corps se tordait et se cambrait, avide de son contact.

Il fit courir ses doigts le long de son abdomen et trouva les boucles entre ses jambes. Elle était chaude et humide, et elle cria quand il toucha ses replis intimes. Il releva la tête et regarda son visage. Elle avait les yeux fermés, les lèvres entrouvertes, et le cou étiré. Elle était l'incarnation du ravissement. Le désir personnifié.

— Diana, ouvre les yeux.

Ses cils papillonnèrent avant que ses paupières ne se soulèvent et ne révèlent le bleu profond de ses iris.

— Je ne voulais pas te choquer. Je vais mettre ma bouche sur toi, ici.

Il caressa son sexe et glissa son doigt dans son fourreau soyeux.

Elle écarquilla brièvement les yeux.

— Comme je l'ai fait avec toi.

— C'est comparable, mais pas tout à fait la même chose, bien sûr.

Il ne put s'empêcher de sourire.

— Merci de me l'avoir dit. Cela aurait été assez choquant.

Ses hanches se soulevèrent, encourageant la poussée de son doigt. Il fut ravi de la contenter et en utilisa deux pour la combler. Elle planta ses doigts dans les draps de chaque côté d'elle, et elle haleta.

Il s'abaissa et suça son clitoris tout en continuant à la tourmenter avec sa main. Il retira ses doigts et les remplaça par sa langue, glissant en elle pour goûter à sa douceur. Elle gémit puis cria son nom, plongeant une main dans les cheveux de Simon.

Il releva brièvement la tête.

— Cet orgasme pourrait être plus puissant que les autres que tu as connus. En tout cas, je vais faire de mon mieux pour qu'il en soit ainsi.

— *Simon.*

Elle repoussa sa tête vers le bas, et il sourit avant de

grimper sur le lit et de s'installer entre ses jambes. Il était temps de lui faire perdre la raison.

Il ramena les cuisses de la jeune femme sur ses épaules et s'enfouit dans son sexe, le léchant, le suçant, l'embrassant. Elle se tortilla contre le lit alors qu'il poursuivait sans relâche, la rapprochant toujours plus du précipice. Elle cria encore et encore, sa voix montant de plus en plus haut. Il la combla à nouveau de ses doigts, et continua ses mouvements jusqu'à ce qu'il sente ses muscles se contracter autour de lui. Usant de sa bouche une fois de plus, il la fit basculer dans l'extase, ne s'arrêtant que lorsque les frissons qui agitaient son corps se calmèrent.

Il s'essuya la bouche et s'assit, fixant la beauté pâle de son corps baigné par la lumière du feu. Ses seins étaient tendus, les mamelons formant des pics durs et roses. Sa poitrine se soulevait et s'abaissait rapidement pendant qu'elle reprenait son souffle.

Il se pencha en avant et embrassa la peau au-dessus de son monticule, faisant glisser sa langue par-dessus son nombril et plus haut encore, jusqu'à se trouver sous son sein. Doucement, il caressa sa peau du bout des doigts, effleurant son mamelon tout en le léchant. Puis il l'aspira dans sa bouche et prit son sein dans sa main. Il se retira, puis souffla sur la chair avant de la sucer à nouveau. Il répéta ces gestes plusieurs fois avant de passer à l'autre sein auquel il prodigua les mêmes soins. Pendant tout ce temps, la poitrine de la jeune femme poursuivait sa cadence, des respirations profondes, mais un peu rapides alors que son excitation reprenait de plus belle.

Il avait du mal à contrôler la sienne. Son sexe bouillonnait du désir de s'enfoncer en elle. Bientôt. Il ne voulait pas aller trop vite. Pas pour cette première fois. En fait, il se demandait si elle n'en avait pas eu assez.

— Veux-tu que nous poursuivions ? Je ne veux pas te bouleverser.

Elle ouvrit les yeux et les plissa en le regardant.

— Je vais te répéter ce que j'ai dit plus tôt. Tu m'as fait attendre jusqu'à ce que nous soyons mariés. Nous sommes mariés. Je refuse d'attendre plus longtemps.

— Cette première fois ne sera peut-être pas aussi agréable que tout ce qui a précédé, lui dit-il.

Il avait une expérience avec une vierge, Miriam. Il ne voulait pas penser à elle à cet instant, mais il était presque impossible de ne pas le faire. Leur nuit de noces s'était révélée plutôt désastreuse.

Diana tendit la main pour caresser son torse.

— Pourquoi ? Tu m'as dit que ma mère avait menti, que ce n'était pas désagréable.

— Ça ne l'est pas. Du moins, pas après la première fois, et pas si tu es avec un homme qui sait comment faire en sorte que tu prennes du plaisir. Beaucoup d'hommes ne le font pas.

— Alors, je suis doublement heureuse de t'avoir épousé.

Il l'était aussi. Plus qu'il ne l'aurait cru possible. Mais comment lui expliquer cela ?

— La première fois peut être… inconfortable pour une femme, car sa chair n'est pas habituée à être… envahie, dirais-je.

Il grimaça, il n'aimait pas sa manière de le formuler.

— Est-ce que cela va être douloureux ?

Il songea à Miriam, qui avait éprouvé une certaine douleur, mais garda les traits impassibles.

— C'est possible. Mais cela devrait s'estomper relative-ment vite.

— Tu le sais d'expérience.

Ce n'était pas une question, alors il ne ressentit pas le besoin de répondre. Il lui adressa un très léger hochement de tête.

Elle posa sa paume à plat sur sa peau et fit remonter sa main jusqu'à la nuque de Simon. Elle l'attira vers elle.

— Je suis sensible à ta bienveillance et à tout ce que tu as fait pour me préparer, et pour me procurer du plaisir. Je ne doute pas que tu prendras toutes les précautions nécessaires, et je ne vois aucun homme avec qui je préférerais partager ce moment. Maintenant, montre-moi ce qu'il faut faire avant que je te renverse et que j'invente au fur et à mesure.

Il éclata de rire.

— Comme tu l'as fait à la tour Beaumont ? Si c'est le cas, alors je m'abandonne volontiers à toi, lui dit-il, plissant les yeux avant de l'embrasser vite, mais passionnément. Mais pas ce soir. Ce soir, tu es à moi, et je vais te montrer à quel point.

CHAPITRE 13

*D*iana frissonna devant la promesse que contenait son regard séducteur. Il l'avait rendue un peu nerveuse un instant plus tôt. Après tout ce qu'on lui avait fait croire sur le sexe, il était facile de céder à l'appréhension. Mais tout ce qu'il lui avait enseigné jusqu'à présent avait été si merveilleux, chaque expérience se révélant meilleure que la précédente… Elle savait que ce ne serait pas différent cette fois.

Et si c'était le cas… elle était de toute manière allée trop loin pour renoncer maintenant.

Simon l'embrassa à nouveau et toute gêne ou déception potentielle disparurent de son esprit. Elle ne croyait pas possible de se lasser un jour de l'embrasser. Chaque baiser était différent. Doux et sucré. Dur et exigeant. Généreux et provocant. Celui-ci était un mélange de tout, sa langue plongeant profondément dans sa bouche tandis que ses lèvres jouaient sur les siennes.

De ses doigts, il caressa son sexe, ravivant le désir palpitant qu'elle avait assouvi peu de temps auparavant. Elle aimait la sensation de lui au-dessus d'elle, leurs corps appuyés l'un contre l'autre, aussi intimes que deux personnes pouvaient l'être.

Le membre de Simon se logea entre ses cuisses.

Ils n'étaient peut-être *pas* aussi intimes que deux personnes pouvaient l'être.

Simon éloigna sa bouche de celle de Diana.

— Tu peux me toucher, si tu veux.

Oui, elle en avait envie. Elle passa ses mains sur ses épaules et son dos, appréciant le contact de sa peau lisse, puis elle descendit plus bas, caressant la courbe de ses fesses. Cela lui semblait scandaleux, presque interdit, mais c'était plutôt banal en réalité, quand elle pensait aux autres choses qu'elle avait déjà faites.

— Je voulais parler de mon membre.

Il plaqua ses hanches contre celles de la jeune femme, installant fermement son érection le long de son sexe. Sa présence éveilla un besoin désespéré, pas seulement celui de jouir, mais aussi celui d'être comblée. Comme il l'avait fait avec ses doigts.

Elle retira sa main de sa hanche et la glissa entre eux, jusqu'à trouver sa verge, puis elle la referma autour de la base, plongeant son regard dans celui de son mari. Il avait le visage tendu, les yeux sombres comme le péché.

— Comme ça ? lui demanda-t-elle.

— Exactement comme ça.

Sa voix était dure et rauque, excitante à elle seule, ce qui semblait ridicule.

Elle le caressa une fois, lentement, puis encore, et encore. Il gémit avant de l'embrasser à nouveau. Puis il posa la main sur celle de Diana, guidant son membre vers l'intimité de la jeune femme.

— Ouvre un peu plus tes cuisses, murmura-t-il contre ses lèvres.

Elle fit comme il lui demandait, et le sentit glisser lentement en elle. Il hésita, écartant sa bouche de la sienne.

— Je t'en prie, dis-moi si tu as mal, ou si tu veux que je m'arrête.

Elle n'imaginait pas voir l'une ou l'autre option se produire. C'était comme si on l'étirait, mais pas de façon désagréable. Puis il appuya son pouce sur son clitoris, et l'extase commença à monter.

Il glissa plus loin en elle, et cette sensation d'être comblée, d'en vouloir plus, prit le dessus. Instinctivement, elle souleva les hanches puis les jambes et les enroula autour des cuisses de Simon.

— Bon sang, Diana ! Comment… ?

Il n'acheva pas sa question et s'enfouit profondément en elle. Ce n'était pas douloureux, mais elle ressentit effectivement un peu d'inconfort. L'impression d'être étirée s'intensifia à mesure que son corps s'efforçait de s'habituer à sa présence.

— Est-ce que tu vas bien ? demanda-t-il d'une voix tendue, comme si c'était lui qui souffrait.

— Oui, et toi ?

Il laissa échapper un rire bref.

— Oui. Je vais bouger maintenant, Diana. J'en ai besoin. Je vais essayer d'y aller doucement, mais bon sang, c'est tellement bon d'être en toi ! Je ne sais pas si je pourrai m'en empêcher.

— De faire quoi ?

— De te prendre à fond, lui déclara-t-il avant de l'embrasser encore. Mes excuses, c'était plutôt grossier. Mais lorsqu'un homme est enfoui à l'intérieur de sa femme et qu'elle est aussi éblouissante et envoûtante que toi, il n'y a rien qu'il ne veuille plus faire que se perdre dans la béatitude sexuelle.

— Alors, n'hésite pas, vas-y, l'encouragea-t-elle en serrant son postérieur, parcourant sa lèvre inférieure de sa langue. *Jouis pour moi, Simon. Jouis pour moi.*

Il lui saisit le cou et l'embrassa, plongeant sa langue dans sa bouche, imitant les mouvements de son membre dans son intimité. Il commença à remuer les hanches dans un mouvement de va-et-vient. L'inconfort commença à s'estomper, et une fois encore, le plaisir enfla.

Il rompit leur baiser.

— Remonte tes jambes. Sur ma taille.

Elle lui obéit, et elle fut récompensée quand il la pénétra plus profondément encore. L'inconfort revint le temps de quelques allers-retours, mais elle s'habitua de nouveau à la sensation, et le plaisir refit son apparition.

— Diana. Mon Dieu !

Les gémissements de Simon emplirent la pièce et ses mouvements se firent plus vifs, son membre la comblant avec une délectable précision.

Elle leva les hanches pour aller à sa rencontre, avide de sentir la pression de son corps contre elle et en elle. Ce fut une sensation des plus étonnantes lorsqu'elle chercha à atteindre un nouvel orgasme qui l'emporterait.

Il se raidit, puis cria. Avait-il joui ? Non, il continuait ses va-et-vient. Elle était si proche elle aussi… Mais alors il commença à ralentir. Sa respiration était rauque et irrégulière. Simon embrassa Diana sur le front, la joue, les lèvres.

— As-tu fini ? lui demanda-t-elle.

Il prit un moment avant de lui répondre.

— Bon sang… Tu n'as pas eu d'autre orgasme, si ?

Elle secoua la tête, déçue. Le désir qui palpitait encore dans son sexe avait légèrement diminué, mais il était toujours là, lui rappelant à quel point elle avait été proche.

— J'ai cru que j'allais en avoir un, mais ce n'est pas arrivé.

— Je vais apprendre à mieux connaître ton corps, et cela n'arrivera plus.

Il se glissa hors de son corps et posa la main sur elle, reproduisant les gestes qu'il avait faits à la tour Beaumont, massant vigoureusement son clitoris avant de plonger ses doigts en elle.

Elle ressentit à nouveau une gêne, mais ensuite il se concentra sur son clitoris, et le plaisir surgit. L'extase enfla alors qu'elle se soulevait du lit pour se presser contre sa main. Il accéléra le rythme, la conduisant au bord du gouffre. Alors elle lâcha complètement prise.

Une lumière blanche clignota derrière ses paupières tandis qu'elle criait et gémissait. Il resta avec elle, la guidant pour revenir, l'embrassant doucement.

— C'est mieux ? murmura-t-il.

— Tellement. Merci.

Quand elle fut immobile, il remonta la couverture et la prit dans ses bras.

— Dors, maintenant, mon épouse. Et si tu n'es pas trop endolorie et que tu peux encore supporter de me voir au matin, nous pourrons recommencer.

— Ça me plairait.

Ils se turent pendant plusieurs minutes, alors que leurs respirations revenaient à la normale, et elle se demanda s'il était en train de s'endormir.

Elle bâilla alors que le sommeil tentait de la rattraper. Mais elle n'était pas tout à fait prête à succomber. Elle voulait se prélasser dans ce moment qu'il lui avait offert. Jamais elle ne s'était sentie aussi choyée, aussi valorisée, aussi désirée.

Elle l'embrassa doucement sur la bouche.

— Bonne nuit, mon mari.

Elle regarda l'anneau de fer à son doigt. Il lui semblait à peine moins étrange qu'auparavant. Un sentiment d'émerveillement se répandit en elle tandis qu'elle écoutait sa respiration profonde et régulière. Elle s'était résignée à se marier. Mais elle n'avait pas imaginé que ce serait avec cet homme.

Et elle ne s'était pas non plus attendue à en avoir envie. À avoir envie de *lui*.

Il y avait pourtant encore tant de choses qu'elle ignorait à son sujet, qui concernaient sa famille, son passé, et bien évidemment sa femme. Sa *première* femme. Elle savait qu'il y avait davantage à dire sur cette tragédie et espérait qu'il finirait par lui faire suffisamment confiance pour le partager.

Lui feras-tu assez confiance pour lui révéler tes secrets ?

Elle frissonna en évoquant cette question tacite sortie des recoins de son esprit et se blottit contre lui. Simon resserra les bras autour d'elle, et elle accueillit ce sentiment de sécurité qu'elle commençait à connaître.

Oui, peut-être pourrait-elle lui faire confiance, et lui avouer tout ce qu'elle avait cherché à cacher. Et peut-être qu'elle pourrait lui confier son cœur.

~

Le voyage en direction du sud jusqu'à Lyndhurst constitua la quinzaine la plus heureuse dont Simon ait souvenir. Ils s'étaient arrêtés à Oxford pour Noël, où ils avaient passé plusieurs jours à acheter de nouveaux vêtements pour Diana, des cadeaux pour son personnel et, bien sûr, à s'explorer mutuellement au lit. Ses règles étaient arrivées deux jours après le mariage ; ainsi, lorsqu'ils avaient atteint Oxford, ils étaient plus qu'impatients de reprendre leurs divertissements conjugaux.

Mais à présent que Lyndhurst se profilait à l'horizon, l'estomac de Simon commençait à faire des siennes. À dire vrai, son inquiétude avait débuté la veille au soir. Il savait que c'était la dernière fois qu'il avait Diana pour lui tout seul et que le lendemain, il devrait l'escorter dans une maison qu'il exécrait.

La berline tourna dans l'allée bordée de chênes, dont les

branches nues formaient une voûte au-dessus de leur tête. C'était presque comme conduire à travers un squelette. Si on avait un esprit morbide. Et apparemment, c'était le cas de Simon.

Il prit une profonde inspiration alors qu'ils approchaient du virage menant à l'avant de la maison. Diana posa une main sur son bras, et lorsqu'il tourna la tête, les yeux de sa femme brillaient d'un enthousiasme chaleureux.

— J'ai hâte de voir ta maison.

Ils en avaient parlé au cours des jours précédents, mais pas en profondeur. Chaque fois qu'ils abordaient le sujet, il luttait pour maintenir son équilibre et trouvait invariablement un moyen de parler d'autre chose. Mais aujourd'hui ils étaient là, et il ne pouvait éviter le passé, et il était sur le point de le frapper en pleine face.

Simon se tourna vers sa femme.

— Diana, cela pourrait être difficile pour moi…

Elle pressa ses lèvres contre celles de son mari, et murmura :

— Chut. Tu n'as pas à dire quoi que ce soit. Pas maintenant. Mais sache que je suis là, avec toi.

Elle lui donna un autre baiser, et il éprouva une gratitude infinie pour sa présence.

La berline s'arrêta et la porte s'ouvrit rapidement… trop rapidement au goût de Simon. Tinley sortit le marchepied, et le duc descendit du véhicule. La façade familière l'accueillit, avec son majestueux extérieur de style jacobéen. Sous le portique, il aperçut son majordome, Lowell, debout devant la porte ouverte.

Un vent vif menaça d'emporter le chapeau de Simon alors qu'il se retournait pour aider Diana à descendre de la berline. La brise fouetta les rubans sous son menton, et elle les écarta de son visage.

Elle leva des yeux admiratifs.

— Lyndhurst est magnifique. Et immense.

La structure originale avait été construite au début du XVIIᵉ siècle. Le grand-père de Simon l'avait agrandie et avait entrepris des réparations et restaurations considérables.

Il posa la main de Diana sur son bras, et la conduisit à l'ombre du portique. Lowell était un grand homme aux épais cheveux bruns et au comportement sérieux, qui approchait de la trentaine, ce qui était plutôt jeune pour un majordome. Il exécuta une profonde révérence.

— Bienvenue à la maison, Votre Grâce, le salua-t-il avant de faire une seconde révérence pour Diana. Nous sommes heureux de vous accueillir, Votre Grâce.

Simon leur avait fait savoir qu'il s'était marié. Il se demandait ce qu'en pensait son personnel, tout en se disant que cela n'avait pas vraiment d'importance. Ce qui était fait était fait. Et il n'éprouvait aucun regret. Du moins à ce sujet.

— Merci, Lowell.

Diana lui offrit un sourire chaleureux. À Oxford, tandis qu'ils cherchaient des cadeaux pour le personnel, elle avait pris soin de demander les noms de tout le monde, et pas seulement de ceux qui occupaient les postes les plus élevés. Elle avait même voulu savoir combien de domestiques travaillaient comme fille de cuisine. Simon n'en avait pas la moindre idée.

Alors qu'ils avançaient vers le seuil, l'intendant, Nevis, les salua. Homme avenant et d'une intelligence vive, il servait à ce poste depuis bien avant la naissance de Simon, et avait été un ami proche et de confiance de son père.

— Bienvenue à la maison, Votre Grâce. Le personnel est rassemblé.

— Merci, Nevis. Diana, voici mon intendant. Nevis, Sa Grâce, la duchesse de Romsey.

Il l'avait présentée à plusieurs reprises depuis Gretna, mais ce titre paraissait toujours étrange sur sa langue. Il avait connu deux duchesses de Romsey : sa mère, et Miriam. Il lui fallait un certain temps d'adaptation pour se dire qu'il y en avait une troisième et qu'il s'agissait de Diana. Il aurait presque voulu pouvoir recommencer à l'appeler Kitty Byrd.

Cette idée suffit à alléger le poids sur sa poitrine. Au moins pour un moment.

Puis il pénétra dans le grand hall, avec ses sols en marbre étincelants et son impressionnante galerie de peintures sur les murs, et il eut le souffle coupé. Le personnel était aligné devant lui, mais son regard ne pouvait s'empêcher de s'égarer sur la droite où le grand escalier menait au premier étage. Mon Dieu ! Il haïssait cette pièce.

La porte se referma dans leur dos, et Lowell passa devant eux dans le hall. Il s'adressa au personnel.

— Je vous présente Sa Grâce, la duchesse de Romsey.

Ils étaient rangés de la gouvernante aux filles de cuisine, qui étaient au nombre de deux, en passant par les valets de pied. Ce n'était que le personnel interne, bien sûr. Chacun d'entre eux s'inclina et fit la révérence à Diana.

Elle s'avança, commençant par le début de la ligne, et prit le temps de rencontrer chaque domestique, passant un moment à leur parler un par un. Simon supervisa l'arrivée des cadeaux qu'ils avaient apportés, que Tinley géra avec l'aide d'un des palefreniers.

Après avoir salué tout le monde, Diana fit un geste vers la pile de cadeaux sur une table qui avait été installée dans le coin.

— Nous étions navrés de ne pas être là au lendemain de Noël, mais nous avons apporté des cadeaux pour nous rattraper. Sachez combien nous apprécions vos services.

C'était comme si elle était duchesse depuis des années, pas des jours. D'un autre côté, Simon savait qu'on l'avait formée à cela et à rien d'autre. Son père, cette ordure, aurait été très fier d'elle.

Diana retira son chapeau et ses gants et les remit à l'une des femmes de chambre, puis supervisa la distribution des cadeaux avec la gouvernante, Mme Marley.

Lowell s'approcha de Simon pour lui prendre ses affaires à son tour.

— Votre lettre indiquait que Sa Grâce aurait besoin des services d'une femme de chambre. Deux des servantes ont postulé, et j'ai choisi Mlle Banford. Cela vous convient-il ?

Simon n'en avait aucune idée. La plupart des membres du personnel étaient arrivés au cours des deux dernières années, et il n'avait pas pris la peine d'apprendre leur nom. Beaucoup des anciens employés étaient partis après la mort de Miriam. À l'exception d'un petit nombre, ils avaient préféré prendre de nouvelles fonctions plutôt que de rester et de porter la marque du scandale. Lowell était l'un de ces rares ; il était le valet de pied en chef lorsque l'ancien majordome était parti. Nevis l'avait promu avec le consentement de Simon. Son consentement ? Après la mort de Miriam, il avait même du mal à déterminer quel jour on était. Il avait donné carte blanche à Nevis pour gérer les choses comme il le fallait.

Simon ne savait même pas qui était Banford parmi les femmes alignées dans le hall.

— Je suis sûr qu'elle fera l'affaire. La duchesse n'a pas de grandes exigences.

Lowell inclina la tête.

— Je me demande si nous pourrions programmer une réunion pour demain, Monsieur. J'aimerais porter certaines choses à votre attention.

— Quelque chose ne va pas ?

— Pas du tout, Monsieur. Vous êtes parti depuis un certain temps, et j'ai pensé que vous aimeriez être informé des changements de personnel et du fonctionnement de la maison.

Bien évidemment. Bon sang, quel mauvais duc il faisait !

Son regard se porta sur Diana qui se déplaçait le long de la ligne. Elle, contrairement à lui, était déjà une excellente duchesse. Peut-être devrait-elle rencontrer Lowell à sa place.

— La duchesse devrait-elle se joindre à nous ? s'enquit Simon.

— Elle pourrait si vous le souhaitez. Cependant, je soupçonne qu'elle va rencontrer Mme Marley. Je sais que la gouvernante avait l'intention de lui faire découvrir convenablement Lyndhurst dès que Sa Grâce le souhaiterait.

C'était tout à fait logique.

— Merci, Lowell.

Le majordome s'inclina et alla aider avec les cadeaux.

Simon s'était tourné de sorte d'être dos à l'escalier. S'il ne le voyait pas, peut-être que sa tension s'apaiserait. Oui, et peut-être aussi que la haute société l'accueillerait avec des fleurs et une fanfare quand Diana et lui se rendraient à Londres. Il ravala un rire moqueur devant la probabilité que l'une ou l'autre de ces choses se produise.

Diana s'approcha de lui. Les rides étaient de retour entre ses yeux.

— Tu étais destinée à être duchesse, lui dit-il, espérant atténuer l'inquiétude gravée sur ses traits.

— Mes parents m'ont élevée dans ce but, répondit-elle avec ironie. Ton personnel semble bien organisé et parfaitement formé. Je dois rencontrer Mme Marley demain, à moins que tu n'aies d'autres projets ?

Comme s'en aller ? Il venait juste d'arriver, et il était prêt à fuir. Combien de jours avait-il passés ici depuis la mort de Miriam ? S'il essayait, il pourrait sans doute les compter aisément.

Les rides entre les yeux de Diana se creusèrent, et elle fit la moue.

— Simon, tu es un peu pâle, remarqua-t-elle en lui touchant la joue. Est-ce que tu te sens bien ?

Non, il se sentait atrocement mal.

— Ça va.

Elle regarda par-dessus son épaule, et il sut qu'elle observait l'escalier. Ou peut-être simplement le sol au bas de celui-ci.

— Cela ne doit pas être facile pour toi de m'amener ici.

Il tourna légèrement la tête, suivant son regard.

— Ce n'est jamais facile de revenir ici. Voilà pourquoi je le fais rarement. Ta présence ici ne change rien, ni en bien ni en mal.

— Je ne sais pas si je dois me sentir soulagée ou insultée, murmura-t-elle.

Il riva son regard sur celui de Diana.

— Qu'est-ce que j'ai dit ?

Elle lui toucha le bras.

— Peu importe. J'essayais d'apporter un peu d'humour, mais c'est raté.

La bienveillance de sa femme le touchait énormément. Il ne savait toujours pas ce qu'il avait fait pour la mériter.

— Moi aussi je choisirais l'humour plutôt que la dépression. Cependant, c'est parfois difficile.

C'était plus que ce qu'il avait jamais confié à quiconque.

Elle lui frotta l'avant-bras dans un geste rassurant.

— Je sais que tu avais l'intention de me faire visiter la maison à notre arrivée, mais je crois que je préférerais que nous allions directement dans nos appartements pour nous reposer. Est-ce que cela t'irait ?

Une fois encore, elle avait anticipé ce qu'il voulait.

— Comment fais-tu cela ? lui demanda-t-il d'un ton doux.

— Faire quoi ?

La question semblait innocente, mais elle connaissait sans nul doute la réponse.

— Tu sais ce dont j'ai besoin, parfois même avant que moi je le sache.

Elle leva une épaule.

— J'ai appris à te connaître. Nous avons passé beaucoup de temps ensemble.

Effectivement. Et il était reconnaissant pour chaque instant passé avec elle.

Simon fit signe à Lowell de venir le voir, et il informa le majordome de leurs plans. Il demanda qu'ils ne soient pas dérangés, et que le dîner soit prêt à dix-neuf heures.

Puis il pivota vers les escaliers et marqua un temps d'hésitation. Sa bouche s'assécha quand il fixa l'endroit où Miriam était tombée. Il ne voyait rien d'autre que le sang sur le sol, disparu depuis longtemps, qui s'écoulait de sa blessure à la tête. Il n'avait aucun souvenir de la chute, et il en était ravi. Il imaginait sans peine le son horrible qu'elle avait dû faire, et en avoir le souvenir dans son esprit aurait été une véritable torture.

Diana lui prit le bras et le serra doucement. Puis elle se mit à marcher.

Simon se concentra sur les marches devant lui, et fit le vide dans son esprit. Il avança rapidement, montant sans doute trop vite pour elle, mais c'était plus fort que lui. Il tourna sur le palier et courut pratiquement dans la dernière volée de marches.

Quand ils arrivèrent en haut, il ralentit, mais elle tirait aussi sur son bras.

— Je ne peux pas aller aussi vite. Je pourrais trébucher.

Il se figea un instant, saisi d'une terreur glaciale alors qu'il se retournait vers les escaliers. Il la tira en avant, loin de la dernière marche, et la conduisit sur la gauche en contournant la balustrade qui donnait sur l'escalier. Il la dévisagea longuement, partagé entre l'envie de la plaquer contre sa poitrine et celle de la fuir avant de provoquer une nouvelle tragédie.

Diana prit le visage de son mari entre ses mains.

— Respire avec moi, Simon. Je vais bien. Tu vas bien. Ce sont des escaliers. Il nous faudra les emprunter tous les jours. À moins que tu ne veuilles entreprendre des rénovations et déplacer notre chambre à coucher en bas. Je serais heureuse de te soutenir dans ce projet.

Le ferait-elle ? Évidemment que oui. Elle avait toujours fait preuve de prévenance face à son désespoir, qu'il s'agisse de percevoir sa réaction face aux enfants Taft à Brereton ou de comprendre sa peur de son propre maudit escalier.

— De quel côté se trouve notre chambre ? lui demanda-t-elle doucement.

Simon se secoua de la pénombre de son esprit et fit un geste vers la droite.

— Dans le coin arrière.

Il prit la main de Diana ; il avait besoin de la chaleur et de la pression de son contact.

Il la conduisit dans leurs appartements.

— Voici le salon, lui indiqua-t-il, bien que cela ne fût pas nécessaire. J'ai l'habitude de prendre mes petits déjeuners ici.

Il essayait de ne pas penser à ceux qu'il avait partagés avec Miriam. Il l'imaginait sans peine assise au bureau devant la fenêtre, en train de rédiger une lettre pour sa mère.

Clignant rapidement des yeux, il entra dans la chambre à coucher. Elle était complètement différente de la dernière fois qu'il l'avait vue. Il avait demandé à Nevis de superviser sa rénovation. Tout était neuf, de la peinture au lit en passant par le tapis. Avant, elle était bleue. Aujourd'hui, elle était verte. En fait, les tentures du lit lui rappelaient la chambre de Shakespeare à la tour Beaumont. Parfait. C'était un bien meilleur souvenir.

Il ignorait combien de temps il était resté là à observer les changements, mais il ne remua pas jusqu'à ce que Diana lui touche le dos.

— Simon ?

Il tourna la tête.

— Mmmh ?

— Est-ce que cela te convient ? Ma présence ici ?

— À quel autre endroit voudrais-tu être ?

Elle haussa les épaules.

— Je ne sais pas. Je pourrais prendre une autre chambre.

Il secoua la tête.

— Non. Sauf si c'est ce que tu veux.

— Je partage un lit avec toi depuis des semaines maintenant. Ces quelques jours où nous avons dormi séparément entre la tour Beaumont et Gretna étaient plutôt contrariants.

Elle lui adressa un regard envoûtant. Ses yeux pétillaient et les commissures de ses lèvres se relevaient à peine.

Il se détendit un peu, touché par les efforts qu'elle faisait pour tenir les ténèbres à distance.

— Cette chambre ira très bien. J'ai chargé Nevis, mon intendant, de superviser la rénovation de plusieurs pièces depuis… depuis la mort de Miriam.

Simon se rendit compte que c'était la première fois qu'il prononçait son prénom devant Diana.

— Je vois. J'aime le vert. Il me rappelle ta chambre chez ma cousine.

Il sourit.

— J'ai pensé la même chose. Et Dieu sait que j'ai de bons souvenirs de cette chambre !

Elle rougit.

— Quels autres endroits ont été rénovés ?

— Les escaliers en premier lieu. Les rambardes ont été changées, elles étaient dorées avant. Et toutes les œuvres d'art ici et dans le hall d'entrée ont été déplacées, pour que l'endroit semble différent.

— C'était une sage décision, déclara-t-elle en se rapprochant de lui, l'air hésitant. Simon, as-tu envisagé de ne pas vivre ici ?

Chaque satané jour.

— On pourrait arguer que je n'y vis pas. Comme tu le sais, j'ai passé une grande partie de ces deux dernières années à voyager. Ou je séjourne à Londres pour les sessions du Parlement. Je suis resté ici une nuit après avoir quitté la partie de campagne en octobre, et avant cela, j'ai dû en passer quatre ou cinq au cours de l'été.

Diana toucha la main de Simon, glissant ses doigts entre ceux de son mari.

— Nous ne sommes pas obligés de rester.

— Bien sûr que si. Au moins pour quelques jours, peut-être une semaine. Un duc devrait sans doute s'occuper de son domaine.

Elle se rapprocha jusqu'à ce que leurs poitrines se touchent presque.

— Je ne veux pas que tu souffres.

Il s'émerveilla de son empathie.

— Comment est-ce possible que tu sois aussi gentille ? Tu sais ce qui s'est passé ici, ce que j'ai fait.

— Pas entièrement, protesta-t-elle. Je sais que ta première femme est tombée, que les gens t'en tiennent pour responsable, et que tu n'as aucun souvenir de ce qui est arrivé. Cela ressemble à une terrible tragédie. Parfois, personne n'est en faute.

En toute logique, il savait qu'elle avait raison, mais ce n'était pas le cas ici. Apparemment, il s'était disputé avec Miriam, mais il ne comprenait pas pourquoi. Ils ne se disputaient jamais. S'il était vrai que personne ne pouvait affirmer avec certitude qu'il avait causé sa mort, il semblait pourtant qu'il l'avait fait. Il fallait qu'il raconte tout cela à Diana, mais les mots restèrent figés sur sa langue. Elle se montrait si compréhensive, si généreuse dans sa foi… Il voulait se prélasser dans sa lumière.

Il comprit que c'était à cela que ressemblait l'amour. Il le savait, parce qu'il avait aimé Miriam. Il avait eu envie de passer chaque minute auprès d'elle, de s'améliorer en restant dans son orbite. Mais comment pouvait-il aimer quelqu'un d'autre qu'elle ? Il avait juré de ne pas le faire. Il pouvait apprécier, respecter et admirer Diana. Il ne pouvait pas l'aimer.

Sa poitrine lui faisait mal tant la situation était injuste.

Soudain, il se sentit las de réfléchir, de souffrir. Il voulait ressentir quelque chose de bon. Et il voulait oublier. Il referma les mains autour de la taille de Diana et l'attira tout contre sa poitrine. Il abaissa sa bouche vers la sienne et s'empara de ses lèvres.

Une fois de plus, elle sembla comprendre exactement ce dont il avait besoin. Elle fit glisser la veste de Simon de ses épaules, la laissant tomber à terre, puis dénoua sa cravate, tirant la soie autour de son cou. Quand sa chemise s'ouvrit, elle passa les mains sous le tissu pour caresser ses clavicules, enroulant les doigts autour de sa nuque.

La langue de la jeune femme plongea dans sa bouche, cherchant et réclamant ce qu'il lui offrait librement. Elle s'était montrée très aventureuse et aguichante dans leur lit conjugal. Il avait espéré trouver une adéquation comme celle-ci une fois, mais deux fois ?

Non, ce n'était pas la même chose qu'avec Miriam. Ce n'était pas possible.

Et ce n'était pas le cas. Il y avait quelque chose de plus féroce chez Diana : elle était le courage, le feu et la beauté, le tout enveloppé dans un petit paquet stupéfiant. Elle était, comme il le lui avait dit à plusieurs reprises, incomparable.

La culpabilité familière le tirailla, plus vivement que ces derniers jours, sans doute à cause du retour à Lyndhurst. Mais peut-être qu'avec Diana et ce lien physique exceptionnel entre eux, il pourrait commencer à chasser les fantômes de son passé.

Elle s'éloigna doucement de ses lèvres, posant les siennes sur sa mâchoire, puis dans son cou. Ses doigts s'attaquèrent rapidement aux boutons de son gilet, les défaisant avec une grande dextérité. Puis le vêtement glissa de ses épaules pour rejoindre la pile croissante de ses habits sur le sol.

— Duchesse, seriez-vous en train de me séduire ? murmura-t-il.

Elle dégagea l'ourlet de sa chemise de sa ceinture et passa la main sous le tissu, caressant la surface dure de son abdomen.

— Veux-tu que j'arrête ?

— Jamais.

Il posa une main sur la nuque de sa femme. Et il plaqua de nouveau sa bouche contre la sienne. Spontanément, il murmura :

— Fais-moi oublier.

Sa supplique était sombre et éraillée, comme les bords d'un cœur qui aurait été fendu en deux.

Mais peut-être pouvait-il être réparé.

CHAPITRE 14

Après le dîner de la veille, Simon avait fait visiter Lyndhurst à Diana. De nombreux travaux de rénovation avaient été réalisés au cours des deux dernières années, et elle se demandait si tout cela suffirait à rendre la vie ici tolérable pour lui. Elle n'en était pas convaincue.

Ce qu'elle voyait, en revanche, c'était que son nouvel époux était vraiment très riche. Cela pourrait suffire à calmer son père, mais elle en doutait. Elle ignorait quand et comment il allait déverser sa colère sur elle, car elle ne s'imaginait pas un instant qu'il allait se contenter de la féliciter pour sa fugue et lui souhaiter bonne chance.

Repoussant ces pensées désagréables, Diana quitta le salon où elle avait pris un excellent petit déjeuner avec Simon. Après avoir passé une charmante nuit avec lui aussi.

Elle rougissait encore en se remémorant leur intimité et la merveilleuse expérience qu'ils avaient vécue. Elle était maintenant obligée de se poser la question de savoir si les expériences de sa mère étaient vraiment aussi affreuses que ce qu'elle avait affirmé à Diana, ou si elle avait menti exprès pour la dissuader de laisser des célibataires l'embrasser lorsqu'elle était sur le marché du mariage. Malheureusement, la jeune femme était à peu près convaincue que c'était la première solution. Sa pauvre mère.

Peut-être devrais-je lui écrire, se dit Diana. Si elle avait toujours considéré sa mère comme complice de la cruauté de son père, elle comprenait également que cette femme n'avait pas vraiment le choix. Et à présent que Diana était mariée à un homme qui l'estimait et la respectait, elle se découvrait une immense sympathie pour cette femme.

Simon était déjà descendu pour retrouver son intendant et son majordome, tandis qu'elle avait rendez-vous avec la gouvernante, Mme Marley. Elles avaient prévu de se voir dans le bureau de cette dernière, situé près de la cuisine attenante à la maison principale. Alors qu'elle se dirigeait vers les escaliers menant au hall, elle ne put s'empêcher d'évoquer Simon et l'ancienne duchesse. Et, étant donné qu'elle-même éprouvait de la peine à imaginer sa femme dévaler les escaliers jusqu'à sa mort, Diana imaginait bien quelle torture c'était pour Simon d'être ici. Il n'y avait rien d'étonnant à ce qu'il passe autant de temps ailleurs.

Elle comprenait aussi pourquoi il parcourait cet espace en particulier aussi vite. Elle ne s'y attardait pas non plus.

Elle se hâta d'entrer dans le petit salon, puis dans le hall donnant sur la salle du petit déjeuner et qui menait au couloir vers les cuisines. Simon lui avait indiqué leur direction la veille, mais ils ne les avaient pas visitées.

Elle pénétra dans un vestibule desservant de nombreuses pièces, dont la plus grande était la cuisine principale devant elle. Mais avant qu'elle puisse s'avancer, Mme Marley l'approcha par la gauche.

— Bonjour, Votre Grâce.

La gouvernante lui adressa un sourire chaleureux. Elle était jeune pour occuper ce poste, à peine plus âgée que Diana, et elle avait des cheveux roux foncé et des yeux d'un brun profond. La duchesse avait remarqué que la majeure partie du personnel était plutôt jeune, à l'exception de l'intendant et de la cuisinière.

— Bonjour, madame Marley.

— Mon bureau est juste ici.

Elle conduisit Diana à travers le vestibule jusqu'à une porte donnant sur une petite pièce. Pas tellement plus grande qu'un placard, elle contenait un bureau et une chaise à dossier droit placés contre un mur, et une autre chaise sur le mur opposé. Il y avait également une commode et un petit foyer avec un feu brûlant doucement. Le seul éclairage provenait des flammes et d'une lanterne posée sur le bureau.

— Ce bureau est-il suffisant pour vos fonctions ? l'interrogea Diana.

— Oh oui, Madame. Je ne passe pas beaucoup de temps ici. Il y a beaucoup trop de choses à superviser dans une maison de cette taille.

— J'espère que vous ne m'en voudrez pas de vous dire cela, mais vous êtes très jeune pour occuper un tel poste. Vous devez être très douée.

Mme Marley rougit légèrement, mais son dos était droit et sa tête haute.

— J'ai toujours travaillé très dur et j'ai eu la chance de monter en grade. Malheureusement, j'ai sans doute été promue bien avant mon temps en raison de la tragédie qui s'est produite dans cette maison.

— Est-ce que beaucoup de membres du personnel sont partis ?

La gouvernante hocha la tête.

— Plutôt que d'être marqués par le scandale. J'ai envisagé de partir, mais j'aime beaucoup trop la famille. Je n'ai jamais travaillé ailleurs.

Diana comprenait ce genre de loyauté et était heureuse de l'entendre. Simon avait besoin de tout le soutien possible.

— Depuis combien de temps travaillez-vous ici ?

— Plus de dix ans, Madame.

— Et quand l'ancienne gouvernante est partie il y a deux ans, vous avez été promue.

Diana songea que c'était sans doute de cette manière que le majordome avait également obtenu sa position. Elle pensa à l'intendant et à la cuisinière, se disant qu'ils avaient dû rester en dépit de ce qui s'était produit.

— Vous me dites que beaucoup de membres du personnel sont partis, mais combien sont restés ?

Diana n'avait pas l'intention de faire de commérages, mais elle avait besoin de comprendre cette maison dont elle avait maintenant la responsabilité.

— Une des filles de cuisine, un valet de pied, et une partie du personnel extérieur. Plus M. Nevis et Mme Dodd.

L'intendant et la cuisinière, comme l'avait pensé Diana.

— Je suis reconnaissante à ceux d'entre vous qui sont restés, et je suis sûre que le duc l'est aussi.

Il ne leur avait sans doute jamais dit. Il n'était jamais là.

— Est-ce que cela a été… difficile, depuis ?

La maison semblait être bien organisée et bien gérée, mais là encore, en l'absence de Simon, comment le savoir vraiment s'ils ne posaient pas la question ?

— C'est différent. Sa Grâce est rarement là. Nous n'avons pas remplacé tout le personnel qui est parti. Il n'était pas nécessaire de le faire.

C'était logique.

— Eh bien, j'ai l'impression que vous gérez les choses de manière adéquate. Le duc et moi apprécions grandement votre service, et votre loyauté.

— C'est un honneur et un privilège de le servir, et vous également, Madame. Nous étions tous bouleversés par ce qui s'est passé avec la précédente duchesse. Nous voulons seulement que Sa Grâce retrouve le bonheur. À présent, il est remarié, et il semblerait que la grâce de Dieu lui ait souri, dit-elle avec un air réjoui, les yeux pétillants de joie. Nous ait souri à tous.

Diana ne pouvait pas contredire cette impression. Elle était simplement très heureuse d'entendre que le personnel était derrière Simon.

— J'aimerais voir les cuisines, si c'est possible ?

— Bien sûr ! Vous avez rencontré Mme Dodd hier. C'est probablement la personne la mieux placée pour vous montrer son domaine, lui murmura Mme Marley, telle une conspiratrice. Elle préférerait s'en charger. J'ai beau être plus gradée qu'elle, les cuisines sont son royaume, et je n'oserais pas interférer.

Elle fit un clin d'œil à Diana, une pointe d'humour dans le regard.

Celle-ci rit doucement.

— Je vois. Merci de m'en avoir informée.

Elle se rappelait le comportement assuré et peut-être légèrement taciturne de Mme Dodd hier. Elle n'était pas restée pour la distribution des cadeaux, arguant qu'elle et son personnel devaient retourner aux cuisines, faute de quoi il n'y aurait pas de dîner. Leurs cadeaux avaient été déposés ici pour être distribués plus tard.

— Je vais vous conduire à elle, proposa Mme Marley avec un geste vers la porte.

Diana pivota et retraversa le vestibule jusqu'à l'entrée de la cuisine principale sur la gauche. Une longue table trônait au centre de la pièce, et en face se trouvaient un mur en briques avec un foyer massif ainsi qu'une cuisinière neuve en fer. Diana en avait entendu parler, mais n'en avait jamais vu.

Mme Dodd, qui supervisait l'une des servantes, qui remuait quelque chose sur la cuisinière, se retourna, puis s'essuya les mains sur son tablier.

— Bonjour, Votre Grâce.

— Bonjour, madame Dodd. Cela sent merveilleusement bon ici.

— N'allez pas dans l'arrière-cuisine, la prévint-elle avec un signe de tête vers sa gauche. Les servantes sont en train de vider le poisson pour le dîner de ce soir. En ce moment, cela ne sent pas très bon là-dedans !

Elle ricana, et Diana se dit que la cuisinière semblait bien plus à son aise ici que la veille dans le hall. Sans doute parce qu'elle était dans son élément, son *royaume*, comme l'avait appelé Mme Marley.

— Je me demandais si vous pouviez me faire visiter vos cuisines ? lui demanda Diana, jetant un coup d'œil à la pièce principale, très animée.

Plusieurs portes menaient aux différentes parties de la cuisine, et elle était impatiente d'explorer chacune d'entre elles.

— Certainement, répondit Mme Dodd d'un ton brusque.

Elle jeta un regard à la gouvernante, qui s'excusa, et quitta la cuisine avec empressement.

— C'est une bonne gouvernante, mais elle m'a toujours paru un peu bizarre. Ceci dit, la plupart des gens me dérangent un peu, ajouta-t-elle avec un petit sourire.

Comme Diana ne voyait pas quoi répondre, elle n'en fit rien.

— C'est une très grande cuisine.

— La meilleure du Hampshire. Venez, je vais vous montrer.

Elle conduisit Diana à travers les différentes pièces donnant sur la cuisine principale. Il y avait un office, un garde-manger sec, un garde-manger humide, un beurrier, l'arrière-cuisine avec son propre débarras, et une porte donnant sur l'extérieur qui menait au bac à cendres et aux bacs à combustible ainsi qu'au potager.

— Mon mari est le jardinier en chef, expliqua Mme Dodd. Il supervise le potager pour moi.

Diana n'avait pas encore rencontré le personnel en charge de l'extérieur. Elle n'avait pas compris que certains membres du personnel étaient mariés.

— Est-ce que vous et M. Dodd vivez ici dans la maison ?

— Non, l'ancien duc, Dieu ait son âme, nous a offert un cottage. Personne ne pourra dire que le personnel de Lyndhurst n'est pas bien soigné.

Et pourtant, beaucoup d'entre eux étaient partis plutôt que d'affronter ce qui s'était produit deux ans plus tôt.

— Quelqu'un d'autre du personnel est-il marié ?

— Pas encore, mais j'ai entendu dire que Lowell devait en discuter avec Sa Grâce ce matin. Mme Marley et lui voudraient convoler.

— Oh ! Elle n'est donc pas encore officiellement une « madame » ?

Diana se souvenait que les gouvernantes répondaient généralement au nom de « madame », quel que fût leur statut marital. Elle aurait voulu savoir pourquoi la gouvernante n'avait pas évoqué son mariage avec le majordome, mais peut-être Mme Marley préférait-elle attendre que son fiancé parle avec Simon.

— Il est grand temps. Cela fait bien longtemps qu'ils se fréquentent maintenant, même avant l'*incident*, dit-elle en baissant la voix. Nous n'en parlons pas.

Diana n'eut aucun mal à comprendre ce qu'était cet *incident*. Elle n'aurait pas dû l'évoquer non plus, mais cela lui trottait dans la tête. Ce qu'elle en savait ne dépeignait pas un tableau complet, sans doute parce que Simon ne pouvait y ajouter aucun souvenir.

Mme Dodd poursuivit.

— Je ne laisse pas mes filles discuter de ce genre de choses. Pas de commérages dans ma cuisine, comme je dis, expliqua-t-elle avec un petit sourire. Cela ne me concerne pas, bien sûr. Ce ne serait pas juste si seules les femmes de chambre s'amusaient.

Le personnel de Lyndhurst était peut-être aussi hiérarchisé et compliqué que la bonne société. Diana revint au sujet en cours.

— Je suis sûre que le duc soutiendra leur mariage.

Dès qu'elle eut prononcé ces mots, elle les regretta. Ce n'était pas son rôle de dire ce genre de choses sans que Simon le fasse d'abord.

Sauf qu'elle savait qu'il le ferait. Parce qu'elle le connaissait. Le reproche était venu de la partie de son cerveau qui était encore sous l'influence de ses parents. Elle avait été en mesure de les chasser progressivement de ses pensées, mais à présent qu'elle remplissait le rôle qu'ils avaient toujours voulu lui assigner, il lui était plus difficile d'ignorer les connaissances qu'ils lui avaient inculquées. Elle ne voulait pas être le genre de duchesse que sa mère et son père lui avaient appris à incarner. Elle voulait être le genre à bien connaître son personnel, et les soutenir dans leurs vies et leurs amours.

Mme Dodd posa une main sur sa hanche et cria en direction du fourneau.

— Becky, il faut que tu remues ça plus vite, sinon ça va brûler, et ce sera gâché !

La servante accéléra ses mouvements comme on le lui avait demandé.

La cuisinière secoua la tête.

— Il faut constamment surveiller ces filles. Mais c'est un bon groupe. Des travailleuses sérieuses, toutes autant qu'elles sont, ajouta-t-elle en clignant de ses yeux bleu clair. Qu'est-ce que je disais ? Ah oui, Lowell et Marley qui se marient. J'ai du mal à être vraiment heureuse pour elle.

Elle baissa la voix, et se mit à murmurer, un peu fort.

— Comme je l'ai dit, Mme Marley m'agace. Elle est plutôt vaniteuse, si vous voulez mon avis.

— Mais vous avez dit qu'elle est une bonne gouvernante.

Diana n'avait aucune envie d'encourager les commérages des domestiques, mais elle voulait aussi comprendre les relations compliquées entre eux, pour mieux gérer ses fonctions.

— C'est le cas.

Mme Dodd fit un geste de la main pour indiquer à Diana de se déplacer vers l'autre bout de la table, de sorte d'être hors de portée de voix des autres servantes… plus ou moins. La cuisinière baissa le ton, sans toutefois parvenir à vraiment murmurer.

— Je reconnais que je n'aime pas particulièrement Mme Marley en raison du rôle qu'elle a joué dans l'*incident*.

Cette fois, Diana ne put résister à l'envie d'en savoir plus.

— Que voulez-vous dire ?

Elle réduisit sa voix à un *véritable* murmure.

— Mme Marley est celle qui a vu ce qui s'est passé. Elle a dit que Sa Grâce et son épouse se disputaient dans les escaliers, et qu'ensuite, la duchesse avait dégringolé jusque dans le hall, expliqua la cuisinière, les yeux emplis de tristesse. Quelle terrible tragédie ! Sa Grâce était d'une extrême gentillesse. Je suis sûre que vous êtes tout aussi gentille, s'empressa-t-elle d'ajouter avec un regard méfiant vers Diana.

— J'espère faire preuve d'une telle qualité, murmura cette dernière.

Apparemment, non seulement le personnel était loyal envers Simon, mais aussi envers sa première duchesse. Pourtant, ils s'étaient aussi montrés accueillants avec elle. Jusqu'à présent.

Mais c'était plus fort qu'elle, il fallait qu'elle creuse au sujet de l'incident.

— Ainsi, Mme Marley a vu le duc pousser la duchesse ?

— Pas directement, mais elle l'a vu saisir le bras de sa

femme. La gouvernante raconte qu'elle ne voulait pas qu'ils la voient, alors elle s'est tournée pour partir. C'est alors qu'elle a entendu le bruit de Sa Grâce heurtant le sol, expliqua Mme Dodd, grimaçant en secouant la tête. Ce fut bouleversant.

Ses paroles étaient empreintes de tristesse.

L'estomac de Diana se retourna, et elle se sentit légèrement nauséeuse. Simon avait saisi le bras de Miriam ? Diana n'aurait jamais cru possible qu'il pousse sa femme, qu'il soit en colère, ivre, ou les deux. Son père était capable de ce genre de comportement, mais pas Simon. Pourtant, elle se souvint de la façon dont il l'avait empoignée à Brereton, quand il avait aperçu les enfants Taft. Il n'avait pas eu conscience de son geste, du stress qui l'avait poussé à la serrer trop fort. Avait-il fait quelque chose de similaire avec sa première femme ? Elle n'avait pas de mal à l'imaginer, surtout qu'il était ivre. Son sang se glaça. Pour la première fois, elle envisagea qu'il puisse être réellement coupable de ce dont tout le monde l'accusait. Et cela la rendait malade.

Diana se souvint de sa conversation avec la gouvernante et du soutien qu'elle avait apporté à Simon.

— Malgré ce qu'elle a vu, Mme Marley est restée ?

— Oh oui, elle a toujours été une alliée fidèle de Sa Grâce. Lowell et elle, en fait, mais je suppose que c'est logique. On a tendance à tout partager avec son compagnon.

Elle plissa les yeux, et sa voix, qui avait retrouvé un volume normal, baissa à nouveau.

— Ce que je me suis toujours demandé, c'est pourquoi cette idiote ne pouvait tout simplement pas mentir et dire qu'elle n'avait rien vu. Pourquoi torturer Sa Grâce en lui faisant savoir qu'il était peut-être responsable de sa mort ? demanda Mme Dodd, dont le regard se posa sur la servante qui remuait toujours la préparation sur le fourneau, et elle lui cria ses instructions, légèrement exaspérée. C'est trop rapide maintenant, Becky! Il est temps de passer à l'étape suivante. C'est la première fois qu'elle s'occupe de la sauce. Excusez-moi, Madame.

Mme Dodd adressa un regard d'excuse à Diana.

Celle-ci inclina la tête et regarda la cuisinière s'affairer à donner des explications à la jeune servante. Curieuse de voir le potager, brièvement, car il avait gelé ce matin-là et il faisait probablement encore très froid, Diana se rendit dans l'arrière-cuisine. Une servante, la jeune Rose qui se trouvait au bout de la ligne lors de la présentation de la veille, nettoyait les outils dont elle et l'autre fille de cuisine s'étaient servies pour vider le poisson.

— Vous êtes Rose, c'est bien ça? lui demanda la duchesse avec un sourire.

La veille, la jeune fille s'était montrée particulièrement timide, sans jamais croiser le regard de Diana.

Elle jeta un coup d'œil vers la maîtresse de maison, mais resta concentrée sur sa tâche.

— Oui, Votre Grâce.

— Je me souviens de vous avoir vue hier. Vous avez dit que vous aimiez dessiner.

Diana avait tâché d'apprendre quelque chose de précis sur chaque membre du personnel, à la fois pour pouvoir se souvenir plus facilement d'eux et parce qu'elle voulait vraiment les connaître en tant que personnes, et pas seulement en tant que serviteurs sans visage.

— C'est exact, Madame.

Ses joues prirent une charmante teinte rosée.

— Je vois que vous êtes très douée pour votre travail, lui dit Diana, songeant que ce devait être difficile.

Elle ne savait absolument pas comment vider un poisson. Elle en avait pêché quelques-uns, les avait mis dans un panier, et ils étaient apparus comme par magie sur la table du dîner plus tard.

— J'essaie, Madame. Travailler ici est une excellente opportunité pour ma famille. Avec un peu de chance, ma jeune sœur sera embauchée cet été.

— Je suis certaine que ce sera possible si un poste se libère dans l'arrière-cuisine. Vous serez peut-être promue servante de cuisine, dit Diana.

Rose acheva de laver le dernier couteau et le posa sur l'égouttoir, puis s'essuya les mains sur son tablier. Quand elle se tourna vers la duchesse, elle arborait un sourire prudent.

— J'aimerais bien. Peut-être qu'un jour, je pourrai même devenir gouvernante comme Mme Marley.

— A-t-elle commencé ici comme fille de cuisine ? s'enquit Diana, intriguée par l'ascension rapide de Mme Marley, qui était apparemment passée de ce poste subalterne à gouvernante en à peine plus de dix ans.

— Quand elle avait quinze ans. L'âge que j'ai aujourd'hui.

— Et depuis combien de temps êtes-vous ici, Rose ?

— Un peu plus de deux ans.

Elle avait commencé juste avant la mort de la précédente duchesse.

— Avez-vous rencontré l'ancienne duchesse ?

Rose pâlit, et elle baissa à nouveau le regard.

— Oui, Madame.

Elle parlait d'une voix faible et délicate dans la pénombre de l'arrière-cuisine.

Rose releva le menton en entendant un bruit provenant de l'extérieur de la porte. Ses yeux sombres s'arrondirent.

— La cuisinière arrive.

Diana comprenait. Mme Dodd n'apprécierait pas que Rose lambine, surtout pour faire des commérages. Ceci dit, Diana était la duchesse, alors elle l'autoriserait sûrement. Malgré cela, elle ne voulait pas causer d'ennuis à la fille. Lui adressant un sourire chaleureux, elle lui dit :

— Je vous laisse vous remettre au travail.

Diana se retourna et passa devant la cuisinière en quittant l'arrière-cuisine.

— Vous avez un excellent personnel, madame Dodd. Vous pouvez en être très fière.

Elle voulait s'assurer que la cuisinière savait que Diana était impressionnée.

La poitrine de Mme Dodd se gonfla légèrement.

— Merci, Madame.

Alors que la duchesse repartait par la cuisine, ses pensées bouillonnaient de tout ce qu'elle avait appris, en particulier sur l'incident et le fait que son esprit était ouvert à l'idée qu'il avait accidentellement tué sa femme. Cela lui brisait le cœur. Mais cela changeait-il ce qu'elle ressentait ?

Et qu'est-ce que tu ressens, exactement ? s'enquit une voix dans sa tête. Est-ce qu'elle l'aimait ?

Elle ne pouvait pas savoir. Elle n'avait aucune expérience de ce sentiment. La peur, en revanche, était une émotion qu'elle connaissait bien. Et quand elle songeait à ce que Mme Dodd lui avait dit, à ce que Mme Marley avait vu et à ce qu'elle savait de Simon, elle éprouvait une vague d'appréhension.

Il n'est pas comme ton père, lui dit cette voix.

Elle se rappela un peu tard qu'elle voulait explorer le potager. Peut-être que le grand air, aussi froid fût-il, l'aiderait à chasser les idées noires de son esprit.

C'était un sursis temporaire, car elle savait que le passé finirait par les rattraper.

~

— Alors, le personnel travaille bien ? s'enquit Simon auprès de Nevis, assis de l'autre côté de son bureau dans son étude.

L'intendant hocha la tête.

— Je m'étais interrogé sur la capacité de Lowell à remplir les fonctions de majordome, mais il a dépassé mes attentes. Il est assez intelligent. C'est dommage qu'il n'ait pas pu aller à l'université. Je suis convaincu qu'il se serait bien débrouillé.

Simon était heureux d'entendre cela. Il avait laissé la promotion et l'embauche du personnel exclusivement aux soins de Nevis, surtout après la mort de Miriam.

— C'est parfait.

Alors que leur réunion touchait à sa fin, l'intendant se pencha en avant.

— Combien de temps resterez-vous à Lyndhurst ? Je pensais que nous pourrions faire un tour de la propriété. Cela fait un moment que vous ne l'avez pas fait.

C'était un doux reproche, prononcé sans colère et accompagné d'un léger sourire de soutien. L'ensemble du personnel l'avait traité avec délicatesse depuis la mort de Miriam, et Nevis ne faisait pas exception. En l'occurrence, c'était un peu doux-amer, car il connaissait Nevis depuis très longtemps. Il y avait chez lui un côté paternel que Simon ne pouvait ignorer.

— C'est ce que je pensais également.

Ce qui était vrai. Mais ce n'était pas parce qu'il s'était dit qu'il devrait rester plus longtemps que quelques jours et prêter attention à son domaine qu'il en avait l'intention. Cependant, la culpabilité, cette émotion bien trop familière et douloureuse, le tenaillait.

— Nous resterons ici au moins une semaine.

Simon regretta ses paroles sitôt prononcées, mais il s'admonesta juste après. Il pouvait bien rester ici une maudite semaine. Surtout avec Diana à ses côtés.

— Parfait. Je vais arranger quelque chose avec les métayers. Ils seront ravis de vous voir.

Simon pensait qu'ils en avaient terminé, mais Nevis ne se levait pas. En fait, il semblait hésitant.

— Y a-t-il autre chose ? lui demanda-t-il.

Le front de Nevis se plissa, et ses sourcils gris s'inclinèrent vers l'arête de son nez.

— Je vieillis, commença-t-il, et Simon se doutait de la tournure qu'allait prendre cette conversation. Je crois que j'aimerais prendre ma retraite d'ici un an ou deux. Il serait peut-être judicieux d'engager quelqu'un cette année pour que je puisse le former à ce poste.

Simon se cala sur son siège et souffla.

— J'aurais dû le voir venir. En fait, j'aurais dû vous en parler. J'ai peur d'avoir été trop préoccupé par mes propres problèmes.

Nevis lui adressa un signe de tête compatissant.

— Ce qui est plus que compréhensible. Je vous ai connu toute votre vie ; n'importe quel homme céderait sous une telle pression. Non pas que vous ayez cédé. En réalité, vous avez fait preuve de beaucoup plus d'aplomb que la plupart des gens. Mme Nevis et moi prions pour vous tous les soirs.

Simon était touché par la gentillesse de l'homme, bien plus qu'il n'aurait pu le dire.

— Merci. Et, s'il vous plaît, remerciez Mme Nevis. Joignez-vous donc tous les deux à nous pour le dîner de demain afin qu'elle puisse rencontrer la duchesse.

— Ce serait merveilleux. Merci, Monsieur.

Nevis se releva et passa les mains sur sa veste.

— Avez-vous pensé à qui pourrait vous succéder ?

L'intendant pencha la tête sur le côté.

— En fait, j'ai pensé à Lowell. Bien qu'il n'ait pas reçu de formation officielle, il a étudié les mathématiques et lu des ouvrages sur la gestion des propriétés. Il connaît Lyndhurst, et il vous est assurément dévoué, à vous et au domaine.

— Je garderai cela à l'esprit, lui dit Simon.

Lowell était son prochain rendez-vous, peut-être lui en parlerait-il.

Nevis hocha la tête.

— Merci, Monsieur.

Il sortit du bureau, et Simon tourna la tête pour regarder l'allée par la fenêtre.

Quelques instants plus tard, il aperçut du coin de l'œil Lowell qui approchait de l'embrasure de la porte. Il accorda son attention au majordome et lui fit signe d'avancer.

— Entrez, Lowell. Souhaitiez-vous aborder un sujet particulier aujourd'hui, ou simplement remettre un rapport ?

Lowell regardait Simon du haut de sa haute taille avec une expression quelque peu tendue.

— J'avais une question particulière à aborder, mais je serais heureux de présenter d'abord un rapport.

Simon se doutait que c'était la « question particulière » qui était à l'origine du malaise de Lowell. Mieux valait sans doute s'en débarrasser tout de suite.

— Pourquoi ne pas vous asseoir pour que nous puissions discuter de votre « question particulière » ?

Simon lui montra la chaise que Nevis avait laissée vacante.

Le majordome s'abaissa lentement, se perchant sur le bord de la chaise, comme s'il craignait de la casser. Ou comme s'il était prêt à fuir.

— Merci, Votre Grâce, dit-il avant de s'éclaircir la gorge, les épaules contractées. Puis-je commencer par dire combien nous sommes heureux que vous soyez de retour à Lyndhurst et avec une nouvelle épouse ? Sa Grâce fait déjà forte impression.

— Dans un sens positif, j'espère.

Lowell parut légèrement inquiet.

— Très certainement. Le temps qu'elle a consacré à rencontrer tout le monde hier a été très apprécié.

— C'est une femme remarquable, dit doucement Simon.

Son admiration pour elle ne faisait que croître.

— Il semblerait que le mariage vous convienne, dit le majordome, dont le cou rougit violemment. Je vous demande pardon, Monsieur. Je ne voulais pas parler à tort et à travers.

Simon remua sur sa chaise. Il était normal que son personnel remarque s'il était heureux ou non. D'autant plus qu'en général, il ne l'était pas. Cela devait leur faire un sacré changement. C'en était un pour lui aussi.

— Ce n'est pas déplacé, ne vous inquiétez pas. Maintenant, de quoi souhaitiez-vous discuter ?

— Oui, bien sûr. J'ai mentionné le mariage, car j'espère moi-même avoir le statut d'époux bientôt. Mme Marley et moi souhaitons nous marier, et je vous demande humblement la permission de le faire.

— Vous voulez épouser la gouvernante ?

Simon cligna des yeux, se disant qu'il avait mal entendu. Au vu de l'attitude de Lowell, Simon s'était attendu à un sujet beaucoup plus grave, par exemple que quelqu'un avait été surpris en train de voler, ou qu'une personne était malade. Il éclata de rire.

— Quelle joyeuse occasion ! Pourquoi avez-vous l'air de marcher tout droit vers la potence ?

Le rouge du cou de Lowell remonta jusqu'à son visage.

— Je n'en suis pas sûr, Monsieur.

— Êtes-vous certain de vouloir vous marier ? lui demanda Simon.

— Absolument. Je suis amoureux d'Edith... de Mme Marley, je veux dire.

Simon ressentit un élan de fraternité avec cet homme. Il savait ce que c'était que d'être amoureux. En réalité, il était obligé de se poser la question de savoir s'il était actuellement en proie à ce sentiment. Cela faisait à peine une heure, peut-être deux, qu'il n'avait pas vu Diana, et elle lui manquait terriblement. Il était taraudé par l'idée qu'il voulait désespérément la voir sourire, l'entendre rire, toucher sa douceur.

Était-ce de l'amour ?

— Monsieur ?

La question hésitante de Lowell ramena Simon à leur conversation.

Il adressa un petit sourire à son majordome.

— Mes excuses, j'étais en pleine rêverie. Bien sûr, vous avez ma permission. Voulez-vous vous marier ici, dans la chapelle ?

Les yeux de Lowell s'écarquillèrent brièvement.

— C'est très généreux de votre part, Monsieur. Est-ce possible ?

— Je suis sûr que je peux arranger cela avec le vicaire.

— Nous sommes touchés par votre générosité, Monsieur, lui dit Lowell en inclinant légèrement la tête. Mme Marley sera ravie.

— Je suis ravi d'avoir une occasion heureuse à célébrer ici.

Ce serait une bonne chose pour tout le monde. Il demanderait à Diana d'organiser un bon petit déjeuner pour les jeunes mariés. Il allait également devoir s'entretenir avec Nevis des conditions de vie du couple.

— Votre chambre est près de la cuisine, n'est-ce pas ? demanda-t-il au majordome.

— Effectivement, Monsieur.

— Je ne pense pas qu'elle soit assez grande pour vous et votre femme. Je vais discuter avec Nevis pour vous trouver un nouveau logement. Avez-vous déjà une date pour le mariage ?

— Non, Monsieur. Je voulais d'abord obtenir votre permission.

Évidemment.

— Eh bien, ne traînons pas. Veillez à ce que les bans soient lus ce dimanche, et la duchesse et moi nous occuperons des autres arrangements.

Eh bien, c'était une distraction bienvenue face à la

déprime qui planait sur la maison. Il était impatient d'en parler avec Diana. Il comptait bien qu'elle ferait en sorte que Lowell et Marley aient un mariage dont ils se souviendraient tous.

Le majordome parut un peu déconcerté.

— Merci, Monsieur. Mme Marley sera comblée.

Nevis s'était attardé et avait semblé avoir quelque chose d'autre à dire, et Lowell agissait de la même manière. Simon croisa ses mains sur le dessus de son bureau.

— Allez-vous faire votre rapport maintenant, ou avez-vous un autre sujet ?

— Il y a un autre sujet.

Cela semblait presque impossible, mais Lowell parvenait à sembler encore plus mal à l'aise que quelques minutes plus tôt. Doux Jésus, cet homme avait sans doute besoin de travailler sur sa confiance en lui. Ce qui ne paraissait pas logique, car d'après ce que Simon savait, Lowell gérait la maison d'une manière adroite et assurée.

— Allez-y, insista gentiment Simon.

— Je sais que M. Nevis prendra sa retraite à un moment donné, et je voulais que vous sachiez que j'ai étudié la gestion de domaine dans l'espoir d'être qualifié pour le remplacer.

Peut-être que la confiance n'était pas le problème de Lowell, mais plutôt l'humilité. Il fallait du courage pour demander un poste qui était au-dessus de son niveau de formation. Et apparemment, Lowell le savait, d'où sa réticence.

— M. Nevis m'a entretenu de votre aptitude et de votre intelligence. Il semble penser que vous pourriez être à la hauteur de la tâche.

La rougeur revint brièvement sur le visage de Lowell.

— C'est extrêmement flatteur, Monsieur. Je m'efforce de travailler dur.

— J'apprécie que vous me parliez de ça. Cela démontre

votre détermination et votre engagement. Je ne peux que vous inviter à poursuivre vos études.

Le majordome se leva.

— Merci, Monsieur. Je le ferai. Et je vous remercie encore pour le mariage. J'en parlerai à Mme Marley plus tard dans la soirée.

Simon leva les yeux au ciel.

— Oh, bon sang ! Allez lui parler maintenant. Si vous ne vous sentez pas prêt à le faire, vous devriez peut-être reconsidérer toute cette affaire.

La bouche de Lowell se fendit d'un large sourire qui ne cadrait pas du tout avec son comportement austère.

— Je vais le faire, Monsieur.

Il s'inclina et prit congé.

Simon se rendit compte qu'il ressentait la même chose : il voulait voir sa femme. Il se leva et fit le tour de son bureau au moment où elle apparaissait dans l'embrasure de la porte. Il sourit, absurdement heureux de la voir. Elle était éblouissante dans une nouvelle robe de jour qu'ils avaient achetée à Oxford. Elle était de la couleur de la crème fraîche avec de délicates fleurs d'or et de cramoisi. Une ceinture dorée ceignait sa cage thoracique, et il eut soudain envie que ses mains fassent de même.

— J'allais justement venir te chercher, ma femme.

— Ah oui ? Je n'interromps rien, si ? lui demanda-t-elle, franchissant le seuil pour jeter un coup d'œil à son bureau.

— Pas du tout. Je viens de finir avec Lowell, et il avait une nouvelle extraordinaire.

— Il souhaite épouser Mme Marley.

Les épaules de Simon s'affaissèrent légèrement.

— Tu le sais déjà.

Elle alla vers la cheminée et examina les miniatures de ses parents qui trônaient sur le manteau.

— Mme Dodd me l'a dit. C'est une véritable mine d'information.

Simon la suivit, soucieux d'accroître leur proximité.

— C'est vrai ?

Diana se retourna, et ils ne furent plus séparés que par une trentaine de centimètres.

— Oui, et... ne te mets pas en colère, elle m'a raconté ce qui s'est passé il y a deux ans. L'incident.

— L'incident ?

Ils avaient un fichu nom pour ça ? La fureur s'installa au creux de ses tripes.

— Ce n'était pas un *incident*, c'était une foutue tragédie !

Elle grimaça.

— Bien sûr que oui. Je n'aurais pas dû utiliser ce mot.

— Ce n'était pas le tien, n'est-ce pas ? C'est comme ça qu'ils l'appellent ?

Évidemment que le personnel en parlait. Cet événement avait été un énorme scandale, qui le suivait encore aujourd'hui, et le ferait sans doute toujours. Comme il se devait. Non pas parce que c'était un scandale, mais une maudite *tragédie*.

— Simon, je t'ai demandé de ne pas te mettre en colère.

Il se détourna d'elle et s'avança vers les fenêtres donnant sur l'allée.

— Pardonne-moi si je ne peux pas m'en empêcher.

Le silence régna dans la pièce quelques instants, pendant lesquels il retrouva son équilibre. Il ne fallait pas qu'il se mette en colère. Les domestiques parlaient, et ils ne lui voulaient aucun mal. Tous étaient restés ici en dépit des dégâts potentiels sur leur réputation, n'est-ce pas ?

Avant qu'il ne puisse s'excuser, Diana lui dit :

— Je voulais te demander pourquoi tu as permis à Mme Marley de rester après ce qu'elle a dit.

Simon se retourna. Diana l'observait avec méfiance, mais son regard était plein d'empathie.

— Que pouvais-je faire ? Chasser une domestique fidèle pour avoir dit la vérité ?

— Non. Mais personne ne t'en voudrait de ne pas avoir envie qu'elle soit là. Elle est un rappel de ce qui s'est passé.

Il leva les mains avant de les laisser retomber brusquement sur ses flancs.

— *Tout* ici est un rappel de ce qui s'est passé ! s'exclama-t-il, puis il posa une main sur sa nuque, massant nerveusement sa chair tandis que l'émotion faisait rage en lui. Mais je ne peux pas renvoyer quelqu'un parce qu'il a dit la vérité. Surtout pas quand cette personne a fait preuve d'un extrême remords. Savais-tu qu'elle a proposé de partir, par culpabilité, mais que Nevis l'a convaincue de rester ?

Simon l'avait appris environ un an plus tôt.

Diana s'approcha de lui et lui prit les mains.

— Simon, si c'est trop, nous pouvons partir. Pourquoi n'irions-nous pas simplement à Londres ?

Seigneur, il était abasourdi de la voir si compréhensive et compatissante.

— J'ai informé Nevis que nous resterions au moins une semaine. Je n'ai pas fait le tour du domaine depuis…, commença-t-il avant de secouer la tête. Je ne sais pas combien de temps.

— Mais je ne supporte pas de te voir torturé.

— Pourquoi es-tu si indulgente ?

Ils l'étaient tous : le personnel qui était resté et avait fait preuve d'une loyauté farouche, Nick qui ne manquait jamais de lui remonter le moral, et maintenant Diana, qui le soutenait même face à sa propre incapacité à se pardonner.

— Mme Dodd t'a-t-elle raconté exactement ce qui s'est passé, les détails ?

Elle hocha lentement la tête.

— Oui.

— Raconte-moi.

Écouter Diana énoncer ses crimes, c'était se mettre au supplice, mais il ne méritait rien de moins.

La duchesse déglutit. Son regard était sombre et inébranlable.

— Elle m'a dit que toi et… la duchesse vous disputiez, et que tu l'as empoignée. Marley s'est alors retournée et n'a pas vu exactement ce qui s'est passé.

Elle avait beau lui tenir les mains, il avait froid.

— Alors tu vois comment ça s'est passé. Que c'était ma faute.

— J'ai décidé de ne pas tenir compte de la faute. Comme tu l'as dit, c'était une tragédie. Peu importe ce qui l'a provoquée, les dégâts sont irréparables.

La gorge de Simon se serra, et il lui étreignit les mains comme si elle pouvait lui éviter de se noyer dans l'océan de ses émotions. Il ne comprendrait décidément jamais ce qu'il avait fait pour la mériter.

— Je remercierai Dieu chaque jour de t'avoir.

Elle lui sourit et lâcha l'une de ses mains pour lui caresser la joue avant de presser ses lèvres contre les siennes. Son baiser était doux et sucré et lui donna la force de laisser la douleur disparaître, du moins pour le moment.

— Il semblerait que nous soyons un cadeau l'un pour l'autre, juste au moment où nous en avions le plus besoin.

Il l'embrassa à nouveau, glissant sa langue dans la bouche de Diana. Elle enfonça ses doigts dans les cheveux de sa nuque et le serra fort, l'embrassant en retour avec une chaleur qui le rendit faible.

Quand elle s'écarta, elle souriait toujours.

— Parlons de ce mariage. Quand doit-il avoir lieu ?

Reconnaissant de cette distraction, ou plutôt, reconnaissant pour elle, il expliqua les plans dont il avait discutés avec Lowell. Comme il l'avait prévu, elle était excitée à l'idée de participer.

Ensuite, il se rendit compte qu'ils allaient devoir être présents pour les noces. Et comme il fallait trois dimanches consécutifs avant la lecture des bans, cela impliquait de rester ici un mois.

Il n'était pas certain d'en être capable. La semaine qu'il avait promise s'étirait longuement et douloureusement devant lui. Mais peut-être qu'avec Diana à ses côtés, il trouverait la force de remettre le passé là où était sa place : dans le passé.

Sinon, il ferait ce qu'il faisait de mieux. Il s'enfuirait.

CHAPITRE 15

Simon entra dans son bureau quatre jours plus tard et cocha mentalement une autre nuit dans sa quête afin de déterminer combien de temps il pouvait supporter d'être ici. Jusqu'à présent, il s'en sortait bien, grâce à Diana. Elle illuminait ses jours et charmait ses nuits. C'était un soulagement mitigé, car il était aux prises avec sa présence ici, avec elle, tout en essayant de s'accrocher à la promesse qu'il avait faite de se souvenir et d'aimer Miriam.

Cette dernière partie semblait devenir plus difficile chaque jour, et la pression de la culpabilité l'épuisait. Enfin, plus que d'habitude.

Du mouvement sur l'allée attira son attention. Un véhicule venait de s'arrêter devant le portique. Il étira le cou pour voir qui en sortait. Bon sang ! C'était sa mère.

Il tourna les talons et se dirigea à grands pas vers le hall d'entrée, s'efforçant d'ignorer le malaise qui l'étreignait toujours dans cet espace. Un valet de pied ouvrait déjà la porte donnant sur le portique, et un instant plus tard, sa mère entrait en trombe, son petit épagneul sur les talons.

— Je crois comprendre que les félicitations sont de mise,

lança-t-elle sans préambule en retirant ses gants qu'elle tendit au valet de pied.

— Bienvenue, Mère.

Il lui avait envoyé une lettre depuis Oxford pour l'informer de son mariage. Mais il ne l'avait pas invitée à venir ici. Elle n'était pas venue depuis l'enterrement de Miriam.

Elle tira sur les rubans de son chapeau, et le valet de pied s'avança pour lui prendre l'accessoire une fois qu'elle l'eut retiré. Elle tapota l'arrière de ses cheveux gris.

— Où est ta nouvelle duchesse ?

— Je vais lui demander de se joindre à nous pour le thé dans le salon, proposa Simon d'un ton jovial qu'il ne ressentait pas particulièrement.

La femme qui se trouvait là lui avait tourné le dos à la mort de Miriam, et aujourd'hui elle se montrait comme s'ils n'étaient pas brouillés ?

— Merveilleux ! s'exclama-t-elle avant de se tourner vers le majordome. Ravie de vous voir, Lowell. Faites monter mes affaires dans la chambre de la Reine.

C'était leur plus belle chambre d'amis, et il n'était pas surpris que ce soit là qu'elle ait choisi de séjourner. Pas plus qu'il n'était surpris qu'elle se comporte comme si elle était toujours la duchesse. Elle faisait déjà de même quand Miriam était vivante.

La douairière se dirigea vers ce qui était autrefois le salon rouge, claquant des doigts pour que son chien vienne aussi. Simon la suivit, se demandant si le chiot était aussi mécontent que lui.

— Que me vaut le plaisir de cette visite ? s'enquit le duc en entrant dans le salon, qui n'était plus rouge, comme sa mère venait de le constater.

— Qu'as-tu fait ?

Sa voix aiguë fit gémir son chien. Elle baissa les yeux et fit claquer sa langue.

— Silence, mon garçon, lui dit-elle avant de poser le regard sur Simon. Pas toi. Toi, tu m'expliques. Qu'as-tu fait à mon salon rouge ?

— Je l'ai rénové.

Le papier peint rouge avait laissé place à un jaune pâle. Les meubles sombres et cossus dans des tons de grenat et de cerise avaient été retirés et à leur place se trouvaient des bleus et des ors.

— Le tableau au-dessus de la cheminée est le même, fit-il remarquer obligeamment.

Elle ricana.

— J'adorais cette pièce. Le hall d'entrée est différent aussi. As-tu tout changé ?

— Pas encore.

— On dirait que tu en as l'intention.

À cet instant, Diana entra, présentant un visage d'une beauté sereine. Elle alla directement aux côtés de Simon et fit une révérence à sa mère.

— Je suis heureuse de faire votre connaissance, duchesse. Pour répondre à votre question, bien que je suppose que ce n'en était pas vraiment une, nous prévoyons effectivement de rénover toute la maison. Il est important que Lyndhurst devienne notre foyer. Je suis certaine que vous comprenez pour quelle raison c'est nécessaire pour votre fils.

Elle se rapprocha de lui et lui serra brièvement la main.

Oh, mon Dieu ! Comme il aimait cette femme ! Elle le stupéfiait par son caractère farouchement protecteur et sa vivacité d'esprit. La grâce qu'elle lui témoignait le touchait énormément. Oui, il l'aimait. Contre toute attente, contre toute espérance, il l'aimait.

Il lui serra la main.

— Mère, puis-je vous présenter ma femme, Sa Grâce la duchesse de Romsey ?

Sa mère présenta ses respects avec une révérence plutôt

superficielle, mais il ne s'en offusqua pas. Il savait que ses genoux grinçaient.

— Vous étiez auparavant Mlle Diana Kingman, c'est bien ça ?

— Oui, madame.

— Je ne serai pas « madame » pour vous. Vous m'appellerez Mère, évidemment, annonça la douairière en regardant les meubles autour d'elle. Où dois-je m'asseoir ? Tu t'es débarrassé de mon fauteuil préféré.

— En réalité, je l'ai fait déplacer dans la maison de douaire.

Il avait envoyé un grand nombre des objets qu'il avait retirés de la maison principale dans la petite habitation qui se trouvait à trois kilomètres à l'ouest. Sa mère ne s'y était pas rendue depuis la mort de Miriam.

— Si vous vous décidez à y séjourner de nouveau, vous trouverez probablement ce qui vous manque. En attendant, vous pourriez apprécier ce fauteuil doré.

Il lui indiqua un fauteuil rembourré, particulièrement confortable, placé près d'un canapé bleu clair.

— Eh bien, voilà qui est attentionné de ta part.

Elle s'avança vers le fauteuil où elle installa son corps maigre sur le coussin. Son chien sauta à côté d'elle et se blottit aussitôt entre sa cuisse et l'accoudoir.

— Il y a même de la place pour Humphrey, comme il y en avait dans mon ancien fauteuil.

Elle jeta un regard méfiant à Simon, comme si elle n'était pas encore prête à baisser les armes. Non pas qu'il sache contre quoi elle se battait. Contre lui, sans doute, même s'il ignorait pourquoi.

Elle leva les yeux vers Simon et Diana.

— Allez-vous vous asseoir ?

Diana le tira gentiment vers le canapé. Ils s'assirent ensemble, et, à son grand regret, elle lâcha sa main.

— C'est très gentil de votre part de nous rendre visite, commença la duchesse. Séjournerez-vous ici, ou à la maison de douaire ?

— Ici, mais seulement pour quelques jours. Il fallait que je vienne rencontrer ma nouvelle belle-fille. N'étiez-vous pas fiancée au duc de Kilve ? s'enquit la douairière, lançant à son fils un regard accusateur. Ton ami. Du moins, c'était ce que je pensais.

Ah ! C'était donc là le problème. Elle estimait qu'il y avait un scandale, et c'était sans doute le cas, bien qu'il soit mineur. Du moins, à ses yeux. Comment des fiançailles rompues et deux mariages subséquents – car il supposait que Nick et Violet s'étaient mariés, bien qu'il n'ait pas encore correspondu avec eux – qui avaient satisfait toutes les parties pouvaient-ils être comparés à la mort tragique de sa femme ? Rien de tout cela n'aurait dû constituer un scandale. Tout cela ne regardait personne d'autre que les parties impliquées.

— Le duc et moi avons décidé de ne pas donner suite, dit Diana. Il se trouve qu'il était épris de Lady Pendleton qu'il va bientôt épouser, si ce n'est déjà fait. Et j'ai préféré épouser votre fils.

Se pouvait-il qu'elle soit aussi éprise ? Sa poitrine débordait littéralement d'amour, mais ressentait-elle la même chose ? Il savait qu'elle tenait à lui, mais il savait aussi qu'elle se montrait réticente à l'égard de cette émotion. Et vu ce qu'il savait de son éducation, il comprenait. En revanche, lui avait été élevé avec beaucoup d'amour, même si sa mère ne le montrait pas forcément en ce moment.

Le regard sceptique de sa mère passa de l'un à l'autre.

— Comme c'est… commode. N'auriez-vous pas pu avoir un mariage normal ? Ou y avait-il une raison à votre fuite vers Gretna ?

Son message était clair et son regard se porta sur l'abdomen de Diana.

— Il n'y avait aucune raison de ce genre, Mère, répondit Simon d'un ton froid, prenant la main de sa femme dans la sienne. Nous désirions simplement être mariés au plus vite.

Sa mère secoua la tête et agita la main.

— Vous auriez pu obtenir un permis spécial. Ou peut-être pas. Il n'aurait peut-être pas été accordé dans votre cas.

À cause de la mort suspecte de sa femme. Simon n'y avait pas pensé, mais c'était parce qu'il n'avait jamais été question de permis spécial dans leurs réflexions. Mais il n'avait pas l'intention de le révéler.

— En tout cas, nous sommes très heureux d'être mariés et de vous accueillir à Lyndhurst, dit Diana d'un ton joyeux, comme si elle ne venait pas tout juste d'être contrainte à défendre sa décision de l'épouser.

Toute sa vie, on lui avait refusé le droit de faire des choix, et que l'on remette en question le plus important d'entre eux aurait dû la bouleverser. Pourtant, elle n'en montra rien. Elle était une hôtesse et une duchesse accomplie. Ses maudits parents allaient être ravis.

— C'est une bonne chose à entendre, dit sa mère. Peut-être cela améliorera-t-il la réputation de mon fils. Il a besoin de bonnes faveurs.

— Pas de ma part, répondit tranquillement Diana.

Elle le regarda alors qu'il se tournait pour faire de même, et leurs yeux se connectèrent pendant un long et beau moment, leurs mains toujours jointes. Lorsqu'ils rompirent enfin le contact et reportèrent leur attention sur la douairière, celle-ci scrutait Diana.

— Connaissez-vous la vérité sur ce qui s'est passé ici ?

— *Mère !*

Simon grogna pratiquement le mot. Il avait supporté pas mal de choses, il avait même encaissé tout ce que la bonne société lui avait jeté à la figure et dans son dos, mais il n'allait pas tolérer que sa mère insulte sa femme dans son propre salon.

— Oui, répondit Diana d'un ton ferme.

— Vous savez qu'ils se sont disputés et qu'il l'a empoignée ?

La duchesse resserra sa prise sur la main de Simon.

— Oui.

— Et savez-vous pourquoi ils se disputaient ?

Simon, lui-même, ne savait pas pourquoi ils s'étaient disputés. Il n'avait jamais été capable de s'en souvenir. Miriam et lui ne se querellaient jamais. Ses entrailles se mirent à bouillonner.

— Mère, comment pouvez-vous savoir cela ?

— Parce que c'est ainsi, et il est peut-être temps que tu le saches aussi, vu que tu ne t'en souviens pas.

En dépit de sa manière odieuse de les interroger, il y avait de la chaleur et de l'attention dans sa voix. Jusqu'à la dernière question qu'elle avait prononcée avec une bonne dose de dédain. Elle méprisait son alcoolisme, vestige de ses manières délurées qu'elle avait haïes.

— P-pourquoi pensez-vous que c'est à vous de faire cela ?

La voix de Diana tremblait légèrement, et Simon perçut son bégaiement. Il refusait qu'elle soit bouleversée.

— Prenez garde, Mère, la prévint-il.

— La rumeur qui courait parmi le personnel était que Miriam avait été infidèle, que le bébé n'était pas celui de Simon.

Simon eut l'impression que le monde avait disparu sous ses pieds. Il flottait, sans attaches et à la dérive dans le vide. Il ne ressentait rien.

Jusqu'à ce qu'il sente la prise de la main de sa femme sur la sienne. Soudain, il avait quelque chose à quoi s'accrocher. *Quelqu'un.*

Et alors qu'il pensait que les choses ne pouvaient empirer, Lowell franchit le seuil et annonça Sir Barnard et Lady Kingman.

La main de Diana se relâcha dans la sienne, et son visage perdit toute couleur. Simon se leva d'un bond, avec l'intention de s'opposer physiquement à son père si nécessaire. Bon sang, il tenait à gérer cette réunion selon ses propres conditions. Selon les conditions de *Diana*.

Le baronnet était un homme de grande taille, aux épaules larges, avec des cheveux noirs abondamment parsemés de gris. Ses sourcils sombres tombaient bas sur ses yeux, qu'il avait braqués sur Diana.

— Je t'ai enfin trouvée.

— Trouvée ? L'aviez-vous égarée ? s'enquit la mère de Simon.

Sir Barnard l'ignora, son regard furieux toujours rivé sur Diana.

— Tu m'as causé beaucoup d'ennuis, dit-il avant de relever la tête pour regarder Simon. Mais pas autant que vous. Enlever ma fille et la contraindre à vous épouser… Vous êtes méprisable.

Le cri aigu que poussa la douairière fit aboyer Humphrey.

— Un enlèvement ? Tu l'as enlevée ?

Simon adressa à tous les présents un regard noir.

— Non.

Diana se leva lentement.

— Il n-ne m-m'a p-pas enlevée.

Son bégaiement était de retour. Simon était à deux doigts d'étrangler son père.

— Tu l'as suivi de ton plein gré ? cracha Sir Barnard. Pourquoi accepter un duc pour le rejeter au profit d'un autre ? Ne t'avons-nous rien appris ?

— Je suis une d-duch-duchesse. Qu-quelle imp-p-portance de s-savoir q-qui est le marié ?

Le baronnet secoua la tête d'un air dégoûté.

— Écoute-toi, lança-t-il avant de se tourner vers Simon. Vous l'entendez ? Je ne peux croire que vous étiez conscient de sa déficience lorsque vous avez décidé de l'épouser. Mais c'est vous le dindon de la farce, car vous êtes coincé avec elle maintenant.

Sir Barnard se tourna à nouveau vers sa fille.

— Au moins, tu es une duchesse, même si ton mari est un paria.

Tout au long de cet échange, la mère de Diana se contenta de rester là à regarder, arborant un visage calme. En réalité, elle n'exprimait aucune émotion, comme si elle n'était pas consciente du vitriol qui se déversait de la bouche de son mari.

Diana releva le menton et regarda son père droit dans les yeux.

— Oui, j-je s-s-suis une d-d-duchesse. Vous m-me d-d-devez le resp-p-pect.

— Je ne te dois rien. Tu es une duchesse parce que c'est ce que *moi*, j'ai fait de toi, pas lui. Il a fait de toi une catin.

Trois bruyantes inspirations résonnèrent dans la pièce tandis que les trois femmes dévisageaient le baronnet, bouche bée. Pendant ce temps, Simon referma sa main en poing. Il n'aimait pas la violence, surtout après ce qu'il avait fait. La révélation de sa mère lui traversa l'esprit, le distrayant momentanément. Cela suffit pour que Diana s'enfuie de la pièce avant qu'il ne puisse l'arrêter.

Tiraillé entre l'envie de frapper son père et de rattraper sa femme, il choisit la seule voie possible. Il courut après elle.

*D*iana faillit trébucher en atteignant le palier de l'escalier. Elle s'agrippa à la balustrade et se força à reprendre son souffle. Mais elle ne s'arrêta pas. Elle survola les dernières marches et courut jusqu'à leur chambre, refermant la porte au passage.

Sa poitrine se gonflait et s'abaissait, et ses yeux étaient humides. Elle tremblait atrocement à mesure que la rage et la tristesse la parcouraient.

— Diana.

Elle ne pouvait supporter l'idée de se retourner et de regarder Simon. Elle avait honte qu'il ait vu cet horrible côté de son père.

— V-va t-t'en.

Il arriva dans son dos et glissa les bras autour de sa taille.

— C'est hors de question.

Elle s'élança en avant et fit rapidement le tour de leur lit, le mettant entre eux.

— N-ne m-m-me t-touche pas.

Cela lui était insupportable à ce moment-là. Elle ne pouvait le gérer alors que les souvenirs affluaient, menaçant de la noyer sous leur poids.

— Je t'en prie, Diana. Ne le laisse pas te faire ça. Tu es en sécurité, maintenant. Je vais le jeter dehors quand je redescendrai, et il ne pourra plus jamais te faire de mal.

Un sanglot angoissé échappa à Diana.

— Tu crois que c'est fini? demanda-t-elle dans un murmure rauque, se forçant à sortir les mots. Je ne p-peux p-p-pas oub-oublier ce qu-qu'il a f-f-fait. C'est t-toujours av-avec moi. Et ch-chaque f-f-fois que je va-v-vacille, ch-chaque f-fois qu-que cette f-faiblesse m-m'envahit, j-j-je me ra-rappelle qu-que j-j-je s-suis ina-ina..., commença-t-elle avant de jurer violemment, puis de crier, *inadaptée !*

Il lui avait fallu rassembler tout son self-control pour sortir ce mot. Le dégoût d'elle-même l'envahit.

— Que t'a-t-il fait ? demanda-t-il à voix basse, le regard intense. J'écouterai… il n'y a aucune honte à avoir. Comment pourrais-je te mépriser après ce que j'ai fait ?

Elle détestait entendre l'autodérision dans le ton de son mari, car c'était bien trop proche de ce qu'elle ressentait. Tous deux étaient de vrais désastres, se dit-elle. Mais non, pas lui. Pas vraiment.

— T-tu es un homme b-bon, S-Simon. T-t-tu as sim-simplement f-f-fait une erreur. T-tu étais en co-colère.

— Tu crois vraiment que je l'ai poussée, dit-il, l'air surpris, dévasté. Après tout ce temps passé à me dire que je n'étais pas un meurtrier, maintenant tu le crois.

Il secoua la tête, s'agrippant au montant du lit.

— Je viens juste de me rendre compte que *moi*, je n'y croyais pas vraiment. J'étais persuadé que c'était un accident, et que toi aussi tu le pensais.

— C-c'est le c-cas. M-mais sach-sachant ce qu-que n-nous sav-savons mainte-tenant… J-je t-t'ai vu qu-quand tu es en co-colère. Comme m-mainte-tenant. Re-regarde t-t-ta main, Simon.

Il tourna la tête, et elle vit son visage se vider de sa couleur lorsqu'il découvrit que ses jointures étaient blanches, que sa main tenait le bois avec force, comme pour l'étrangler.

— T-tu m'as att-attrapée co-comme ça à Br-Brereton, qu-quand t-t-tu as renc-rencontré les Taft. C-c'était d-d-douloureux, et t-tu ne t-t'en es p-pas rendu c-compte.

Il hoqueta, puis laissa retomber sa main, la secouant.

Son regard ne se fixait sur rien, il avait le visage blême.

— Je ne me rappelle pas m'être disputé avec elle. Je ne me souviens pas de cette… rumeur.

Il se détourna d'elle puis s'affaissa, glissant au sol contre l'autre côté du lit.

Diana se précipita et s'agenouilla à côté de lui. Il avait les yeux ouverts, vitreux, et regardait au loin dans le vide. Sa respiration était superficielle, ses lèvres entrouvertes. Le cœur de la jeune femme s'emballa tandis qu'elle réfléchissait à ce qu'elle devait faire. Il ne s'était pas évanoui, mais il n'était pas non plus tout à fait là.

Elle toucha doucement son bras, puis son épaule. Ensuite, elle caressa son cou en murmurant son nom. Cela prit un moment, mais il finit par ciller. Il tourna la tête et plissa brièvement les yeux.

— Ces rides sont de retour entre tes yeux.

Il tendit la main et passa son pouce sur sa chair. Le contact était léger et brusque. Il laissa retomber son bras contre son flanc et détourna à nouveau le regard d'elle.

— Je l'aimais beaucoup. Je me sentais tellement chanceux d'avoir trouvé ça, de l'avoir trouvée, *elle*. Et puis elle est partie, et j'ai cru ne plus jamais être entier à nouveau.

Les mots se déversaient de lui, comme une confession. Et ils brûlaient l'âme de la jeune femme. Elle savait qu'il l'aimait, elle l'avait entendu de sa bouche, et être témoin de la profondeur des sentiments qu'il avait éprouvés lui arrachait les entrailles. Comment pourrait-elle jamais combler le vide que Miriam avait laissé ?

— Je n'ai aucun souvenir de ça… de ce que ma mère a évoqué, dit-il en frissonnant. Je ne me rappelle pas non plus l'avoir empoignée… mais je ne me souviens pas t'avoir agrippée non plus. Je le sais *maintenant*, mais sur le moment, je n'en avais aucune idée. Suis-je un monstre ?

Il tourna la tête vers elle une fois encore et cligna des yeux.

Elle secoua farouchement la tête, incapable de parler. Elle luttait avec acharnement pour contrôler son élocution, mais ses émotions entravaient ses efforts.

Il cilla à nouveau, et elle vit les larmes dans les yeux de Simon.

— Quand je l'imagine portant l'enfant d'un autre, alors que je l'aimais tellement… Peut-être suis-je capable de meurtre.

Elle ne savait pas quoi dire. L'amour était un sentiment qui lui était tellement étranger ! Elle savait que la haine pouvait pousser les gens à faire des choses terribles. Il suffisait de regarder son père. Il les détestait, elle et son handicap.

Simon poursuivit.

— Cela m'a toujours dérangé que les gens affirment que nous nous étions disputés. Notre mariage était parfaitement harmonieux. Il n'y avait pas de désaccords, pas de querelles.

Il s'interrompit, puis leva les yeux au plafond. Il les plissa brièvement, et sa tête bascula sur le côté.

— En vérité, parfois nous nous disputions pour savoir qui aurait le dernier gâteau.

Miraculeusement, Diana eut envie de rire, mais elle n'en fit rien. C'était bien de Simon de trouver de l'humour même dans ce moment terriblement douloureux.

— Cela n'a jamais eu aucun sens pour moi, dit-il en baissant le regard vers Diana. Pas jusqu'à maintenant.

— Et pourtant, tu ne t'es jamais défendu. Pourquoi ?

Cela faisait longtemps qu'elle se posait la question. Elle ne l'avait jamais cru capable de la pousser, et elle ne pensait toujours pas que c'était ce qu'il avait fait.

Le regard de Simon devint sombre.

— Est-ce que c'est important ? La vérité, c'est que je *suis* aussi horrible que tout le monde le croit.

— C'était la culpabilité, comprit-elle enfin. Permettre à tout le monde de penser le pire de toi, c'est la punition que tu t'es infligée. Eh bien, maintenant, tu vas arrêter. Tu t'es torturé bien assez longtemps, et il est temps que cela cesse.

Elle lui prit le visage entre ses mains.

— Pourquoi ? Maintenant que nous connaissons la vérité…

Elle posa ses doigts sur les lèvres de Simon.

— Cela ne change rien. Maintenant, tu sais pourquoi vous vous disputiez, pourquoi tu lui as attrapé le bras. Personne ne sait ce qui s'est passé ensuite, et même si tu ne te rends pas toujours compte de ta force, tu ne l'aurais jamais poussée, insista-t-elle en glissant sa main dans son cou, posant les doigts sur sa nuque. À quel point étais-tu en co-colère contre m-mon p-p-père en b-bas ?

Bon sang, elle commençait à peine à se contrôler, et le simple fait de le mentionner la mettait à nouveau dans tous ses états.

— J'étais furieux.

— Assez pour le rouer de coups, j'en suis sûre. Et pourtant, tu ne l'as pas fait. Tu n'es pas un homme violent, Simon.

— Tu ne sais pas ce qui s'est passé, et moi non plus. Parce que j'étais complètement saoul.

Il cracha le dernier mot, dégoûté de lui-même.

— Tu buvais souvent et à l'excès avant de te marier, n'est-ce pas ? l'interrogea-t-elle, et le voyant hocher la tête, elle poursuivit. T'es-tu jamais battu, ou retrouvé impliqué dans une situation violente ?

— Non.

Elle n'était pas surprise.

— J'en connais suffisamment sur ta réputation pour penser que tu en as eu l'occasion. Tu étais un séducteur invétéré, si l'on en croit les rumeurs, qui fréquentait les cercles de jeux et les bordels.

— Une fois encore, tu te sers de la logique. Avec des résultats merveilleux.

— Et toi, tu te sers de l'humour pour éviter le problème, répliqua-t-elle avant d'expirer brusquement. Est-ce que je me fais comprendre ?

Il s'accrocha à sa taille.

— Oui. Mais, juste pour être clair, il n'y avait pas de bordels. J'avais une maîtresse.

— Dont je ne veux pas entendre parler. *Jamais.*

— Ne sois pas jalouse, mon amour. Tu es la seule femme que je veux. Maintenant et pour toujours.

Ses paroles l'enflammèrent, changeant l'angoisse qui la rongeait en quelque chose de totalement différent.

— Montre-moi.

Il écarquilla les yeux.

— Maintenant ? Malgré tout ce qui vient de se passer ?

— *À cause* de tout ce qui vient de se passer. J'ai besoin de te sentir, de savoir que je ne suis pas seule dans ce monde, que je suis en sécurité.

CHAPITRE 16

Son cerveau n'eut pas le temps de raisonner son corps. Simon l'attira vers lui, la ramenant contre sa poitrine. Il pressa sa bouche contre celle de Diana, les lèvres déjà entrouvertes et avides de son baiser.

Elle ne le fit pas attendre, passant ses bras autour de son cou et léchant les recoins de sa bouche à grands coups de langue généreux et avides. Elle passa une jambe par-dessus ses hanches pour le chevaucher. Son bassin se pressa contre lui, mais ses jupes étaient amassées entre eux.

Avec un cri étranglé, elle les poussa hors du chemin. Il l'aida en rassemblant le tissu autour d'eux, de sorte que lorsqu'elle redescendit, son sexe nu se plaqua sans retenue contre son pantalon.

Son membre tressauta, avide d'elle. Mais c'était une position hélas inconfortable, avec ses jambes étendues devant lui. Il voulait s'enfoncer en elle, sentir ses muscles se resserrer autour de lui.

Soulevant ses jupes, il glissa la main entre les cuisses de Diana. Elle était incroyablement mouillée. Au moment où les doigts de Simon caressèrent sa chair, elle gémit profondément dans sa bouche. Il l'embrassa passionnément et frotta son clitoris jusqu'à ce qu'elle gémisse à nouveau.

Les hanches de la duchesse poussèrent contre lui, et elle écarta ses lèvres des siennes.

— J'ai besoin de toi maintenant.

Elle fit descendre sa main de son cou et déboutonna son pantalon. Un instant plus tard, ses doigts entouraient son membre, tirant impatiemment sur sa chair. Aussi douée qu'elle ait été cette première fois, elle avait appris beaucoup plus. La moindre de ses caresses attisait la convoitise de Simon, et le rendait fou de désir.

— Il faut que je me lève, râla-t-il.

— Non. Je peux te chevaucher ici.

Elle fit tournoyer ses hanches, frôlant la longueur de son érection avec son sexe.

— Je ne peux pas bouger. *Il faut que je bouge.* Si je ne peux pas m'enfouir en toi, je pourrais en mourir.

— Eh bien, nous ne voudrions pas qu'une telle chose se produise, murmura-t-elle en glissant loin de lui. Dépêche-toi.

Il se leva contre le lit et attrapa ses hanches, la soulevant en même temps. Se tournant, il la déposa sur le bord du matelas et lui écarta les jambes pour pouvoir se placer entre elles. Il repoussa ses jupes jusqu'à sa taille, dévoilant son sexe et la soie pâle de ses cuisses. Il avait envie de l'embrasser, la lécher, attiser son désir jusqu'à ce qu'elle halète son nom.

Elle libéra sa verge de ses sous-vêtements et tira sur sa chair, le ramenant vers elle.

— Maintenant, Simon. J'ai besoin de toi en moi.

Il passa ses doigts sur ses replis pendant qu'il avançait. Elle le guida dans son canal moite et réclama sa bouche une fois de plus. Leur baiser était sauvage et insouciant, leurs langues s'entremêlant tandis qu'il s'enfonçait profondément dans son corps. Elle l'accueillit, ses jambes s'enroulant autour de ses hanches, le serrant alors que ses mains s'agrippaient à son dos.

Il voulait regarder son visage, se délecter de la joie et de l'émerveillement de son orgasme lorsqu'il la conduirait au-delà du précipice. Il arracha sa bouche de celle de sa femme et la repoussa sur le lit. À mi-chemin, elle agrippa sa chemise, ses doigts s'accrochant à sa cravate. La soie se détacha, et elle tira dessus. Quand elle l'eut jetée de côté, il lui prit les mains et se pencha en avant, la poussant en arrière pour la plaquer contre le matelas. Simon coinça ses mains de part et d'autre de sa tête et fixa ses yeux mi-clos. Le regard de Diana était sombre et séducteur.

Sans jamais la quitter des yeux, il la maintint en place alors qu'il sortait presque complètement de sa gaine, puis il se replongea en elle, s'enfouissant jusqu'à la garde. Elle cria et resserra ses jambes autour de lui, plantant les talons dans ses fesses.

Il répéta son mouvement, un peu plus rapidement, mais en prenant soin de lui offrir toute sa longueur.

— Oui, gémit-elle, encore et encore, lui rappelant cette nuit à Coventry où Mme Ogden avait fait la même chose.

Jamais il n'aurait imaginé que cette nuit-là éveillerait entre Diana et lui une attirance qui ne ferait que croître, s'épanouir et faire partie intégrante de lui.

Elle ouvrit un peu plus grand les yeux, se concentrant sur lui ; elle devint exigeante.

— Plus fort. Plus vite. Je t'en prie, Simon, ronronna-t-elle. J'ai besoin que tu te laisses aller. Montre-moi pourquoi je suis la seule femme pour toi.

Un désir ardent le parcourut, et il se libéra de toute retenue. Il s'enfonça en elle, encore et encore, et sentit ses muscles se tendre. Elle était si proche. Il lui lâcha la main et caressa son clitoris, alimentant son orgasme. Son sexe le serra sans pitié quand elle jouit.

— Ne t'arrête pas, ne t'arrête pas.

Elle répéta sa supplique jusqu'à ce qu'il agrippe ses hanches et la soulève du lit. L'inclinant selon l'angle parfait, il s'enfouit en elle tandis que son plaisir enflait. Il la sentit se tendre à nouveau, et sut qu'elle était à nouveau au bord du précipice.

Elle planta les talons dans ses fesses et contracta les cuisses tandis que ses muscles intimes se resserraient autour de lui. Il cria son nom et déversa sa semence en elle, s'abandonnant totalement au ravissement.

Il continua à bouger un moment pendant que le corps de sa femme prenait tout ce qu'il avait à donner. Puis il se laissa tomber en avant avec précaution, faisant peser son poids sur le côté, tout en parvenant à rester en elle. Il n'était pas prêt à partir. Pas encore.

Elle glissa les doigts dans les cheveux de son mari et embrassa son front, puis sa tempe.

Il inclina la tête en arrière pour la regarder.

— Il faut que je retourne en bas pour jeter ton père dehors. Tu n'es pas obligée de venir avec moi.

— J-je n-ne v-veux pas.

— Est-ce que tu as toujours eu ça ? lui demanda-t-il doucement. Ton bégaiement.

Elle hocha la tête, le regard soudain timide. Elle leva les yeux au plafond.

— Il a empiré avec l'âge. Au moment où je devais faire mes d-débuts, c'était assez horrible, au grand d-d-dam de mon p-p-père. Alors ils ont été repoussés jusqu'à ce que je puisse maîtriser le problème. Et mon père a insisté pour que je prétende être plus jeune que je ne le suis, plutôt que l'on me considère comme une vieille fille, expliqua-t-elle avant de le regarder droit dans les yeux. J'ai vingt-quatre ans, pas vingt.

Simon la regarda fixement.

— Oui, c'est logique. Tu m'as toujours parue bien plus mature que la plupart des jeunes femmes.

Elle éclata de rire.

— C'est vrai ?

— Absolument.

Il saisit sa main et la porta à sa bouche, déposant des baisers sur sa paume et son poignet.

— Il fallait que je le sois, dit-elle sobrement, reposant les yeux au plafond. Mon père insistait sur ce point.

— Comment as-tu fait ? Pour arrêter de bégayer, je veux dire.

Elle ne répondit pas immédiatement, et il faillit lui dire d'ignorer la question. Il ne voulait pas la brusquer.

— On ne m'a pas donné le choix. Chaque fois que je bégayais, il me forçait à faire des exercices d'élocution. Et si j'échouais, ce qui était souvent le cas, il m'enfermait dans un placard pendant un certain temps : une heure, deux heures, trois heures. Je devais rester assise sur un tabouret en tenant un livre en équilibre sur ma tête.

Diana posa brièvement les yeux sur ceux de Simon. Il vit la colère et la souffrance au fond de ceux de la duchesse.

— Sais-tu à quel point c'est difficile ? Mon dos me faisait souffrir continuellement, et si le livre tombait, je devais recommencer. Pendant ce temps, je devais réciter les exercices d'élocution. Le tout sous la surveillance de ma gouvernante, expliqua-t-elle avant de s'interrompre pour déglutir. J'ai eu quatre gouvernantes. Toutes finissaient par s'en aller. Elles ne supportaient pas la cruauté de mon père, pas plus que moi. Sauf que je n'avais pas le loisir de partir.

Elle s'interrompit. Puis elle tourna la tête vers lui, les traits radoucis.

— Jusqu'à toi, lui dit-elle, les yeux emplis de gratitude. Tu m'as enlevée. Tu m'as sauvée.

Il glissa hors de son corps, remonta vers elle et s'empara de sa bouche dans un baiser rapide et possessif.

— Nous nous sommes sauvés mutuellement, et je le referais s'il le fallait. En fait, je suis sur le point de le faire.

Il se leva à contrecœur. Il aurait préféré rester au lit avec elle, et laisser pourrir les méchants au rez-de-chaussée.

Il attacha son pantalon pendant qu'elle s'asseyait.

— Que vas-tu faire ?

— Jeter le baronnet dehors et lui interdire de revenir. Tu peux choisir de le voir quand tu en auras envie. *Si* tu en as envie. Ou pas. Ce choix t'appartient.

Il tendit la main vers sa cravate, avant de décider qu'il ne voulait pas s'embarrasser. Au lieu de cela, il prit le visage de Diana entre ses mains.

— Tu auras toujours le choix, aussi longtemps que je respirerai.

Elle se laissa aller contre sa main.

— Je n'ai jamais pensé que j'étais digne de quelque chose.

— Tu es une femme magnifique, Diana. N'importe quel homme aurait de la chance de t'avoir. Mais c'est moi qui ai le privilège de te revendiquer.

La fierté enfla dans sa poitrine, et il fut presque submergé par le bonheur d'avoir autant de chance. Il se pencha en avant et l'embrassa encore.

— Je reviens vite.

Elle hocha la tête et lui sourit avant qu'il ne se retourne et s'en aille.

Avant d'atteindre les escaliers, il s'arrêta pour ajuster ses vêtements. Hormis la cravate, il estimait passer l'épreuve. Non pas qu'il s'en souciait. Il se moquait bien de ce que les parents de Diana pouvaient penser de lui. Et à cet instant, il ne savait pas encore s'il allait ou non jeter sa propre mère dehors.

Il dévala les escaliers et, en arrivant au bas, une étrange

sensation l'envahit. C'était la première fois qu'il descendait sans hésiter, sans ressentir un froid sentiment de culpabilité.

Comme il ne voulait pas trop s'attarder sur la question, il se dirigea à grandes enjambées vers le salon. Il fut choqué de trouver sa mère en train de prendre le thé avec ses beaux-parents. Cela semblait bien trop… agréable.

Il examina la pièce et ses occupants d'un air renfrogné.

— Je suis heureux de voir que vous avez profité de quelques rafraîchissements. Maintenant, sortez.

Sa mère eut l'air effarée, surtout lorsque son regard tomba sur l'absence de cravate de Simon, mais ce fut Sir Barnard qui répondit. Il se leva du canapé et jeta un regard furieux à Simon.

— J'aurais dû quitter cette partie de campagne à la minute où vous êtes arrivé. Vous empoisonnez tout ce que vous touchez.

Simon se retourna vers l'homme et donna libre cours à sa colère.

— En réalité, je pense que cette description vous convient bien mieux qu'à moi. Regardez votre femme. Il est évident qu'elle préférerait être n'importe où ailleurs qu'ici. Chaque fois que vous parlez, elle tressaille.

Simon s'interrompit, puis reporta son attention sur la femme. Elle avait les yeux écarquillés, visiblement sous le choc, et sans doute un peu apeurée.

— Si vous avez besoin d'un endroit où rester, vous êtes la bienvenue ici.

Il espérait ne pas faire une offre que Diana désapprouverait, mais il avait l'impression que sa mère, bien que complice des abus de son mari, avait aussi souffert.

Simon posa à nouveau son regard glacial sur le baronnet.

— Vous, en revanche, n'êtes pas le bienvenu. Vous allez vous en aller maintenant, et ne plus jamais revenir, à moins d'y avoir explicitement été invité. Si vous essayez, je vous ferai partir de force. Est-ce que je me fais bien comprendre ?

— Vous ne pouvez pas faire une telle chose. Ma fille ne le permettra pas.

— Non seulement elle le permet, mais elle l'approuve. Elle n'est plus votre fille. Elle est ma *femme*. Elle est la duchesse que vous avez toujours voulu qu'elle soit. Et en tant que telle, elle peut décider de qui elle veut voir, et quand elle veut les voir. Vous n'êtes pas sur cette liste. À présent, retirez-vous, faute de quoi je ferai appel à mon personnel pour vous y aider.

Lady Kingman se leva lentement et toucha légèrement le bras de son mari. Il s'écarta d'elle et lui jeta un regard méchant. Elle s'éloigna en jetant un regard triste à Simon.

— Prenez soin d'elle. Merci. Viens, Barnard.

La gorge de Sir Barnard travaillait, et ses yeux flamboyaient.

— Je ne me laisserai pas évincer.

La mère de Simon sauta dans la mêlée.

— Elle a épousé un duc. Que vous faut-il de plus ? Si vous vouliez que le duc en question vous *apprécie*, je crois que vous avez manqué cette opportunité. Alors, allez-vous-en.

Elle le chassa d'un geste de la main comme un insecte importun.

Quand il apparut que le baronnet n'avait pas l'intention de partir, Simon appela Lowell.

La tête de Sir Barnard semblait sur le point d'exploser. Même ses oreilles étaient rouges.

— Je m'en vais. Pour l'instant.

— Pour toujours, le corrigea Simon avant de faire un signe de tête au majordome qui apparaissait dans l'embrasure de la porte. Veuillez raccompagner Sir Barnard. De manière permanente. S'il tente de revenir, ne le laissez pas entrer. Lady Kingman sera la bienvenue, si elle arrive seule.

— Oui, Votre Grâce.

Le majordome escorta les parents de Diana hors de la pièce, et quand Simon entendit au loin le bruit de la porte d'entrée qui s'ouvrait, il laissa ses muscles se détendre.

Mais seulement pour un instant.

Ensuite, il se tourna vers sa mère. Avant qu'il ne dise un mot, elle prit la parole :

— Tu as très bien fait. Ton père serait fier.

Il y avait une dizaine de choses que Simon aurait pu répondre, mais il finit par lâcher :

— Que faisiez-vous ici avec eux ?

Sa mère haussa un sourcil ironique.

— Je prenais le thé. N'était-ce pas évident ? Ne crois pas que je me sois montrée *gentille* avec eux. La majeure partie du temps, j'ai ignoré Sir Barnard, et il s'est contenté de rester assis à fulminer. Quant à Lady Kingman, c'est une personne correcte, et de toute évidence, elle tient à sa fille. Elle s'est excusée pour le comportement de son mari, ce qui lui a valu un regard qui aurait effrayé le plus courageux des hommes. Elle a ensuite affirmé qu'elle était heureuse que sa fille ait rencontré l'amour. Je suis heureuse aussi. Tu as eu beaucoup de chance en matière d'amour, mon garçon.

De la chance ? Était-elle folle ?

— Comment pouvez-vous dire une chose pareille après que j'ai perdu ma première femme ?

— Parce que je te vois avec ta seconde femme. Pose-toi donc cette question : si tu pouvais remonter le temps et avoir Miriam, serais-tu prêt à dire au revoir à Diana ? Le pourrais-tu ?

Ce choix n'avait absolument aucun sens. Et il ne pouvait pas le faire. Mais alors même qu'il y réfléchissait, il savait qu'il avait déjà la réponse. Il ne pouvait tout simplement pas imaginer sa vie sans Diana, alors qu'il avait été contraint d'aller de l'avant sans Miriam.

— Merci de me faire me sentir affreusement mal à nouveau.

Elle se leva de son fauteuil, tirant Humphrey de sa sieste. Il se leva et s'étira, tourna en rond, puis s'installa au centre du coussin, là où il était chaud.

— Je ne voulais pas que tu te sentes mal. Tu sais que je parle franchement, affirma-t-elle, et elle l'avait effectivement toujours fait. J'essayais simplement de te faire remarquer que tu es un homme chanceux d'avoir trouvé deux fois l'amour, surtout après avoir perdu Miriam.

Il la regarda d'un œil sceptique.

— Vous semblez compatir. Qu'est-il arrivé à la femme qui m'a blâmé pour sa mort, qui m'a tourné le dos après les funérailles ?

— Elle s'est rendu compte que la vie est trop courte et qu'elle connaît son fils, dit-elle en faisant un pas vers lui. C'était un accident. Tu ne lui aurais pas fait de mal, quand bien même elle aurait porté un bâtard.

— Vous croyez vraiment que c'était le cas ?

La douleur de cette perspective était moins vive à présent. Il ne savait pas exactement pourquoi, mais il était heureux de cette amélioration.

Sa mère haussa les épaules.

— Nous ne le saurons jamais. Mme Dodd m'a confié la rumeur qui courait, et je ne t'en ai rien dit parce que tu étais très mal en point.

— Et pourtant, vous me l'avez dit aujourd'hui.

— Il est temps d'en finir avec tout ça, tu ne crois pas ?

— J'aimerais bien, mais je ne sais pas si c'est possible.

C'était une autre amélioration. Avant, il aurait carrément répondu que c'était impossible, qu'il avait promis à Miriam de ne jamais laisser son souvenir s'estomper.

— Pourquoi m'avez-vous abandonné ?

Elle expira, et il décela une note de culpabilité.

— Je ne peux pas dire que j'en suis fière. J'étais en colère contre ton comportement. Pas parce que je croyais que tu l'avais volontairement poussée dans les escaliers, mais parce que tu n'en avais pas le moindre souvenir. Tu sais à quel point je détestais que tu boives.

Oui, il le savait.

— Vous aviez raison de le faire. Je ne bois plus.

— Jamais ?

— Pas une seule goutte. Je suis devenu un grand amateur de thé.

— C'est remarquable.

Elle cligna des yeux et détourna le regard un moment, portant le bout de son doigt au coin de son œil gauche.

— Vous avez eu raison de m'abandonner.

Diana avait raison, il avait entretenu le mépris et la raillerie des gens comme une forme de châtiment volontaire. Il avait accepté la manière dont sa mère le traitait comme quelque chose qu'il avait mérité.

— Je pouvais à peine me supporter. Pourquoi quelqu'un d'autre aurait-il pu le faire ?

Sa mère plissa le front.

— Tu avais besoin d'attention et de soutien. J'aurais dû être là pour toi. Certes, c'était une chose horrible… un accident. Tu dois trouver un moyen de te pardonner. Mais il semble que tu sois sur cette voie. Je n'étais pas là pour toi, mais visiblement Diana l'était. Et elle l'est encore. Je vois à quel point tu tiens à elle. C'est un peu comme avec Miriam, mais différent aussi.

— Elle me manque, mais je tiens à Diana. Plus que je ne l'aurais jamais cru possible. Comment peut-il y avoir de la place pour les deux dans mon cœur ? Déjà, Miriam commence à s'effacer un peu.

Sa poitrine se serra alors qu'il se rappelait avoir descendu les escaliers à l'instant, sans avoir pensé à elle avant d'être en bas.

Sa mère lui adressa un pâle sourire.

— Mon cher garçon, elle s'estompera avec le temps. Même ton père s'est effacé pour moi, et je ne me suis pas remariée. Cela ne signifie pas que je l'aime moins, ou qu'il me manque moins, mais simplement que j'ai trouvé un moyen de continuer, d'aller de l'avant. Et il voudrait que je le fasse. Miriam le voudrait aussi pour toi.

— Mais c'est ma faute si elle n'est plus là.

— La faute n'a pas d'importance, Simon.

Cela faisait bien longtemps qu'elle ne l'avait pas appelé par son prénom. Ça lui donnait l'impression d'être à nouveau un enfant, et, à cet instant, ce n'était pas une mauvaise chose.

— Ce qui compte, c'est le pardon. Tu as trouvé une chance d'être à nouveau heureux. Fais-le. Regarde devant toi, pas derrière. Ton père serait fier du duc que tu es devenu.

Se pardonner. Regarder vers l'avant plutôt que vers le passé, qui devait rester là où était sa place, derrière lui. Il fallait qu'il trouve un moyen de vivre avec ce qu'il avait fait. Ce n'était pas une révélation. Il savait que c'était nécessaire s'il voulait avoir un avenir. Mais jamais il n'avait eu cet espoir. Pas avant Diana.

— Merci, dit-il simplement, touché par les paroles de sa mère.

Elle s'approcha et lui tapota le bras. C'était ce qui se rapprochait le plus d'un câlin venant d'elle, et il ne pouvait pas espérer plus. Elle n'avait jamais été très démonstrative. Son père avait été le parent qui l'étreignait fort et l'embrassait sur la tête. Il manquait énormément à Simon. Mais il était aussi heureux d'avoir sa mère ici.

— Vous allez rester quelques jours ? lui demanda-t-il.

Elle hocha la tête.

— Apparemment, je dois inspecter la maison de douaire.

Je suis lasse de mon cottage dans le Kent, mais il est appréciable de l'avoir pour pouvoir rendre visite à tes sœurs, expliqua-t-elle, soulignant qu'ils habitaient à moins de soixante kilomètres les uns des autres. Elles aimeraient peut-être te voir et rencontrer ta nouvelle femme. Si tu voulais les inviter ici.

Simon n'était toujours pas certain de pouvoir rester ici sur une longue période. Il allait essayer de tenir jusqu'au mariage de Lowell et Marley, sans pourtant être convaincu que c'était possible.

— Je vais y réfléchir.

— Fais donc ça. Je vais me reposer avant le dîner.

Elle se dirigea vers la porte, et Humphrey sauta du fauteuil pour la suivre.

Simon essaya de faire le tri dans les péripéties scandaleuses de la journée. Tout n'avait pas été si mauvais : il se sentait encore plus proche de Diana, et il s'était réconcilié avec sa mère. Mais apprendre la raison de sa dispute avec Miriam avait été un coup dur. Cela apportait la preuve d'une vérité dont il avait secrètement douté, au fond de lui : qu'il avait causé sa mort.

Il n'était donc pas un *meurtrier*, mais sa femme était morte par sa faute. Probablement. Il ne le saurait jamais. Et oui, il allait devoir apprendre à vivre avec cela.

CHAPITRE 17

près les événements de la veille, Diana dormit plus tard que d'habitude. Ils avaient profité d'un bon dîner avec la douairière, choisissant d'éviter de discuter des parents de Diana ou de la révélation concernant la mort de la première femme de Simon. À la place, sa mère avait régalé Diana de ses exploits de jeunesse sur le domaine : quand il allait pêcher dans l'étang, grimper aux arbres, faire entrer des animaux dans la maison et provoquer un désordre général, les promenades quotidiennes avec son père. Lorsque la conversation avait porté sur le précédent duc, l'amour que Simon et sa mère ressentaient pour lui était palpable. Diana se rendit compte que Simon avait perdu deux des personnes les plus importantes de sa vie. Cela devait être difficile. De son côté, Diana n'avait même pas de personnes importantes dans sa vie.

Une vague de mélancolie accompagna cette constatation. Ou peut-être que cela venait de ce que Simon avait dit la veille au sujet de Miriam. Diana voyait à quel point il l'avait aimée, et combien il avait souffert de sa perte. Il y avait un vide en lui, et elle doutait de sa capacité à le combler.

Oh, comme elle en avait envie !

L'autre chose qu'elle avait réalisée, c'était qu'elle l'aimait. C'était *obligé*. Elle ignorait tout de ce qu'elle était censée ressentir, mais il n'était jamais bien loin de son esprit, elle brûlait d'envie de le toucher, et elle aspirait à le rendre à nouveau entier. Si ce n'était pas de l'amour, alors peut-être était-elle simplement incapable de ressentir cette émotion.

Même si c'était possible, elle refusait de croire que c'était vrai. Elle *voulait* l'aimer. Et plus encore, elle voulait qu'il l'aime en retour.

Oui, c'était là que résidait sa mélancolie.

Alors qu'elle se dirigeait vers les escaliers, elle vit Mme Marley s'entretenir avec une femme de chambre. Cette dernière acquiesça à ce que la gouvernante avait dit, puis elle repartit dans la galerie. Mme Marley fit demi-tour et commença à descendre les escaliers.

Prenant une décision rapide, Diana accéléra le pas pour la rattraper, ce qu'elle fit sur le palier.

— Madame Marley, puis-je vous parler un instant ?

La gouvernante se retourna, ses yeux bruns reflétant sa légère surprise.

— Oh, Votre Grâce, je ne vous avais pas vue. Bien sûr. En quoi puis-je vous être utile ? À moins que ce ne soit au sujet du mariage ?

Ses lèvres se recourbèrent en un petit sourire.

— En fait, ce n'est pas le cas, mais les arrangements avancent bien.

Après ce que Diana avait appris hier, elle se demandait s'il était approprié d'organiser leur mariage ici, à la chapelle. Même si rien de ce qui s'était passé n'était la faute de la gouvernante, Diana ne pouvait s'empêcher d'être troublée par son rôle. Elle se surprit à repenser à ce que Mme Dodd avait dit… Si seulement Mme Marley avait gardé pour elle ce qu'elle avait vu.

Sauf qu'alors elle aurait porté le poids de ce secret, et Diana se dit que cela aurait été terrible. La gouvernante n'était pas en faute, mais elle pouvait peut-être l'aider.

— J'espère que vous ne m'en voudrez pas, mais je voulais vous parler de la mort de l'ancienne duchesse.

Mme Marley jeta un coup d'œil vers le bas de l'escalier, et son visage blêmit.

— Ils se tenaient juste ici.

Elle regarda le palier, avant de poser son regard sombre sur Diana.

Un frisson parcourut son échine, et sa peau se glaça.

— Pourriez-vous me dire précisément ce dont vous vous souvenez ?

La gouvernante ferma les yeux un instant, les traits tendus. Quand elle rouvrit les paupières, son regard reflétait son angoisse.

— J'ai travaillé dur pour l'occulter de mon esprit, Madame, mais je peux essayer.

— Je comprends. Et j'apprécie que vous essayiez.

Mme Marley hocha faiblement la tête.

— Ils formaient un couple heureux au début. C'est pourquoi ce qui s'est passé était si horrible. Nous étions tous choqués.

— Êtes-vous en train de parler de l'accident ?

— Et de ce qui s'est passé avant. De *pourquoi* c'est arrivé.

La gouvernante détourna le regard.

La prétendue liaison.

— Continuez, insista Diana.

Elle avait initié cette folie, et elle avait l'intention d'aller jusqu'au bout.

— Ils n'étaient mariés que depuis quelques mois quand Sa Grâce est tombée enceinte. Je ne sais pas vraiment d'où est partie la rumeur, mais il s'est rapidement murmuré que le bébé n'était pas celui du duc.

Cela coûtait visiblement un gros effort à Mme Marley de le dire, et son visage reflétait son chagrin.

— Et pourquoi a-t-on soupçonné une telle chose ?

D'après tout ce que Diana savait, cela n'avait aucun sens.

— Il y avait un jeune valet de pied, qui était clairement épris d'elle. Ils ont été vus ensemble à plusieurs occasions… proches.

— Est-ce que quelqu'un les a vus… s'embrasser ?

— Non, pas ça. Ils étaient très discrets, dit Mme Marley, serrant nerveusement ses mains. Ou peut-être qu'il n'y avait rien, et que ce n'était qu'une rumeur. Comment pourrions-nous le savoir ?

C'était malheureusement vrai. En réalité, jamais ils ne sauraient ce qui s'était vraiment passé dans ces escaliers. Alors pourquoi Diana interrogeait-elle cette pauvre femme à ce sujet ?

— Nous ne le pouvons pas. Tout comme nous ne pouvons pas savoir ce qui s'est passé alors que vous aviez tourné le dos à leur dispute à cet endroit même.

Des larmes se formèrent dans les yeux de la gouvernante, mais elle cilla pour les chasser.

— J'étais tellement désemparée après cela. Même encore maintenant, je ne peux y repenser sans être bouleversée. Et rester là à en discuter…

Sa voix s'éteignit et elle prit une grande inspiration.

Diana mit un terme à sa torture.

— Ne parlons pas de cela, proposa-t-elle en touchant doucement le bras de la gouvernante. Je suis désolée d'avoir abordé le sujet, et je ne le ferai plus. Le duc a beaucoup de chance d'avoir votre soutien, et vous ne devez pas vous en vouloir de dire la vérité.

— Merci, Madame, répondit Marley en hochant la tête. Vous êtes trop gentille.

— Venez, quittons ce palier.

Diana laissa échapper un petit rire, puis entraîna la gouvernante vers le hall où Lowell les rejoignit. Il jeta un regard inquiet à sa fiancée, mais ne dit rien.

Mme Marley repartit vers les cuisines.

— Votre Grâce, commença Lowell. La douairière est dans le salon bleu et or et a demandé si vous pouviez la rejoindre.

— Merci, Lowell.

Diana prit la direction du salon et trouva sa belle-mère installée dans son nouveau fauteuil préféré, en train de gratter la tête d'Humphrey.

— Bonjour, Diana, lui dit la douairière. Je suis heureuse de voir que vous avez pris le temps de vous reposer après les épreuves d'hier. Mais, si je puis me permettre, vous êtes encore un peu pâle.

Diana avait déjà compris que sa belle-mère ne mâchait pas ses mots.

— Je viens juste de croiser Mme Marley dans les escaliers. J'ai bien peur d'avoir rouvert une vieille blessure en lui parlant de l'accident.

La douairière hocha la tête avec sérénité.

— Vous ne devriez pas vous en vouloir. Il est naturel de vouloir trouver des réponses. J'ai fait la même chose après l'accident. J'ai interrogé chaque membre du personnel. Elle est la seule à avoir vu quelque chose, et pourtant, cela n'a pas suffi à avoir un compte-rendu complet.

Diana prit place sur le canapé et observa le jardin derrière la maison. Simon était là, quelque part dans son immense domaine, à exercer ces fonctions qu'il estimait avoir négligées depuis bien trop longtemps. Il lui manquait.

— Qu'a-t-elle dit? demanda la douairière, ramenant Diana à la conversation.

— Elle m'a parlé de la rumeur, expliqua la jeune femme, reportant son attention sur la mère de Simon. Comment l'avez-vous appris?

— Quand j'ai parlé avec le personnel après coup, Mme Dodd m'en a informée. Personne d'autre n'aurait le courage de me le dire, mais la cuisinière et moi avons une relation particulière. Je l'ai engagée à ce poste quand je suis devenue duchesse, expliqua la douairière avec un sourire, et les angles nets de son visage s'adoucirent. Elle était Mlle Chambers à l'époque. Elle est la raison de ma présence ici, en réalité. Elle m'a écrit pour m'informer de votre arrivée, et j'ai décidé de venir en personne.

— Selon Mme Marley, il y avait un valet de pied qui était vraisemblablement trop proche de la duchesse.

La mère de Simon fronça les sourcils.

— Oui, j'ai entendu cette histoire, mais je l'ai considérée comme une absurdité. Miriam aimait mon fils à la folie. Elle n'arrivait pas à croire qu'un duc l'avait épousée. Elle n'avait pas été préparée à cette vie, pas comme vous l'avez été.

Le cœur de Diana se serra. Elle aimait Simon de cette manière. Même en cet instant, son esprit vagabondait vers l'endroit où il se trouvait, ce qu'il faisait et elle comptait les minutes jusqu'à son retour. Mais la douleur découlait du fait de savoir que Simon avait aimé sa première femme exactement de la même manière. Diana savait qu'il tenait à elle, mais elle doutait qu'il ressente la même chose un jour.

— Simon l'aimait aussi. Cela n'aurait pas eu de sens qu'elle le trompe.

— Non, ce n'est pas logique pour moi non plus. Mais apparemment Romsey l'a envisagé, puisqu'il l'a confrontée.

— Il aurait peut-être été préférable de ne pas le lui dire, suggéra Diana.

— Peut-être, mais il aurait fini par l'apprendre, tôt ou tard. Ces choses-là ne demeurent jamais secrètes. Pas éternellement. C'était bien mieux qu'il l'entende de moi. Et ce n'est pas comme si c'était vrai. Je pense que personne n'y croit.

Diana n'était pas forcément d'accord avec le raisonnement de la douairière sur le fait de lui dire, mais elle ne voyait pas l'intérêt d'en débattre avec elle. Cependant, elle voulait s'entretenir avec Mme Dodd au sujet de cette rumeur. Si personne n'y croyait vraiment, comment avait-elle démarré, et pourquoi s'était-elle imposée ? Elle se leva du canapé.

— Je me rends aux cuisines pour discuter du menu de la semaine prochaine avec Mme Dodd.

— C'est la meilleure cuisinière de tout le Hampshire, affirma la douairière. Peut-être même de tout le sud de l'Angleterre. Avez-vous déjà goûté à son *trifle* ? C'est la raison pour laquelle je l'ai engagée. Elle avait confectionné un éventail de plats pour me convaincre, et ce *trifle* lui a valu la place. Auriez-vous l'amabilité de lui demander si elle peut m'en préparer avant mon départ ?

— Bien sûr.

Diana s'excusa et se rendit directement aux cuisines pour trouver Mme Dodd. La cuisine principale était étonnamment vide, alors elle se rendit dans l'arrière-cuisine, où Rose frottait une casserole.

— Bonjour, Rose.

La jeune fille sursauta, manquant de faire tomber la casserole. Elle leva des yeux écarquillés sur Diana.

— Excusez-moi de vous avoir fait peur, lui dit-elle. Je cherche Mme Dodd.

Le corps de Rose se détendit, comme il le faisait toujours, car la fille semblait éternellement tendue aux yeux de Diana. C'était sans doute pour cette raison qu'elle avait développé une affection particulière pour la jeune servante. Diana savait ce que c'était que de se sentir constamment sur les nerfs.

Rose se remit à nettoyer sa casserole.

— Tout le monde est en train de prendre son repas du midi.

— Pourquoi n'êtes-vous pas avez eux ?

— C'est mon travail de m'occuper de la cuisine. Je mangerai quand ils auront fini.

— Vous ne mangez jamais avec eux ?

Lorsque Rose secoua la tête, Diana se demanda pourquoi elles ne pouvaient pas prendre chacune leur tour cette responsabilité afin que Rose ne soit pas toujours isolée.

— Cela ne me dérange pas, Votre Grâce. J'aime rester seule. C'est la meilleure façon d'éviter les problèmes. Je l'ai vite appris.

Diana imaginait sans peine Mme Dodd instillant la peur chez Rose dès son arrivée. La cuisinière dirigeait une cuisine stricte et attendait de ses servantes qu'elles gardent les mains propres. Et pourtant, cette femme semblait être la principale pourvoyeuse de commérages de la maison. Une pensée frappa Diana : peut-être que Rose pourrait s'épanouir dans un autre domaine ?

— Rose, aimeriez-vous travailler dans la maison comme femme de chambre ?

Rose leva les yeux de sa casserole, surprise.

— Pourquoi ?

La duchesse se disait que la jeune fille serait sans doute plus à l'aise loin des manières autoritaires de Mme Dodd. Elle haussa les épaules, jouant la carte de la nonchalance.

— Je me suis dit que vous aimeriez essayer quelque chose de nouveau.

Rose secoua la tête de manière assez véhémente.

— Non, merci, Madame.

Décontenancée par le refus catégorique de la jeune fille, Diana ne put s'empêcher de demander pourquoi.

— Y a-t-il une raison ?

Rose posa la marmite dans l'évier, où elle versa de l'eau

dans le récipient et la fit tournoyer pour la rincer. Après avoir versé l'eau dans la bonde, elle posa la casserole sur le support de séchage et se tourna vers Diana en s'essuyant les mains sur son tablier.

— Je préfère ne pas travailler dans la maison. Mme Dodd n'est pas aussi terrible que Mme Marley.

Rose frissonna avant de traverser l'arrière-cuisine et d'entrer dans la petite réserve. À l'intérieur, elle se mit à réarranger les ustensiles de cuisine sur les étagères.

Diana cilla. La gouvernante semblait si charmante. Et capable. Elle n'avait rien entendu qui pouvait justifier une mauvaise réputation auprès du personnel. Diana rejoignit Rose dans la réserve.

— Pourquoi ressentez-vous cela envers Mme Marley ?

Rose hésita, comme elle le faisait souvent, et Diana chercha à la rassurer.

— J'espère que vous savez que tout ce que vous me dites est strictement confidentiel. Je tiens à tous les membres du personnel, mais pour une raison que j'ignore, vous êtes déjà spéciale pour moi.

Malgré la pénombre du cellier, éclairé uniquement par la lumière des hautes fenêtres du mur opposé de l'arrière-cuisine, Diana vit le rose qui enveloppait les joues rondes et juvéniles de la jeune fille.

— Merci, Madame. Je n'ai jamais aimé Mme Marley. Elle me fait peur. À cause de… l'*incident*.

Diana dut tendre l'oreille pour entendre le dernier mot.

— L'accident impliquant la précédente duchesse ?

Voyant Rose hocher la tête, Diana essaya de comprendre pourquoi le comportement de Mme Marley aurait pu effrayer la jeune fille.

— Est-ce parce qu'elle a parlé ?

Rose interrompit son rangement et se tourna vers Diana,

triturant le devant de son tablier avec ses doigts tandis qu'elle secouait la tête.

— Non, parce qu'elle a menti. J'ai vu tout ce qui s'est passé.

Le cœur de Diana cessa de battre pendant une seconde. C'était un témoin.

— Pourquoi n'avoir rien dit à personne ?

Un éclair de panique traversa le regard de Rose, et ses yeux s'arrondirent comme des soucoupes.

— Je ne travaillais ici que depuis une semaine, mais je savais déjà que Mme Dodd ne tolérait pas les ragots de notre part, sauf si nous les partagions avec elle et elle seule. Mais voir Sa Grâce, le duc…

Une larme s'échappa du coin de l'œil de Rose, brisant le cœur de Diana.

— Qu'avez-vous vu ?

La duchesse mourait d'envie de le savoir.

— C'est Mme Marley qui s'est disputée avec Sa Grâce dans les escaliers. Madame a glissé et a tendu la main vers la gouvernante, mais celle-ci a reculé, et la duchesse est tombée, raconta Rose avant de fermer les yeux, s'entourant de ses bras. C'était horrible. Parfois, je me réveille et je vois la terreur sur son visage et j'entends le bruit qu'elle fait en heurtant le sol. Et puis je vois Sa Grâce se précipiter depuis son bureau dans le hall. J'entends son cri de détresse. Ensuite, je le vois serrer la duchesse dans ses bras, la suppliant de ne pas mourir.

Les yeux de la jeune femme étaient voilés. Enfin, elle cilla, et se concentra à nouveau sur Diana.

— C'est à ce moment-là que j'ai couru. J'ai couru jusqu'à ma chambre dans le grenier, et je ne l'ai jamais raconté à quiconque.

Les larmes coulaient sans retenue des yeux de Diana. L'image de Simon berçant le corps de sa femme morte l'aurait hantée elle aussi. Et peut-être même que ce serait le cas, maintenant qu'elle connaissait la vérité. Il n'était même pas dans les escaliers. Marley avait menti à propos de tout cela pour couvrir son propre méfait. D'imaginer que la souffrance de Simon aurait pu être atténuée… Rien de tout cela n'aurait pu ramener Miriam, mais au moins, il ne s'en serait pas voulu.

— Pourquoi ne pas l'avoir raconté à Mme Dodd, au moins ?

Diana s'efforça de ne pas prendre un ton accusateur. La jeune fille avait treize ans à l'époque, et elle venait d'arriver dans cette maison. Si elle s'était retrouvée dans la même situation, Diana n'était pas certaine qu'elle aurait trouvé le courage de s'exprimer non plus.

— Peu importe, je connais déjà la réponse. Vous aviez une peur bleue pour bien des raisons, toutes valables.

Elle essuya ses joues mouillées et esquissa un sourire d'encouragement à l'attention de la courageuse jeune fille.

— Je suis vraiment heureuse que vous m'ayez raconté la vérité. Voilà qui aidera le duc sans commune mesure.

Le regard de Rose s'illumina.

— Vraiment ?

La porte derrière Diana se referma en claquant, et elles entendirent le verrou se fermer. La duchesse se retourna et essaya d'ouvrir la porte, mais comme elle s'y attendait, elle était verrouillée.

Elle pivota à nouveau vers Rose, mais elles étaient maintenant dans l'obscurité totale.

— Avez-vous vu qui a fermé la porte ? demanda Diana, submergée d'angoisse.

Pour quelle raison quelqu'un voudrait-il les enfermer dans la réserve ?

— Pas clairement. Mais j'ai aperçu une jupe, répondit la

fille de cuisine, soudain blême. Je crois que c'était Mme Marley.

La peur dans la voix de Rose résonna dans la poitrine de Diane. L'obscurité du cellier lui rappelait les innombrables fois où son père l'avait enfermée dans un placard noir, où elle avait été contrainte de passer la nuit et de méditer sur ses déficiences. La panique lui comprima la gorge, et elle se retrouva incapable de formuler un mot.

— Que devons-nous faire ? s'enquit Rose, sa voix faible et apeurée dans le noir.

Elles auraient dû appeler à l'aide, mais Diana était paralysée. Puis une odeur filtra sous la porte. De la fumée.

— Quelqu'un va nous trouver, n'est-ce pas ? demanda la jeune fille avec crainte.

Diana l'espérait. Elles n'étaient pas très loin, Mme Dodd et les autres étaient juste de l'autre côté de la cuisine. Mais quelqu'un pourrait-il les entendre si elles criaient ? C'était une question inutile, car Diana était incapable de parler. Un bouillonnement hystérique envahit sa poitrine alors que de la fumée commençait à filtrer sous la porte.

Rose passa devant elle et martela la porte de ses poings, mais elle recula rapidement.

— Elle est chaude.

Diana entendit le faible crépitement des flammes. Mon Dieu ! La porte était en feu. Très vite, la réserve allait se changer en four. Et Rose et elle finiraient cuites à l'intérieur.

Elle pensa à Simon et à la douleur qu'il ressentirait s'il la perdait aussi. Elle pria pour qu'il n'ait pas à endurer ça à nouveau. La vie ne pouvait pas se montrer aussi cruelle.

Pourtant, alors que la fumée augmentait, que la chaleur croissait et que Rose commençait à tousser, l'espoir de Diana faiblit. Elle était habituée à la cruauté, et il semblait que ce soit là sa fin.

~

*L*orsque Simon pénétra dans la cour avec Nevis, il vit les garçons d'écurie courir vers les cuisines.

— Que diable se passe-t-il ?

Nevis lorgna les cuisines.

— De la fumée. Plus que la normale, on dirait. Un incendie, peut-être ?

Il glissa au bas de son cheval, et Simon, alarmé, fit de même. Puisque, apparemment, il ne pouvait pas faire appel à un garçon d'écurie pour prendre les chevaux, il tendit les rênes à Nevis.

— Je vais vous envoyer un palefrenier.

L'intendant hocha la tête pendant que Simon courait vers les cuisines. De la fumée s'échappait de l'arrière-cuisine, et la porte donnant sur l'extérieur s'ouvrit à la volée pendant que le personnel s'efforçait de former une chaîne de seaux d'eau.

— Que s'est-il passé ? s'enquit Simon auprès de Tinley, qui organisait la chaîne.

— Un incendie dans la réserve, expliqua-t-il avec une expression sinistre. Il y a peut-être quelqu'un à l'intérieur.

La terreur saisit la poitrine de Simon. Il ne pouvait pas subir une autre tragédie. Il chercha Diana. Elle aurait dû être là pour aider. Il en était sûr.

Il vit sa mère se précipiter vers lui, Humphrey dans les bras.

— Où est Diana ? demanda-t-elle à la hâte ? Elle s'est rendue aux cuisines.

Ses yeux s'agitaient frénétiquement.

La peur s'intensifia dans les tripes de Simon, le dévorant jusqu'à ce qu'il manque de tomber à genoux. Non, il ne pourrait pas survivre s'il la perdait aussi…

Il courut dans l'arrière-cuisine et vit que la porte de la réserve était la proie des flammes. Se précipitant à l'extérieur, il hurla pour qu'on lui donne une hache ou une sorte d'outil pour frapper la porte.

Tinley courut jusqu'au tas de bois, et revint avec une hache.

— Il vous faut de quoi couvrir votre visage, à cause de la fumée.

Simon n'avait pas le temps pour ça. Il courut de nouveau à l'intérieur et s'approcha autant de la porte qu'il l'osait. La chaleur lui brûla le visage et les bras, puis il sentit de l'eau l'arroser par-derrière, le trempant de la tête aux pieds et giclant contre la porte. La sensation de brûlure diminua, mais les flammes luttèrent pour rester allumées.

— Diana ? hurla-t-il, les mains tremblantes. Est-ce que tu es là-dedans ?

— Aidez-nous, je vous en prie, Votre Grâce.

Ce n'était pas la voix de Diana, mais l'emploi du mot « nous » indiqua à Simon tout ce qu'il avait besoin d'entendre. Sa femme était là-dedans. Il en était sûr.

— Reculez aussi loin que possible de la porte !

Il envoya la hache dans le bois embrasé alors qu'un autre seau d'eau arrivait au bout de la chaîne. Celui-ci fut lancé sur la porte, éteignant une partie des flammes.

— Continuez à envoyer de l'eau !

Il ramena la hache à lui et l'enfonça à nouveau dans la porte, encore et encore, jusqu'à faire éclater le bois.

Un autre seau arriva et fut projeté sur la porte. Le feu crachota et parvint à maintenir son emprise près du bas. Simon tendit la main vers le loquet, mais la retira lorsque le métal encore bouillant lui brûla les doigts. Il se remit à frapper la porte, la détruisant jusqu'à ce qu'il y ait un trou assez grand pour qu'il puisse voir à l'intérieur.

Pelotonnée contre les étagères du mur opposé, l'une des servantes de l'arrière-cuisine serrait dans ses bras Diana, qui était effondrée sur les genoux de la jeune fille.

En dépit des brûlures sur ses mains, il ne ressentait rien d'autre qu'un froid glacial alors que son monde semblait s'arrêter. Il ne pouvait pas bouger, respirer, ni penser. Elle était partie.

Tinley lui donna un coup de coude en passant avec un grand seau. Il le renversa sur ce qui restait du feu, laissant une porte fumante avec un trou noirci au milieu.

— Votre Grâce, nous devons les faire sortir, lui dit Tinley.

Comme Simon ne bougeait pas, le cocher prit la hache dans sa main inerte et ménagea un trou assez grand pour qu'une personne puisse y passer.

Galvanisé, Simon passa devant Tinley et entra dans la réserve. Il toussa quand la fumée lui emplit les poumons ; puis il se plia en deux pour prendre Diana dans ses bras. La serrant contre sa poitrine, il se glissa à travers la porte carbonisée.

— Aidez la servante, dit-il en portant Diana à travers l'arrière-cuisine, puis la cuisine jusqu'à la salle des domestiques, où il la déposa sur un banc.

Il s'agenouilla à côté d'elle sur le sol en pierre dure. Ses cheveux noirs s'étaient détachés, et les mèches soyeuses encadraient son visage anormalement pâle.

— Elle respire, lui dit la voix de sa mère.

Elle respirait, effectivement, mais Simon savait qu'il ne fallait pas espérer. Miriam avait aussi respiré avant de mourir dans ses bras.

Il caressa le visage de Diana et se pencha pour embrasser ses lèvres. Ses larmes coulèrent sur les joues de sa femme.

— Je t'en prie, Diana, ne me laisse pas. Je ne pourrai pas supporter de te perdre. Je n'y survivrai pas.

Comment pourrait-il continuer en sachant qu'il n'avait pas été capable de sauver deux épouses ? Deux femmes qu'il aimait plus que ce qu'il aurait jamais pu rêver.

Posant la tête sur sa poitrine, il écouta ses respirations superficielles en regardant ses traits immobiles.

— Je t'aime. Et si tu pouvais rester avec moi, *s'il te plaît*, je te montrerais à quel point.

Sa respiration se bloqua dans sa poitrine, et il tendit l'oreille pour voir si elle reprenait. Comme ce n'était pas le cas, il se cramponna sauvagement à elle, pétri d'angoisse, s'abandonnant à cette souffrance qui le tourmenterait à jamais.

CHAPITRE 18

Diana hoqueta en aspirant de l'air dans ses poumons brûlants. Elle ouvrit les yeux. Quelque chose lui pesait sur la poitrine…

— Simon ? l'appela-t-elle, se rappelant l'avoir entendu la supplier de ne pas mourir. Je ne suis pas en train de mourir. Je refuse de te faire ça.

Sa poitrine se délesta de son poids, et elle vit le visage de son mari au-dessus du sien, ses yeux sombres écarquillés de stupéfaction.

— Diana ?

Elle se mit à tousser, le corps secoué de spasmes profonds et déchirants. Il l'aida à se redresser et réclama de l'eau. Des larmes ruisselaient de ses yeux, et quelqu'un glissa une chope dans sa main. Elle but à grandes gorgées, priant pour que le liquide frais apaise sa gorge endolorie. Elle entendit Simon envoyer quelqu'un chercher le docteur à Romsey.

Quand elle termina son eau, Simon prit le verre et le tendit à quelqu'un. Elle n'avait aucune idée de qui, parce qu'elle n'arrivait pas à détacher ses yeux de son visage bien-aimé.

— Tu as dit que tu m'aimais ? croassa-t-elle.

— Chut, lui dit-il avant de l'embrasser doucement, avec révérence, posant les mains sur ses joues. Oui. Plus que ma propre vie.

Elle tendit les mains vers lui, s'agrippant aux revers de sa veste.

— Je t'aime aussi. Pourquoi es-tu mouillé ?

— Nous cherchions désespérément à éteindre le feu, et moi, j'essayais d'ouvrir la porte. Ils m'ont aspergé d'eau.

Elle tourna la tête et déposa un baiser sur la paume de Simon, mais il grimaça. Prenant sa main, elle scruta sa chair rougie.

— Tu es brûlé.

— Juste un peu. Ce n'était qu'un petit prix à payer pour te retrouver.

— Je ne suis allée nulle part.

Le regard de son mari était si sombre et intense qu'elle en frissonna.

— J'ai cru t'avoir perdue.

Les mots avaient jailli de ses lèvres.

Perdue… Les événements qui avaient précédé l'incendie lui revinrent en mémoire. Elle regarda autour d'elle et se rendit compte qu'elle était dans la salle des domestiques.

— Où est Mme Marley ?

Simon fronça les sourcils.

— Qu'est-ce que ça peut faire ?

Diana secoua la tête.

— D'abord, est-ce que Rose va bien ?

— Qui est Rose ?

La frustration menaçait de lui faire perdre patience tandis que son esprit bouillonnait à cause de ce qu'elle savait maintenant, et de ce que Simon ne savait pas.

— La domestique qui était avec moi. Est-ce qu'elle va bien ? répéta-t-elle en saisissant la main de Simon ; quand il grimaça, elle le relâcha en s'excusant. Je t'en prie, assure-t'en pour moi. J'ai besoin de savoir qu'elle est en sécurité.

Simon se leva et passa la tête par la porte.

— Tinley !

Diana se releva, s'agrippant au bord de la table pour se soutenir, tout en écoutant leur conversation.

— Où est la servante ? s'enquit Simon.

— Mme Dodd s'occupe d'elle. Elle va s'en sortir. Comment va Sa Grâce ?

Simon tourna la tête et vit qu'elle était debout. Il se précipita à ses côtés.

— Elle ne se ménage pas comme elle le devrait.

Diana toussa encore.

— Je vais bien. Nous devons trouver Mme Marley immédiatement. Je vous expliquerai bientôt, mais il faut que nous la trouvions.

Diana prit le bras de Simon, et ils entrèrent dans la cuisine principale. La fumée s'accrochait encore au plafond alors que les gens s'affairaient à vider l'arrière-cuisine.

— Lowell ! aboya Simon à l'attention du majordome, qui se tenait près de la porte de l'arrière-cuisine.

Le domestique se retourna, fronçant les sourcils sous l'effet de la surprise.

Il vint vers eux.

— Oui, Votre Grâce ?

— Où est Mme Marley ?

Le majordome jeta un œil en direction de l'arrière-cuisine.

— Je ne sais pas. Dois-je aller la chercher ?

— Ce ne sera pas nécessaire, annonça une voix.

La douairière arriva dans la cuisine depuis le corridor menant à la maison, sa main enserrant le bras de Mme Marley.

— Je l'ai attrapée juste au moment où elle essayait de s'enfuir. Je me suis demandé pour quelle raison la gouvernante s'en irait à un tel moment.

Elle pinça les lèvres en regardant Mme Marley d'un air profondément dégoûté.

Diana lâcha Simon et se dirigea vers la gouvernante.

— Vous nous avez enfermées.

Simon se précipita à ses côtés.

— Ce n'est pas possible ! s'exclama-t-il, jetant un regard furieux à Mme Marley. Pourquoi feriez-vous une chose pareille ?

Marley regarda Lowell.

— C'est sa faute ! Tout ceci est de sa faute. Sans son stupide plan, rien de tout cela ne serait arrivé.

Elle se mit à pleurer, couvrant son visage de ses mains.

— Elle ment, dit froidement Lowell. Le plan, qui était effectivement stupide, était le sien.

Mme Marley laissa retomber ses mains, et la colère assombrit ses yeux.

— Comment peux-tu dire ça ? C'était ton idée de créer un scandale qui pousserait Andrews et Mme Harker à partir !

Simon les regarda l'un après l'autre.

— Arrêtez. Expliquez-vous. Quel scandale, et pourquoi vouliez-vous que mon majordome et ma gouvernante s'en aillent ?

— Pour que nous puissions récupérer leurs emplois, répondit Mme Marley. Davis avait tout prévu.

En suivant son regard furieux, Diana comprit que Lowell était Davis.

Le majordome jeta à sa fiancée, vraisemblablement ancienne fiancée à ce stade, un regard de pur dégoût.

— Elle ment, Votre Grâce. C'était l'idée de Mme Marley de faire courir la rumeur que Sa Grâce était infidèle et que le bébé n'était peut-être pas le vôtre.

La gouvernante pointa le doigt sur lui.

— Parce que tu voulais être promu majordome ! Ce plan, c'était le tien. Je n'ai fait qu'élaborer les détails.

Lowell plissa les yeux, et Diana reconnut la lueur qui s'y trouvait pour ce qu'elle était : de la cruauté.

— Tu es aussi celle qui a provoqué sa chute !

Simon tituba, et Diana passa le bras autour de sa taille, luttant pour le maintenir debout. Il cligna des yeux en regardant sa femme, le regard voilé, dans le vague.

— Que sont-ils en train de dire ?

— Ce n'était pas du tout ta faute, mon amour. Rien de tout ça. Tu n'étais même pas dans les escaliers avec elle. Elle se disputait avec Mme Marley, et elle a glissé.

— J'ai essayé de l'arrêter ! s'écria Mme Marley.

Diana la regarda avec un mélange de dégoût et de pitié dans les yeux.

— Ce n'est pas ce que m'a rapporté Rose, et elle était présente. Ce que vous savez, puisque apparemment vous nous avez entendues parler dans la réserve. Sinon, pourquoi nous enfermer et mettre le feu à la porte ?

— Tu n'es qu'une idiote, murmura Lowell, son regard lançant des poignards à la femme qu'il avait prévu d'épouser.

Marley se précipita en avant et plaqua les mains sur son torse.

— Je l'ai fait pour toi ! Pour nous ! Je ne savais pas qu'elle avait vu ce qui s'était passé. Quand je l'ai entendue le raconter à Sa Grâce, j'ai paniqué. Je savais juste qu'il ne fallait pas qu'elles puissent le dire à quiconque. Tu aurais fait la même chose !

Lowell ne dit rien, se contentant de poser sur elle un regard glacial.

— Tu es pathétique. Dire que je t'aimais, et voilà que tu essaies de m'entraîner dans ta spirale de tromperie et de meurtre.

— Je n'ai pas tué Sa Grâce ! Elle est vraiment tombée !

Mme Marley tourna la tête et posa son regard sur chacun, les yeux fous.

En plus de la douairière et de Tinley, Nevis était arrivé dans la cuisine avec Mme Dodd et Rose.

Mme Marley pointa un doigt tremblant vers la fille de cuisine.

— *Elle* a tout inventé ! Allez-vous la croire plutôt que moi ?

— Depuis que vous avez tenté de la faire brûler, et moi au passage, oui.

Diana regarda Nevis et lui demanda calmement d'enfermer la gouvernante quelque part.

— J'en serais ravi, Votre Grâce.

Nevis saisit le bras de Mme Marley et la conduisit dehors.

La duchesse reporta son attention sur Lowell.

— Je ne sais pas exactement de quel crime nous pouvons vous accuser, mais jusqu'à ce que j'en trouve un, vous êtes dès à présent relevé de vos fonctions. Quittez Lyndhurst avant la tombée de la nuit ou je demanderai à Nevis de vous enfermer avec votre future épouse.

La mâchoire du majordome se contracta, et la fureur brûlait dans ses yeux. Il se tourna vers Simon.

— Votre Grâce…

Simon jeta un regard à son cocher.

— Tinley, veuillez faire sortir Lowell immédiatement, demanda-t-il avant de jeter un regard acerbe à son ancien majordome. Quelqu'un se chargera d'emballer vos affaires et de les faire déposer dans l'allée. Parce que je veux que vous quittiez ma propriété aussi vite que possible, Tinley vous conduira au village. Je vous encourage à continuer votre chemin à partir de là, tout droit hors du Hampshire, parce que je m'assurerai que personne dans ce comté ne vous embauche, même pas pour curer leurs stalles ou laver leurs pots de chambre.

Tinley fit signe à Lowell de le précéder, les yeux brillants de dégoût.

— Je serai ravi de vous escorter dehors, avec ou sans votre aide.

Le majordome releva le menton et sortit à grands pas de la cuisine.

Diana toussa à nouveau en essayant d'évacuer la suie de ses poumons.

Simon se retourna pour la prendre dans ses bras.

— Est-ce que tu vas bien ? Tu devrais te reposer.

Elle baissa les yeux sur les vilaines taches rouges sur ses mains.

— Et tu devrais faire tremper tes mains. Et retirer tes vêtements mouillés.

— Je pense que le médecin ne devrait pas tarder à arriver, annonça la douairière. En attendant, montez à l'étage, et je vais gérer les choses ici. Allez.

Elle fit un geste vers le couloir menant à la maison, les renvoyant sans mot dire.

Diana prit le bras de Simon, s'accrochant à lui alors qu'ils entraient dans la maison. Quand ils arrivèrent dans le hall, il s'arrêta au pied de l'escalier.

— C'est idiot, mais cet endroit me semble différent maintenant. Je suis toujours triste qu'elle ne soit plus là, et elle me manquera toujours. Mais je me sens soulagé de savoir que je n'ai joué aucun rôle dans sa mort.

— Je sais à quel point tu l'aimes. Ne crois pas que j'espère prendre sa place un jour, dit-elle en posant les doigts sur sa poitrine. Y a-t-il de la place pour moi aussi là-dedans ?

Il glissa les bras autour de Diana et l'attira contre son torse.

— Beaucoup. Je t'ai dit que je croyais ne plus jamais être entier. Mais maintenant, il y a toi. Et je t'aime encore plus que je ne croyais possible d'aimer une autre personne. Quand je suis avec toi, je suis plus qu'entier. C'est toi et moi ensemble. C'est comme si nous pouvions tout faire, tout surmonter.

Elle se hissa sur la pointe des orteils et l'embrassa, savourant la sensation des lèvres de Simon sur les siennes, extrêmement reconnaissante qu'ils se soient trouvés.

Plus tard, après avoir été soignés par le médecin et s'être confortablement installés dans leur lit après un dîner que sa mère avait insisté pour qu'ils prennent dans leur chambre, Diana passa ses doigts sur les bandages de ses mains.

— Est-ce douloureux ?

— Pas trop. La douleur n'est *rien* comparée à la détresse de voir le médecin m'ordonner de ne pas m'en servir pendant quelques jours, répondit-il en les levant devant son visage renfrogné. Comment puis-je te montrer combien je t'aime sans mes mains ?

Diana se souleva des oreillers et se mit à califourchon sur ses hanches, soulevant sa chemise de nuit pour être nue contre lui. Il portait toujours sa chemise, mais avait retiré son pantalon avant qu'ils ne se mettent au lit.

Elle agita ses doigts.

— J'ai des mains.

Elle en utilisa une pour caresser son membre qui durcissait.

— Mmmh, effectivement.

Il rejeta la tête en arrière en fermant les yeux. Elle continua de lui prodiguer ses attentions, l'amenant à une érection complète. Il rouvrit les yeux pour la contempler.

— Il m'est apparu que lorsque tu as géré cette situation cet après-midi, avec un magnifique aplomb, devrais-je ajouter, tu n'as pas bégayé une seule fois.

Il avait raison. Et pourtant, elle était désemparée et en colère.

— C'est ét-t-trange, dit-elle avant de secouer la tête. Oh, bon sang !

Il éclata de rire.

— Je te demanderais de ne *pas* arrêter. Tes imperfections sont parfaites à mes yeux.

Elle le dévisagea, et sa main s'immobilisa. L'émotion qui l'étreignit menaçait son élocution, mais en dépit de ce qu'il disait, elle allait prononcer ces mots sans faillir :

— Je t'aime tellement !

Il arbora un sourire satisfait, mais qui s'estompa rapidement.

— Je t'en prie, n'arrête pas ça non plus, dit-il avec un regard vers son bassin. Ta main, je veux dire. Je t'aiderais bien, mais le docteur a dit...

Il plissa les yeux d'un air séducteur.

Elle relâcha son membre et saisit les poignets de Simon, les soulevant au-dessus de sa tête.

— Ne va pas te faire de mal, mon amour. Laisse-moi m'occuper de tout.

Elle glissa de nouveau la main entre eux, et fit exactement ce qu'elle avait dit.

ÉPILOGUE

Il était toujours là, il n'en éprouvait aucun regret.

Simon s'émerveillait des changements intervenus dans sa vie au cours des quinze derniers jours. À son retour chez lui, il était le même homme brisé qui ne supportait pas d'affronter son passé, et désormais il était comblé et envisageait l'avenir avec bonheur.

Même si ses mains étaient un peu mal en point. En réalité, elles allaient beaucoup mieux. Il fléchit les doigts pour se le prouver, comme s'il en avait besoin. Il les avait déjà utilisées à bon escient le matin même pour tirer sa femme bien-aimée du sommeil.

Un mouvement à l'extérieur de la fenêtre attira son attention et il se leva de son bureau. Il entra dans le petit salon adjacent qui donnait sur le hall, où Diana était assise, en train de rédiger une lettre pour Verity.

Sa main gauche était posée à plat sur le bureau au-dessus du papier, et l'anneau de fer à son doigt attira son attention. Il avait toujours l'intention de le remplacer.

Sentant sa présence, elle tourna la tête et sourit.

— Simon. Qu'est-ce que tu regardes ?

Elle suivit son regard, posé sur sa main.

Il s'approcha d'elle et glissa ses doigts sous les siens.

— Il te faut un bijou.

— Je n'ai besoin que de toi.

Il rit doucement.

— Bien que ce soit merveilleux à entendre, ma duchesse mérite de porter quelque chose de mieux que cet anneau de fer.

Elle lui adressa un regard obstiné, quoique charmant.

— Si tu achètes autre chose, je porterai simplement cet anneau à mon autre main.

Une bouffée d'amour enfla dans la poitrine de Simon.

— Tu es un trésor bien plus grand que n'importe quel bijou, murmura-t-il en se baissant pour l'embrasser sur la tempe, avant de lui expliquer pourquoi il était venu la chercher. Ils sont là.

Elle posa sa plume et leva les yeux vers lui, puis, prenant une profonde inspiration, elle se leva.

— Je suis prête.

Ils pénétrèrent ensemble dans le hall tandis que le nouveau majordome, Eddleston, ouvrait la porte. Lowell avait échappé aux poursuites pour le rôle qu'il avait joué dans la mort de Miriam : la responsabilité en avait été entièrement imputée à Mme Marley. Elle avait avoué avoir menti sur tout et avoir incendié l'arrière-cuisine avec l'intention de tuer Rose et Diana. L'ancienne gouvernante devait être déportée dans une colonie d'un jour à l'autre.

Lorsque les invités entrèrent, Eddleston annonça leur arrivée. Comme si Simon et Diana ne savaient pas pertinemment qui ils étaient.

— Le duc et la duchesse de Kilve.

Le regard de Simon rencontra celui de Nick, et ils échangèrent de légers hochements de tête. Leurs épouses, en revanche, se dévisagèrent mutuellement avec méfiance pendant un moment. Ce fut Violet, la nouvelle duchesse de Nick, qui parla la première.

— Je suis sincèrement désolée, Diana, dit-elle avec une grimace, son regard noisette empli de regrets. Tu dois nous détester.

— Pour quelle raison ? Si tu n'avais pas été là, je serais mariée à *lui*, répondit Diana avec une pointe de dérision, agitant une main vers Nick. Et non à *lui*.

Cette fois, le mot était empreint d'amour et de désir. Elle passa une main autour du bras de Simon et le serra.

Il y eut un moment de silence, juste avant que Simon hurle de rire. Nick se joignit aussitôt à lui, et rapidement, Violet fit de même. Diana se contenta de sourire, avec l'expression d'un chat qui vient d'attraper toutes les souris de la grange et qui n'a pas l'intention de partager.

— Entrez ! leur dit Simon, les menant vers le salon.

Violet s'éloigna de son mari pour rejoindre Diana.

— Tu n'es vraiment pas en colère ?

— Plus maintenant. J'ai l'impression que c'était écrit.

Diana relâcha Simon et serra la main de Violet. Elles étaient devenues amies lors de la partie de campagne, et Simon était ravi de voir qu'elles semblaient l'être encore.

— Es-tu heureuse ? s'enquit Diana.

— Plus que jamais.

Violet regarda Nick, et l'amour entre eux était si fort qu'il en était presque palpable. Elle reposa les yeux sur Diana.

— Et toi ?

— Pour la première fois, admit-elle, coulant un regard vers Simon, le sourire aux lèvres. Pour toujours.

Simon sentit une douce chaleur l'envahir. Aussi incroyable que cela pût paraître, son amour pour elle grandissait de jour en jour.

— Bon sang, tant d'amour, c'est écœurant ! s'exclama Nick en riant.

— Nous le méritons, tu ne crois pas ? répondit Simon.

Nick et lui se connaissaient depuis Oxford, et, à eux deux, ils avaient passé plus de temps à combattre la tristesse et le désespoir que n'importe qui d'autre.

— Bien sûr que oui, intervint Violet. Nous le méritons tous.

Nick s'avança pour se placer en face de Diana.

— Je vous dois de sincères excuses. Je n'ai jamais voulu vous infliger de la peine ni créer de scandale. J'ai bien peur de m'être comporté comme un gigantesque imbécile.

— Je l'ai fait rester debout sous la neige pendant des jours avant de lui pardonner, expliqua Violet. Je n'ai cédé que parce que j'avais peur qu'il meure de froid.

Diana plaqua une main sur sa bouche pour étouffer un rire.

— Cela lui aurait donné une bonne leçon, murmura Simon avec un sourire.

— Effectivement, approuva Nick. Mais apparemment, le destin a eu pitié de moi.

— Non. C'est *moi* qui ai eu pitié de toi. Ne t'avise pas de l'oublier ! l'avertit Violet avec un plissement d'yeux taquin.

— De toute manière, c'est moi qui ai fini par causer un scandale, intervint Simon, passant un bras autour de Diana pour l'attirer près de lui. En essayant de secourir la belle damoiselle, je l'ai conduite en plein cœur du désastre lorsque nous avons été reconnus sur la route de Gretna.

Simon avait déjà expliqué tous leurs déboires à Nick lorsqu'il lui avait écrit.

— J'ai reçu une lettre d'Hannah, annonça Violet en regardant Diana et son mari. Mme Linford, l'hôtesse de la partie de campagne au cours de laquelle vous vous êtes rencontrés.

Simon se remémora brièvement cette fameuse partie de campagne et la première fois qu'il avait embrassé Diana. Il s'y était rendu dans l'espoir de se sortir de son chagrin, sans imaginer que cela changerait à ce point sa vie, pour le meilleur. Il mourait d'envie de l'embrasser sur-le-champ.

Violet poursuivit.

— Hannah a demandé si vous alliez vous battre en duel. Étant donné que Simon a volé Diana à Nick.

— Quelle idée brillante ! s'exclama Simon. Nous allons organiser l'événement pour le début de la saison, à Hyde Park.

Les yeux de Diana et Violet s'arrondirent.

— Tu ne peux pas être sérieux ! s'écria Diana.

— Bien sûr que si. Évidemment, nous ne nous battrons pas *réellement* en duel. Mais ce serait une belle occasion de rire aux dépens de tout le monde.

Nick se joignit à l'hilarité de son ami.

— J'aime cette idée. Nous allons devoir en étudier les avantages.

Comme ils devaient séjourner à Lyndhurst pendant une semaine, ils auraient tout le temps de le faire.

— Parfait ! dit Simon en s'approchant de son ami pour lui serrer la main. C'est bon de t'avoir ici.

— C'est bon d'être ici, et je te remercie d'avoir nettoyé mon chaos.

— Ton chaos a fini par devenir mon miracle.

Incapable de se retenir plus longtemps, Simon embrassa brièvement Diana, ses lèvres effleurant celles de sa duchesse.

Il se tourna à nouveau vers son ami.

— Et pour cela, je te remercierai éternellement.

Découvrez ce qui se passe lorsque le mari disparu de Verity fait son retour. Ne passez pas à côté du prochain livre passionnant et romantique de la série « Les Insaisissables », *Le Duc Menteur*.

Merci beaucoup d'avoir lu *Le Duc Solitaire*. J'espère que vous l'avez aimé ! Si vous voulez savoir quand mon prochain livre sera disponible et être averti des ventes spéciales, inscrivez-vous à ma newsletter en anglais sur https://www.darcyburke.com/join ou en français https://darcyburke.com/français.bulletin

et suivez-moi sur les réseaux sociaux :

Facebook: https://facebook.com/DarcyBurkeFans
Twitter @darcyburke
Instagram darcyburkeauthor

Vous aimez les romans Régence ? Jetez un œil à la série *Le Club des Ducs Fringants*, six livres co-écrits avec ma meilleure amie, Erica Ridley. Découvrez les hommes inoubliables de la taverne la plus célèbre de Londres, Le Duc Fringant. Avec ces sublimes séducteurs à l'esprit et au charme à revendre, épris de liberté et d'aventures, une nuit n'est jamais suffisante.

J'espère que vous accepterez de laisser un avis sur le site de votre boutique en ligne ou de votre réseau préféré ! J'aime tellement mes lecteurs. Merci, merci, *merci*.
xoxo,
Darcy

NOTES

CHAPITRE 2

1. *Note de la traductrice :* « *Kitty* » veut dire « chaton », en anglais, et « Byrd »
   se prononce comme « *bird* », « l'oiseau ».
2. *NDLT :* village du sud de l'Écosse, où les couples pouvaient se marier
   sans le consentement des parents.
3. *NDLT :* voiture découverte tirée par des chevaux, particulièrement légère
   et assez haute.

CHAPITRE 8

1. *NDLT :* « *Snapdragon* » en anglais.
2. *NDLT :* les mariages à Gretna Green étaient célébrés dans l'échoppe du
   forgeron. Les mariages « irréguliers » pouvaient être pratiqués par quasi-
   ment tout le monde, à la condition d'avoir deux témoins.

CHAPITRE 12

1. *NDLT :* nom donné au forgeron qui célébrait les mariages « irréguliers ».
2. *NDLT :* Également nommée « chauffe-lit », sorte de petite bassine en
   métal à couvercle ajouré et munie d'un long manche, que l'on remplissait
   de braises avant de la glisser dans le fond du lit. En usage principalement
   à la campagne jusque dans les années 1950 en Europe.

Les Insaisissables: The Pretenders

A Secret Surrender

A Scandalous Bargain

A Rogue's Redemption

À PROPOS DE L'AUTEUR

Darcy Burke est l'auteure à succès USA Today de romance sexy, sentimentale historique et contemporaine. Darcy a écrit son premier livre à 11 ans, une fin heureuse entre un cygne accro à la magie et une femelle cygne qui l'aimait, avec des illustrations extrêmement pauvres.

Native de l'Oregon, Darcy vit en bordure des vignes avec son mari guitariste, une fille artiste d'un incroyable talent, et un fils débordant d'imagination qui écrira sans doute un jour mieux qu'elle (et peut-être dès demain). Ils forment une famille-à-chats un peu folle, avec deux bengals, un petit chat en quête de notoriété qui porte le nom d'un fruit, un vieux maine-coon rescapé plutôt arrogant, et une collection de chats du voisinage qui trainent sur la terrasse et entrent quelquefois. Vous trouverez Darcy au chai, dans son confortable fauteuil d'écrivain avec son portable et un ou trois chats sur les genoux, en train de plier son linge (ce qu'elle adore), ou encore devant le télévision avec sa famille. Ses havres de bonheur sont Disneyland, le week-end du Labor Day au Gorge, Le Danemark et partout au Royaume-Uni – tant que sa famille y est aussi. Retrouvez Darcy en ligne à https:// www.darcyburke.com et suivez-la sur ses réseaux sociaux.